샤일록의 아이들

샤일록의 아이들

이케이도 준

민경욱 옮김

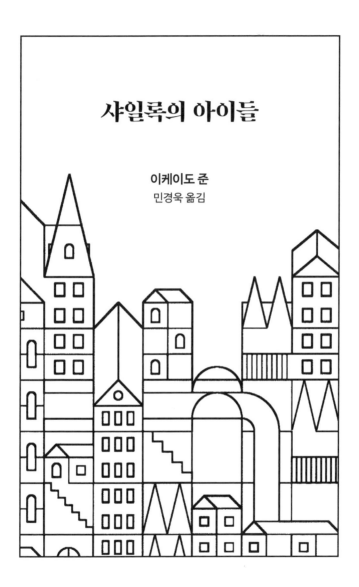

ᶠNFLUENTIAL
인 플 루 엔 셜

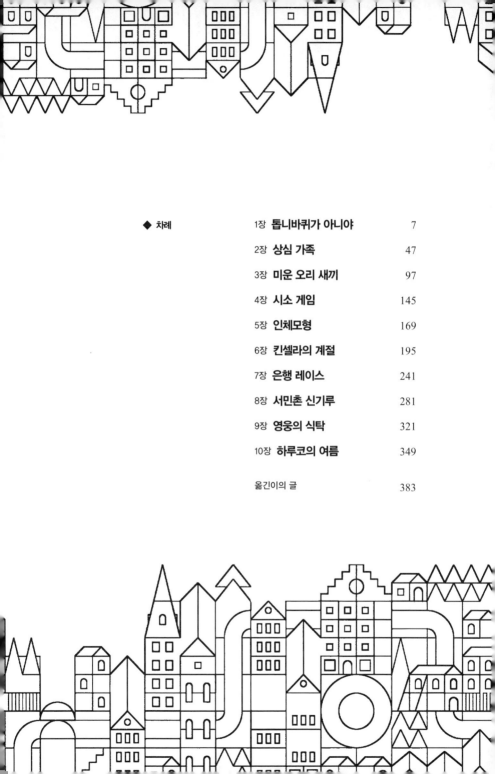

◆ 차례

1장 **톱니바퀴가 아니야**   7

2장 **상심 가족**   47

3장 **미운 오리 새끼**   97

4장 **시소 게임**   145

5장 **인체모형**   169

6장 **킨셀라의 계절**   195

7장 **은행 레이스**   241

8장 **서민촌 신기루**   281

9장 **영웅의 식탁**   321

10장 **하루코의 여름**   349

옮긴이의 글   383

1장

톱니바퀴가 아니야

1

산구바시의 사택에서 오다큐선과 야마노테선을 갈아타고, 고탄다역에서 다시 도큐이케가미선으로 갈아타고 10분, 봄이면 꽃구경하러들 오는 센조쿠이케역 바로 한 정거장 전이 나가하라다.

지하철 역사에 하나밖에 없는 개찰구를 빠져나오면 바로 코앞에 트레이드마크인 빨간 간판을 내건 도쿄제일은행 나가하라 지점이 있다. 규모는 작지만 오타구 주택가에서 50년 전통을 자랑하는 유서 깊은 지점으로, 후루카와 가즈오가 1년 반째 부지점장으로 근무하고 있다.

아침 8시도 안 된 시간이라 주변 상가들은 모두 셔터가 내려져 있었다. 밤색 보도블록이 깔린 상가 거리는 새벽녘에 내린 비 때문에 촉촉하게 젖어 있었고, 지금은 비가 그쳐 안개가 자욱했다. 잰걸음으로 출근을 재촉하는 사람들이 안개 속을 묵묵히 걸어 후루카와 곁을 스치며 역으로 들어갔다.

발령을 받고 이 역에 첫발을 내디뎠을 때와 다름없는, 조촐하면서도 조금은 쓸쓸한 낯익은 풍경. 도심에서 약간 벗어난 곳이었지만 후루카와는 자기가 왜 이런 지점에 배치됐는지에 대해선 깊이 생각하지 않았다. 인사부가 이미 30년 가까이 은행원으로 살아온 자신을 어떻게 보는지, 자신에게 어떤 역할을 기대하는지 너무나 잘 알고 있었다.

구(舊)재벌계이자 이른바 메가뱅크*인 도쿄제일은행은 도심부의 대형 지점을 비롯해 300개가 넘는 지점을 거느리고 있다. 후루카와는 자신이 도심의 대형 은행에서 활기차게 대형 거래 업무를 보는 타입은 아니라는 걸 알고 있었다.

폼 나는 대형 대출보다 중소영세업자나 개인 사업자에 대한 소액 대출. 이게 바로 후루카와가 살고 있는 세계였고 또 가장 자신 있는 분야였다. 무엇보다 대형 고객을 상대로 신상품을 판매하라고 하면 그게 더 문제였다. 일은 폼으로 하는 게 아니다.

새로운 주가 시작된 4월 21일, 후루카와는 평소와 다름없이 같은 시간에 지점 출입문으로 들어섰다. 사택 현관에서 은행 출입문까지는 약 40분 거리였다.

오사카 출신인 후루카와의 첫 부임지는 오사카 난바 지점이었다. 그 후 발령장 한 장으로 도쿄의 작은 지점에 온 이래 20대 대부분을 도쿄에서 보냈다. 다시 간사이 쪽으로 돌아온 것은

• 은행 간 인수합병을 통해 만들어진 초대형 은행.

서른 살 때였다. 결혼과 동시에 독신자 기숙사를 나와 히가시 오사카에 있는 사택에서 지내다가, 지금으로부터 7년 전 형 부부가 사는 본가 근처의 사카이 시내에 드디어 단독주택을 샀다.

그런데 내 집을 갖게 된 지 3년도 못 되어 또 전근 발령을 받았다. 결국 아내와 당시 초등학교 3학년과 1학년이었던 아이들을 데리고 다시 도쿄로 이사 올 수밖에 없었다.

내 집을 갖자마자 받은 전근 발령. 팔 겨를도 없어서 집을 은행에 저당 잡히고, 지은 지 20년이나 된 아파트로 어쩔 수 없이 옮겨야 했다. 그런데도 후루카와는 그다지 억울해하거나 화를 내지 않았다. 당연히 명령을 따랐고 아무 의심 없이 인사부가 정해준 좁은 사택에 가족을 몰아넣었다. 조직의 결정을 거스를 순 없었다. 아니, 거스를 생각 자체가 없었다.

10년 만에 돌아온 간토 지역. 첫 근무지는 가와사키 교외에 있는 이쿠타 지점이었다. 그곳에서 후루카와는 2년 6개월 동안 외근직 영업과장으로 일했다. 근처에 있는 중소영세기업과 개인을 상대하는 조그만 지점이었는데, 일일이 발품을 팔아 실적을 올렸다. 결국 지점장의 총애를 받아 부지점장으로 승진하면서 여기 나가하라 지점으로 진출하게 됐다.

영전(榮轉)이었다.

자랑스러웠다. 고졸 채용으로 들어온 동기 중에 제법 빠른 출세였던 터라 전근 발령장을 받았을 때 하늘을 날 것만 같은 충만한 기운이 온몸을 감쌌다.

그로부터 1년 반이 흘렀다.

올해는 승부를 걸어야 한다.

지금까지 1년 반은 좋지도 나쁘지도 않았다. 좋게 말하면 무난한 거였고, 나쁘게 말하면 이렇다 할 활약 없이 무언가 미흡한 성적으로 끝났다.

과장 시절과는 달리 부지점장이 되면 지점 실적까지 책임져야 한다. 그런 면에서 보면 후루카와가 부지점장을 맡고 있는 나가하라 지점은 두드러진 실적을 내지 못하고 있었다.

좀 더 화려한 실적을 올려 표창 받을 정도로 지점을 끌어올리지 않으면 이 이상의 출세는 보장되지 않는다.

후루카와의 마음속 깊이 그런 생각이 숨어들자 초조함이 들끓었다.

후루카와의 꿈은 이 도쿄제일은행의 지점장 자리에 앉는 것이다. 관리자로서 하나의 독립된 지점을 이끌고 모두가 힘들다고 생각하는 난국에 처해서도 성공을 이뤄내는, 척 봐도 알 수 있는 뛰어난 능력의 지점장이 되는 것이다.

그가 출세에 집착하는 데는 이유가 있다.

"고졸 놈들은 잠자코 우리가 시키는 대로만 하면 돼. 생각할 머리도 없을 테니까."

예전에 후루카와의 상사였던 과장이 한 말이었다.

벌써 20년도 더 지난, 아직 평사원이었을 때 얘기다.

후루카와는 원래 다혈질이었다. 그때도 화가 치밀었지만, 비웃는 듯한 상사의 얼굴을 보며 반박할 말을 뱃속으로 삼킬 수밖에 없었다.

은행이라는 직장에서는 상사에게 대들면 곧 지는 것이다.

입사한 지 얼마 안 됐을 때 한 선배가 해준 말을 떠올렸다. 아무리 열 받아도 화내지 마라. 그리고 그걸 발판으로 삼아라.

그의 충고대로, 후루카와는 고졸 채용이라고 바보 취급을 당하면서도 분발했다. 언젠가 지점장이 되어 대졸 놈들의 코를 납작하게 해주겠다, 그렇게 생각했던 것이다.

후루카와는 간사이의 한 상고를 전교 2등으로 졸업하고 우등생의 지정 코스라고 할 수 있는 도쿄제일은행에 입사한 고졸 세대의 엘리트였다. 하지만 갑(甲)의 채용, 즉 대졸 채용 동기들이 모두 일류 대학 졸업생들이라, 지방 상고를 우수한 성적으로 졸업한 것으로는 명함도 내밀지 못했다.

사카이 시내에서 포목 행상을 하던 아버지가 일찍 돌아가시자 어머니는 근처 타일 공장에서 일하며 홀몸으로 후루카와 형제를 키워냈다. 가난한 가정에서 자란 후루카와에게 은행에 취직한다는 건 가난에서 탈출하는 것을 의미했다. 당시 은행은 입사가 결정되면 양복과 만년필을 지급하는 게 관례였는데, 양복 살 돈도 없던 후루카와에게는 이런 배려가 더없이 고마웠다.

첫 월급을 탄 주말, 후루카와는 자신의 통장에 입금된 돈을 몽땅 인출해 어머니께 드렸다.

"지금까지 키워주셔서 감사합니다."

자신도 모르게 이 말이 튀어나왔다. 어머니는 그 월급 명세서에 적힌, 당시 수준으로도 그다지 많지 않은 금액을 뚫어져라 쳐다보며 입술을 깨물었다. 갖은 고생으로 주름투성이가 된 눈에서 굵은 눈물이 뚝뚝 떨어지는 바람에 후루카와도 눈물을 주체할 수 없었다. 그때 어머니의 표정은 지금도 기억에 또렷하다.

"건강하고, 열심히 해라. 무엇보다 건강해라. 고맙다, 고마워."

어머니는 겨우 말을 끝맺고는 월급을 가족 불단(佛壇)에 올려놓고, 눈물로 얼룩진 얼굴을 보이지 않기 위해 부엌으로 사라졌다. 그 어머니도 지금은 돌아가셨다.

죽기 살기로 일하고 또 일하는 은행원 인생이 시작되었다.

아내 요시코와는 10년 만에 돌아온 간사이 지점에서 만나 1년 교제 끝에 결혼했다. 결혼 전, 정기예금 상담 창구에 있던 요시코는 지점에서도 평판이 좋았다. 야근이 계속되는 매일, 가정을 돌볼 여유도 없던 후루카와에게 불평 한마디 없이 매일 밥을 차려주었고 아무리 늦게 들어와도 잠자리에 들지 않고 그의 귀가를 기다렸다. 헌신적인 아내였다.

아이는 둘. 장남인 다카요시는 중학교 2학년, 둘째 슌스케는 올해 초등학교 6학년이 됐다. 둘 다 유명 사립학교에 다닌다. 학벌에 대한 열등감이 있는 후루카와는 아이 교육만큼은 최고로 해주겠다는 생각에 무리해서 비싼 학비를 내고 있다. 은행원이라고 해서 예전처럼 연봉이 높은 것도 아니었고, 부지점장이라고는 해도 후루카와의 연봉은 과장 때와 비교해 별로 달라진 것도 없었다. 아내가 이리저리 변통하고 있긴 하지만, 부지점장에 머무는 한 이 상황을 타개할 방법이 없다는 것도 잘 알고 있었다.

무엇보다 은행에 들어온 이상 지점장이 되고 싶었다. 그 목표를 달성하려면, 지금 이 상태로는 안 된다. 좀 더 실적이 오르지 않으면…….

'이번 분기에 승부를 봐야 해.'

후루카와는 이런 생각을 가슴에 가득 품고 2층 영업실로 이어진 계단을 하나하나 올라갔다.

2

후루카와의 굳은 의지를 거스르는 사건이 일어난 것은 그날 전체 조례 시간이었다.

"그럼 이제 투신 판매 실적을 발표하겠습니다."

1층에 모인 행원 모두를 둘러보며 업무과의 사카시타 야스시가 다소 긴장한 얼굴로 발표하기 시작했다. 투신, 즉 투자신탁은 은행 전체의 수익 개선을 위해 본점이 특별히 지시한 판매 상품이므로 반드시 목표치를 달성해야만 했다.

"우선, 업무과."

"3주째 목표 달성했습니다"라는 말에 박수가 일었다. 하지만 후루카와는 박수 치지 않았다. 사카시타는 그래프가 그려진 큰 보드를 들고서 발표를 했는데, 거의 바닥을 기고 있는 두 번째 막대그래프가 후루카와의 신경을 건드렸기 때문이다.

사카시타의 발표가 계속되었다.

"이어서 융자과의 실적입니다만……."

사카시타는 계면쩍은 표정을 지어 보였다.

목표에 턱없이 모자라는 실적이었다. 남은 날짜를 고려해도 만회가 힘든 수준이다. 융자과 직원들은 떨떠름한 표정으로 결과를 듣고 있다. 그중에는 될 대로 되라는 식으로 반항적인 태도를 보이고 있는 사람마저 있었다. 그게 바로 후루카와의 분노에 기름을 부었다.

"융자과 투신 담당이 누구야!"

조례가 끝나고 융자과 직원들이 2층 영업실로 돌아오길 기다렸다가 후루카와가 분통을 터뜨렸다.

전체 조례에 이어서 자기들끼리 조례를 하려고 동그랗게 모여 있던 융자과 행원들은 후루카와의 호통에 깜짝 놀라 돌아봤다. 모든 것을 얼려버릴 듯한 분위기 속에서 누군가 손을 들었다.

"접니다."

고야마 도오루였다.

입사 3년차. 순조롭게 명문 대학을 졸업하고 처음으로 나가하라 지점에 배속된 고야마는 중소기업보다 주로 영세기업의 대출을 담당하고 있었다. 조금 전 융자과의 성적 부진이 발표될 때 반항적인 태도를 보였던 놈이 바로 이 고야마였다. 이번에도 역시 같은 표정을 짓는 부하에게 후루카와의 분노가 폭발했다.

"도대체 어쩔 셈이야. 고야마!"

이쪽으로 오라고 손짓하자 고야마는 천천히 발걸음을 옮겼다. 도전적인 눈빛이었다. 마치 자신을 바보 취급하고 있는 것 같다는 생각이 들면서 동시에 그 한마디가 떠올랐다. 예전에 고졸로 채용된 후루카와에게 과장이 던졌던 비웃음 섞인 말이.

"다들 목표를 달성하려고 열심히 뛰고 있는데 자네는 무슨 생각을 하고 있는 건가!"

대답이 없다.

고야마는 모든 표정을 지운 채 서 있었다. 후루카와와 나란히 책상을 쓰고 있던 구조 가오루 지점장도 성난 눈빛으로 고야마를 보고 있는 게 곁눈질로 들어왔다. 구조에게도 이번 분기가 '다음'을 위해 중요한 시기였다. 그 점에서 후루카와와 구조의 이해가 일치했다. 목표 달성의 의욕을 깎아내리는 자는 지점의 적, 출세의 장애물이다. 잘라버려야 한다고 후루카와는 생각했다.

그런데 고야마는 지나가는 바람을 맞은 듯한 태도에다 여전히 후루카와를 깔보는 눈빛이었다. 후루카와의 노여움은 점점 더 커져 마침내 억제할 수 없는 지경에 이르렀다. 온갖 욕설을 퍼부어도 고야마는 침묵을 지켰다. 마치 질책은 들리지 않는다는 얼굴로 기세에 눌린 기색도 없이 그저 묵묵히 후루카와를 바라봤다.

듣고 있나? 알아들었어? 이런 말이 수차례 튀어나왔다. 그래도 고야마는 반응을 보이지 않았다.

가증스러운 놈. 있는 힘껏 책장을 내리치면서 후루카와는 분노에서 증오로 바뀐 감정을 주체하지 못했다.

"자네! 무슨 말이든 해봐!"

실컷 호통 친 뒤에 후루카와가 말했다.

고야마는 여전히 침묵했다.

"자네, 말도 못 하나!"

다시 책상을 내리치려고 손을 들었을 때 "투신 같은 거"라는 말이 고야마의 입에서 튀어나왔다.

후루카와는 손을 멈추고 고야마의 창백한 얼굴을 봤다.

"하고 싶은 말이 있으면 똑바로 해봐."

"주가가 계속 떨어지고 있습니다." 고야마는 귀를 의심할 만한 이야기를 꺼냈다. "작년 1년간 투신을 산 사람 모두가 원금을 잃었다는 사실을 부지점장님은 어떻게 생각하십니까?"

"뭐라고?"

"그러니까 은행원으로서 앞으로의 주식시장을 어떻게 예측하시는지 여쭙는 겁니다."

이 녀석, 무슨 소리를 하는 거지?

"부지점장님은 지금 투신을 사두면 돈을 벌 수 있다는 확신을 가지고 그걸 파시는 겁니까?"

이건 또 뭐야, 후루카와는 다시 한 번 말을 삼키며 눈앞에 서 있는 바보를 뚫어지게 쳐다봤다.

"그게 무슨 관계가 있나!"

"관계가 없다고요? 왜 관계가 없습니까? 우리 은행의 이념은 고객 제일주의 아닙니까? 부지점장님은 그 신탁 판매가 고객들을 위한 거라고 생각하시나 본데, 저는 아무리 생각해도 이해가 되지 않습니다. 그래서 왜 투신을 팔아야 하는지 물어봐야겠다고 생각했습니다. 그렇지 않으면 전 팔 수 없습니다. 대학에서 제 전공이 주식이었습니다. 만약 현시점에서 투신을 팔면, 도대체 제가 뭘 공부한 건지 모르겠습니다. 그러니 제가 납득할 수 있도록 설명해주십시오."

할 수 있으면 해봐라, 그렇게 얘기하는 듯이 들렸다. 전공이니, 이론이니, 모두 후루카와가 고졸이라는 사실을 깔보는 것으로밖에 들리지 않았다. 후루카와는 조금 전까지의 분노와 증오에 굴욕에 가까운 감정이 뒤섞여, 거친 숨을 몰아쉬며 상대를 노려봤다.

그때 두 사람의 침묵을 기다렸다는 듯 음악이 흘러나왔다.

은행 문을 열 시간이었다.

그때까지 후루카와와 고야마의 대립을 살피고 있던 행원들이 고객을 맞기 위해 의자 소리를 내며 일제히 일어섰다.

"부지점장."

옆에서 구조 지점장이 불렀다.

후루카와는 슬쩍 돌아보고 다시 고야마에게 시선을 돌리고는, 다른 행원들과 같이 일어서며 말했다.

"그만 가보게. 나중에 얘기하지."

고야마는 화를 억누르는 표정으로 자기 자리로 돌아갔다.

은행 문을 열 때 직원들이 모두 자리에서 일어나 손님을 맞는다. 이는 구조 지점장이 시작한 방침이었다.

"어서 오십시오."

낯익은 거래처 사장이 2층 계단을 오르자 일제히 인사를 건넸다.

매달 20일이 지나면 지점은 눈코 뜰 새 없이 바빠진다. 은행을 찾는 고객의 발길도 두 배 가까이 늘고 대출 결재도 많아진다. 따라서 후루카와가 직접 여신을 판단해야 하는 건수도 당연히 늘어난다.

그날도 순식간에 하루가 지나갔다.

"이봐, 융자과의 투신 판매는 어떤가?"

눈앞의 일을 처리하기 바빴던 후루카와가 급한 일을 대강 마무리하고 다시 투신 건을 떠올린 것은 저녁 7시가 넘어서였다.

자기 책상에서 서류를 보고 있던 고야마는 후 한숨을 내쉬고는 조금 귀찮다는 듯 후루카와를 돌아봤다. 그리고 의자에 앉은 채 대답하려고 했다.

"이리 와서 보고해!"

후루카와는 분노에 찬 목소리로 소리쳤다.

분명한 적의가 고야마의 얼굴에 떠올랐다.

원래 저런 놈이었나. 문득 그런 생각이 들었지만 돌이킬 사이도 없이 의식 속으로 사라졌다.

"오늘 실적은?"

"30만 엔입니다."

고야마가 대답했다.

고작 그것뿐이라고? 후루카와는 가만히 노려보는 것으로 자신의 불쾌함을 대신하려 했다.

"누구 실적인가?"

도모노 히로시의 이름이 나왔다. 융자과의 차석, 그러니까 평사원 중에서는 입사 연차가 가장 오래된 직원이었다.

"자네는?"

후루카와가 혐오감을 분명히 드러내며 물었다.

"누구한테 권했나? 오늘 거래처 사장이 몇 명 왔다간 것 같은데 제대로 권했나?"

"아뇨. 이유는 아침에 설명드렸는데요."

순간 머리에 피가 솟구쳤다. 후루카와는 "잠깐 따라와" 하며 지점장실을 가리켰다. 업무 시간 중에는 손님 접대용으로, 그

밖에는 회의실로 사용하는 방이었다. 구조 지점장은 거래처 접대로 자리를 비운 상태였다.

불을 켜자 고야마는 후루카와의 뒤를 쫓아 느릿느릿 안으로 들어왔다.

문을 닫았다.

"너, 무시하지 마!"

무엇을 무시한다는 소리인지. 은행인가, 아니면 고졸인 자신인가. 어느 쪽인지 분명하지 않은 그 말이 후루카와의 입에서 튀어나왔다.

눈을 부릅뜨고 노려본다.

180센티미터가 넘는 키에 체격 좋은 후루카와에 비해 고야마는 키는 크지만 야리야리하니 부실해 보였다. 그런 일개 병졸에 지나지 않는 부하가 감히 자신에게, 아니 조직에게 반기를 들고 나서는 건 용서할 수 없었다. 있을 수 없는 일이다.

하지만 고야마는 지금 적의에 가까운 감정을 눈에 담고 오히려 후루카와를 노려보고 있었다. 반항하겠다는 건가! 이 조직에서 상사를 거스른 놈이 어떻게 되는지 알려주지. 후루카와의 생각이 거기에 미쳤을 때 고야마는 입을 열었다.

"저는 톱니바퀴가 아닙니다."

이건 또 무슨 말인가.

"제 생각이 있고 의지가 있는 은행원입니다."

하지만 그 단순한 반박은 지독하게 왜곡된 형태로 후루카와의 사고 회로에 들어왔다. 은행이라는 조직에 대한 반란, 그리고 후루카와에 대한 조소라는 형태로.

"부지점장님은 제 질문에 대답하지 않으셨습니다."

고야마가 말했다.

"까불지 마!"

이제는 스스로를 제어할 수 없었다. 후루카와도 상대가 신입 사원에다 아직 머리에 피도 안 마른 녀석이라 깔본 구석도 있었던 게 사실이다. 후루카와는 윗사람을 신중하게 대하는 만큼 부하 직원도 잘 보살펴야 한다는 덕목이 부족했다.

고야마의 얼굴에 주먹을 날렸다. 고야마는 비틀거리며 뒤로 물러나더니 벽 쪽에 놓인 책상으로 쓰러졌다. 쿵 하고 둔탁한 소리가 났지만 이성을 잃은 후루카와에게는 씩씩대는 자신의 거친 숨소리 외엔 들리지 않았다.

고야마는 실이 끊어진 인형처럼 책상 옆으로 털썩 주저앉으며 천천히 옆으로 쓰러졌다.

의식이 없었다.

고야마가 머리를 부딪혔다는 걸 깨달은 건 그때였다.

사태가 심각하다는 깨달음이 발밑에서부터 서서히 기어오르더니 마침내 후루카와의 심장에까지 도달했다. 쿵 소리와 함께 문이 열리며 융자과장 마쓰오카 겐조가 나타났다.

마쓰오카는 쓰러져 있는 고야마를 보고 놀란 얼굴로 후루카와를 돌아봤다. 그의 입술이 떨렸지만 목소리는 나오지 않았다.

3

이제까지 한 번도 자신이 하는 일의 의미라든가, 이념 같은 걸 생각해본 적이 없었다.

자신에게 주어진 목표는 절대적인 것이었고 달성하기 위해 온 힘을 다했다. 하물며 거기에 '왜 그 일을 해야만 하나?'와 같은 의문이 끼어들 여지는 없었다. 이러쿵저러쿵 말을 늘어놓기보다는 그저 이를 악물고 명령에 따랐다. 물론 그런 업무를 수행하다 보면 화가 날 때도, 싫은 일을 떠맡을 때도 있었다. 그렇다고 불만을 입 밖으로 내뱉을 수도 없다. 더군다나 상사에게 대드는 건 더더욱 있을 수도 없는 일이었다. 꾹 참고 묵묵히 일한다, 그게 일이라는 거다, 후루카와는 그렇게 생각했다.

하지만 고야마 사건이 그 생각에 큰 파문을 일으켰다.

고야마는 면전에서 그 목표의 의미가 뭐냐고, 왜 그런 일을 해야만 하냐고 물었다.

눈앞이 흐려질 정도로 화가 치밀어 올랐지만 실은 '목표니까 당연히 하는 것'이라는 말밖에는 떠오르지 않았다. 후루카와는 그런 은행원 인생을 살아왔다.

후루카와가 자기도 모르게 폭력을 휘두른 것은 단순히 목표 달성에 대한 고야마의 안일한 태도 때문만은 아니었다. 후루카와 스스로도 알아차리지 못했지만, 자신의 인생이 통째로 부정당하는 느낌을 받았기 때문이다. 고야마의 말은 질문의 형식을 취했으나 후루카와의 삶에 대한 명백한 비난이었다. '너는 그런 천박한 세계관을 가지고 있느냐'는 비웃음이 섞여 있었다. 그건 일도 제대로 못하는 주제에 학력을 무기로 고졸인 후루카와를 깔보는 태도와 같은 것이었다.

"부지점장님, 좀 귀찮게 됐습니다."

다음 날 아침, 융자과장 마쓰오카가 부지점장 자리까지 와서 속삭였다.

"고야마 문젠가?"

그것밖엔 없었다.

"병원에 가기 위해 결근하겠답니다" 하고 마쓰오카가 대답했다.

고야마는 어젯밤 쓰러졌을 때 어딘가에 머리를 부딪치고는 순간 정신을 잃었다. "고야마!" 마쓰오카가 달려와 고야마의 뺨을 때리자 곧 의식이 돌아왔고, 후루카와는 내심 가슴을 쓸어내렸다. "병원에 데려갈까요?" 하고 마쓰오카가 물었지만, 후루카와는 "어쩐다?" 하며 얼버무렸다.

그때 고야마는 말없이 자리에서 천천히 일어났다. 입술이 찢어졌는지 피가 흐르고 있었는데, 그건 상관하지 않고 뒷머리를 만지며 얼굴을 찡그렸다. 그리고 성난 눈빛으로 후루카와를 쳐다봤다.

"대단치는 않은 것 같군."

후루카와는 무슨 말인가를 꺼내려는 마쓰오카를 가로막고

서 이렇게 결론 내버렸다. 덧붙여 "이제 알았겠지. 좀 더 반성하고 열심히 하라고" 하고 내뱉었다.

대답은 없었다.

자리로 돌아간 고야마는 곧바로 책상 위를 치우더니 먼저 가겠다는 말 한마디 없이 지점을 떠났다.

융자과 직원들은 고야마의 등을 물끄러미 바라본 뒤 잠시 후루카와에게 질문을 던지는 눈빛을 보내고서 다시 각자 책상으로 향했다. 봐선 안 될 것, 들어선 안 될 것, 건드려선 안 될 것. 그런 미묘한 것을 목격했다는 조심스러운 태도였다. "모두 빨리 마무리하고 집에 가자고!" 마쓰오카가 아무 일 없었다는 듯 말을 건넸지만 대답은 없었다. 무거운 분위기에 휩싸인 채 후루카와는 밤 9시가 지나서야 지점을 나섰는데, 그때까지 누구도 후루카와보다 먼저 퇴근하지 않았다.

"할 일도 제대로 못 하면서 한가하군그래."

후루카와가 이렇게 비아냥거릴 기분이라는 것을 모두가 알아차린 탓에 아무도 일찍 자리를 뜨지 않았던 것이다.

"정밀검사를 받기로 했답니다. 뭐라더라, MRI라던가? 어쨌든 머리를 다쳐서요."

후루카와는 비어 있는 지점장 자리를 슬쩍 쳐다봤다. 어젯밤 고야마 건에 대해 보고하지 않았다. 구급차로 실려 간 것도 아니니, 대단한 일은 아니었다. 기강을 잡기 위해 필요한 조치였다고 판단했다. 물론 그건 후루카와의 독단이었다.

"역시 어제 병원에 데려갔어야 했던 게 아닐까요?"

마쓰오카가 걱정스레 말했다. "절차상으론 그게 나았을지도……."

"무슨 일 있나?"

마쓰오카의 말 속에 뭔가 있다. 마쓰오카는 더 곤란한 표정을 지으며 미간에 주름까지 잡고 말했다.

"실은 아까 연락한 사람이 본인이 아니라 부모였습니다. 그래서 그게……."

"부모가 전화를 했다는 건가?"

두 손 들었다. 그러고도 사회인이라고 할 수 있나. 이 말이 목구멍까지 치올랐으나 겨우 참았다.

"그래서 뭐 어쨌다고?"

"경우에 따라 문제 삼을 수도 있다고 하더군요."

"뭐야? 이런 황당한!"

과잉보호의 끝이 이런 거구나, 전형적이군. 후루카와는 비웃었다. 문제 삼겠다는 말에 전혀 아무렇지도 않았다면 거짓말이지만, 그보다는 화가 더 났다.

가난한 집에서 자란 후루카와는 일하는 부모에게 폐를 끼치지 않기 위해 최선을 다했다. 무엇이든 스스로 해결하려 했다. 이런 일은 자랑거리도 아니지만, 기어 다닐 정도로 아파도 결석하겠다는 연락은 직접 했다. 학창 시절에도, 하물며 입사한 후에도. 그게 당연한 것 아닌가? 그 당연한 일조차도 고야마에게는 아니란 얘기다. 단순히 학력만이 아니라, 자라온 방식이 만든 전혀 다른 의식이 고야마와 자기 사이에 가로놓여 있었던 것이다.

"자식 대신 전화해준 부모도 참. 뭘 문제 삼겠다는 거야."

"그냥 해본 말 같긴 한데."

마쓰오카가 무기력한 태도로 말했다.

"그 녀석 아버지, 뭐 하는 사람인가?"

"회사를 경영하고 있다고 들었습니다."

"우리 은행과 거래하나?"

그렇다면 불만을 늘어놔 봐야 소용없지. 은행원답게 이런 생각이 먼저 들었지만, 마쓰오카는 고개를 갸웃하기만 했다.

"고야마와는 얘기해봤나?"

"아뇨."

"그럼, 오후에 상태가 어떤지 전화해보게."

후루카와는 백보 양보해 이렇게 말했다.

"문제를 삼든지 말든지 맘대로 하라고 해. 그 대신 앞일은 보장 못 한다고 고야마에게 전해."

"아, 네⋯⋯."

마쓰오카는 썩 내키지 않는다는 표정으로 대답했다. "지점 장님한테는 뭐라고 설명할까요?"

확실히 그게 문제였다. 꼭 설명할 필요가 있을까.

아니, 고야마의 진의야 어쨌든 결근 사유가 그 일 때문이라면 설명할 수밖에 없다. 고야마의 불손한 태도에는 구조 지점장도 수시로 열 받곤 했던 터라 후루카와에게 호의적인 반응을 보일 거라는 노림수도 있었다.

구조 지점장은 후루카와와 동갑이지만 입사 연차로는 4년 후배였고, 지점장을 맡은 건 이곳이 두 번째다. 원래는 사무직 중에서도 콧대 높기로 유명한 본점 엘리트 출신이지만, 변변치 않은 지점 대출을 주 업무로 하는 후루카와와 이상하다 싶을 만큼 손발이 잘 맞았다.

이런 일쯤이야.

"지점장님한테는 내가 보고하겠네."

후루카와가 말하자 마쓰오카는 안심한 표정으로 자기 자리로 돌아갔다.

4

"좀 곤란하게 됐군."

후루카와의 예상은 빗나갔다. 구조가 신중한 태도를 보였기 때문이다. 구조가 그 자리에 있었던 건 아니니까 '큰 문제는 아니'라는 후루카와의 말만으로 정확히 판단할 수 없었을 것이다. 답답했다.

"검사 결과는 나왔나?"

"오늘 중에 나온다고 하는데 정확히 언젠지는⋯⋯."

"병원이 어디라고 했나? 경우에 따라서는 내가 가서 부모님께 사과를 드려야 할지도 모르니까."

후루카와는 구조의 안색을 살폈다. 후루카와가 설명을 하는 동안에도, 그리고 지금도, 구조는 후루카와를 비난하는 표정을 드러내지 않았다. 그러기는커녕 담담하게 설명을 들었다.

대학 시절 골프 동아리에 있었다는 구조는 검게 그을린 피부를 지니고 있었다. 덩치는 작지만 체구가 단단했고, 늘 새것처럼 날이 선 감색 양복을 입고 있었다.

후루카와는 지점장실 소파에 구조와 나란히 앉아 있었다. 건너편 소파에는 아까부터 마쓰오카가 입을 굳게 다물고 있었다.

도사 지방 출신인 구조는 혈기왕성한 성격이다. '쾌남'이라고 할 수 있다. 오랜 사무직 생활 탓에 신사처럼 행동하고 있지만 한 꺼풀만 벗기면 외양과 상관없이 정열적인 인물이다.

"지점장님, 그렇게까지 하지 않으셔도⋯⋯."

이 말이 실언이었다는 건 구조의 다음 말로 금세 드러났다.

"너무 안일하게 생각하는 거 아닌가? 조금만 삐끗하면 큰일이 될 수도 있어."

"아, 네. 죄송합니다. 고야마의 태도가 너무 불손해서 조금 도가 지나쳤습니다."

반박해봤자 역효과가 날 것 같아 후루카와는 일단 사과했다. 구조는 조용히 이 말을 흘려듣고 "뭐, 잘 해결되면 좋지" 하며 누구에게랄 것도 없이 말을 뱉었다.

 자리가 씁쓸하게 끝나버렸다.

 지점장에게 보고를 끝낸 후루카와는 구조가 일어섰는데도 자리를 지키고 있었다. 계면쩍은 표정의 마쓰오카가 눈앞에 있다. 자네가 아랫사람 교육을 제대로 못 해서 생긴 일 아닌가, 한마디 해주고 싶었지만 그렇다고 이제 와서 말해봐야 소용없다.

 고야마의 검사 결과는 오후가 되어서야 나왔다.

 "이상은 없다고 합니다."

 후루카와는 마쓰오카의 보고를 듣고 내심 가슴을 쓸어내렸다. 하지만 안심하기엔 아직 이르다.

 "그런데 머리에 타박상을 입고 입술이 찢어져서 전치 2주를 받았답니다."

 "전치 2주? 그것도 부상 축에 끼나?"

 후루카와는 불쾌한 듯 내뱉었다. "그래서 상대는 뭐라고 하던가? 고야마인지 그 아버지인지는 모르겠지만."

 "경찰에 피해 신고를 접수하겠다고 하던데요."

 할 말을 잃었다. 후루카와는 너무 놀라고 어이가 없어서 마쓰오카의 얼굴을 뚫어지게 쳐다봤다. 마쓰오카는 궁색한 변명을 늘어놓을 때처럼 얼굴을 찌푸렸다.

 "고야마와 얘기 나눠봤나?"

 "네, 조금. 잘 알아듣도록 설명을 하긴 했는데 워낙 의지가 확고해서……."

"그러면 앞일은 보장 못 한다는 얘기도 했나?"

"말썽을 일으키면 본인만 곤란해질 거라고 말했습니다. 그렇게 말하면 알아들을 줄 알았는데 그게……."

"그게 뭐!"

후루카와의 말투가 거칠어졌다.

오후 4시. 20일이 지난 시점이라 업무가 살인적이었다. 마쓰오카에게도 후루카와에게도 해야 할 일이 산더미였다. 초조했다. 고야마에게 분통을 터뜨린 이후 후루카와는 점점 더 분노를 억누르기 힘든 상태가 되었다. 사소한 일에도 화를 내고 마는…….

"실은 아버지 태도가 상당히 강경해서요. 사과 한마디 없다면서……."

"검사 결과가 나오면 지점장님이 사과하러 갈 예정이었다고 얘기했나?"

"물론입니다."

"그래서 뭐라고 하던가?"

"왜 사죄에 검사 결과가 필요하냐고……."

"무슨 소리야?"

"그러니까 때린 데 대해 솔직히 잘못을 빌어야 한단 겁니다."

후루카와는 체벌 때문에 학부모회에 질질 끌려 다니는 교사가 된 심정이었다.

"고야마도 그렇게 얘기하던가?"

마쓰오카는 눈을 내리깔고 잔뜩 주눅 들어 말했다. "네. 뭐, 그랬습니다."

무거운 침묵을 깨고 업무 종료를 알리는 사내 방송이 울려 퍼지자 드문드문 박수 소리가 터졌다. 이어서 "오늘의 투신 판매 실적을 발표하겠습니다!" 하는 업무과 직원의 목소리가 이어졌다.

그만 가보라는 뜻으로 후루카와가 한 손을 들었다. 마쓰오카가 떨떠름한 표정으로 자기 자리로 돌아갔다.

"업무과 실적은……."

지금까지는 주 1회 조례 때 실적 보고를 해왔는데, 워낙 중요한 사안인지라 매일 저녁 영업이 종료된 후 진척 상황을 보고하라는 지점장 명령이 떨어졌다.

어제에 이어 이틀째다. 아마 대단한 실적 향상은 없을 것이다.

그런 생각을 하던 후루카와의 눈이 갑자기 커졌다.

"오늘 실적, 5천만 엔."

자기 자리로 돌아간 마쓰오카뿐 아니라, 융자과 전원이 일손을 멈추고 목소리가 나는 곳에 5천만 엔짜리 수표가 걸려 있기라도 하듯 허공을 응시했다.

"누군가?"

업무과 쪽을 향해 물었다. 지점의 목표 수치를 순식간에 끌어올린 순간이었다. 평소라면 펄쩍펄쩍 뛸 일이었지만 그럴 기

분이 아니었다. 하지만 공로자가 누구인지는 확실히 해둬야
한다.

"다키노 대리입니다."

다키노의 모습은 보이지 않았다. 조금 전까지 자리에 있었던
것 같은데 또 외근을 나간 모양이다. 늘 그날 처리해야 하는 서
류 때문에 일단 지점에 들어왔다가 6시 이후에 다시 열심히 거
래처를 돈다. 그것이 다키노 마코토의 일상적인 업무였다.

다키노 마코토는 업무과 대리 두 명 중 하나로, 신규 담당이
었다.

은행에서 신규 담당은 '에이스'로 불린다. 신규 고객 확보는
지점 업무에서 가장 어려운 일이기 때문이다. 가장 능력 있는
사원이 그 일을 맡게 된다.

실제로 다키노는 부임하고 줄곧 신규 담당이라는 이름에 부
끄럽지 않을 실적을 올려왔다. 그리고 또다시…….

다키노가 얼마나 큰 도움이 되었는지!

후루카와는 크게 고객을 끄덕인 후 "수고했네!" 하고 큰 목
소리로 말했다. 업무과장 가시마 노보루는 만면에 웃음을 띠
고 있었다. 그에 비해 오늘도 이렇다 할 실적을 올리지 못한 융
자과는 콘크리트에 굳어버린 사람들처럼 꼼짝도 하지 않았다.

고야마라면 담당자임에도 불구하고 당연히 별다른 행동을 취
하지 않았을 게 뻔하다. 지금의 융자과는 오합지졸에 불과하다.

"다키노는 5천만 엔이나 되는 투신을 어디서 따냈지?"

"정기예금에서 전환한 게 4천만 엔, 나머지 1천만 엔은 에지마 사장에게서 따낸 겁니다"라는 대답이 즉시 날아왔다. 업무과장 가시마는 마치 자신이 따낸 것처럼 기세가 등등했다. 에지마 무네히로는 지난 2월에 다키노가 새로 뚫은 대출 거래 기업의 대표였다.

"업무과가 드디어 해냈군!"

후루카와는 적막한 융자과를 노려보며 업무과에 말을 던졌다.

묵은 체증이 내려간다는 건 이런 걸 두고 하는 말인가.

대가리와 주둥이만 놀리는 융자과 놈들은 다키노의 손톱 때만도 못하다. 말대답할 시간이 있으면 목표 달성부터 하라고 말해주고 싶었다.

그런데 뭐? 피해신고서라고? 업무과가 날린 절호의 안타에 찬물을 끼얹는다. 고야마 건이 떠오르자, 후루카와의 가슴에 다시 안개가 끼기 시작했다.

얼마 후 거래처에서 돌아온 구조 지점장과 대책을 강구했다.

"여기서 이러쿵저러쿵 얘기해봐야 소용없어. 일단 내가 가서 사죄를 해야지. 아니면 부지점장, 자네가 가든가!"

후루카와는 입술을 깨물었다. 잘못한 건 고야마가 아닌가. 하지만 무엇보다 구조에게 귀찮은 일을 떠맡겨선 안 된다.

"원인 제공자는 저니까요."

그게 본심인지 아닌지 스스로도 모른 채 후루카와는 그렇게 말했다.

"제가 가게 해주십시오. 오해가 있는 것 같으니 잘 얘기하면 이해하겠죠."

5

"얼마나 다쳤나?"

고야마의 집은 덴엔토시선의 사쿠라신마치역과 가까운 한적한 주택가에 있었다.

아버지가 회사를 경영한다고 들었는데, 알고 보니 직원 30명 정도를 거느린 회계 사무소를 운영하고 있으며 도쿄제일은행과는 거래가 없었다.

대출해준 거래처라면 힘으로 누르면 되겠다 싶었는데. 하기야 애당초 이런 압력이 먹힐 상대였다면 일이 여기까지 오지도 않았겠지.

고야마는 머리에 붕대를 감은 채 소파에 마주보고 앉아 있었다. 조금 전 어머니가 차를 내왔지만 건성으로 인사만 던지고는 곧 사라졌다. 후루카와에 대한 불신을 분명하게 드러낸 것이다. 자식도 자식이지만, 참, 부모도 어지간하다.

"다친 건 보시는 대롭니다."

고야마의 태도는 차갑기 그지없었다. 후루카와는 '내게는 대단치 않아 보이는군'이라는 말을 겨우 참고서 무겁게 입을 열어 의례적인 사과의 말을 건넸다.

"이번 일은 정말 미안하게 됐네."

그러나 반응은 없었다. 고야마는 여전히 침묵을 지키고 있었다. 후루카와는 대답을 기다리는 동안 분노 섞인 굴욕감이 가슴에 차올라 도저히 견딜 수 없었다.

"하지만 자네도 문제는 있었다고 생각하네. 그건 인정하겠지?"

서로 잘못한 게 있으니 비긴 것이라고 말하고 싶었는데, 돌아온 건 적의에 불타는 시선이었다.

"문제라니? 뭐가 문젭니까? 폭력을 휘두를 정도로 문제가 있었던 건지 전혀 모르겠습니다. 설명해주시겠습니까?"

상대하기 벅찼을 아버지는 일 때문에 바빴는지 동석하지 않은 것이 천만다행이었다. 회계 사무소라고 해도 직원이 30명이면 상당한 규모다. 유복하다는 건 이 굉장한 집을 봐도 알 수 있었다.

이 녀석은 과보호 속에 자란 부잣집 도련님이다. 그에 비해 나는 학교도 편안하게 제대로 못 다닌 가난한 졸병이다. 그런 비굴한 생각이 후루카와의 가슴에 떠올랐다.

난 이 녀석이 지금까지 했던 노력의 몇 배, 아니 몇십 배의 노력을 했다.

그런데도 지금 세상물정을 전혀 모르는 이런 애송이한테 말꼬리를 잡혀 고개를 숙여야 한다.

이런 어처구니없는 일이 있나. 나는 이 녀석의 상사다.

상사와 부하라는 상하 관계는 25년 남짓한 후루카와의 은행원 생활 속에서 언제나 절대적인 의미를 지녀왔다. 일부러 의식한 적은 없지만 후루카와는 늘 일개 사병에 불과했다. 상관의 명령이라면 주저 없이 죽어야 하는 사병.

그처럼 상사의 명령은 절대적인 것이다. 무엇보다 상사인 나는 이 녀석의 인사권을 쥐고 있다.

속이 뒤집혔다. 너, 잘 봐둬. 내게 칼을 들이대면 어떻게 되는지. 그 머릿속에 조직 논리를 깊이 새겨주지.

바로 그때 고야마가 서류를 한 장 내밀었다.

"진단서입니다. 내일 이걸 가지고 경찰서에 갈 겁니다."

"이봐, 고야마!"

후루카와는 토악질이 날 것 같은 혐오감과 다시 자제력을 잃을 것 같은 분노를 참으면서 애써 웃음을 지어 보였다.

"자네 은행에서 계속 일할 생각이지? 그러면 이런 일로 풍파를 일으켜서 좋을 게 없어. 다 자넬 생각해서 하는 소리야."

역시 대답은 없었다. 아무 감정 없는 가면 같은 얼굴이었다.

"절 위해서라고요?"

고야마는 비웃었다. "자신을 위해서가 아니고요?"

되돌아온 그 한마디에 후루카와는 할 말을 잃을 정도로 분노를 느꼈다. 눈앞에서 실실거리며 턱을 세우고 있는 부하를 실컷 때려주고 싶은 걸 참는 것만으로도 벅찼다.

그리고 경악했다.

이 녀석은 같은 은행원이지만 은행원이 아니다. 은행에서 준 양복과 만년필을 신줏단지처럼 생각하고 출세를 목표로 최선을 다한 자신과는 비교하면 전혀 다른 생물로 보였다. 하지만……

다시 후루카와의 가슴에 한 가지 생각이 떠올랐다.

이 녀석, 전부터 이런 성격이었나?

6

"일이 이렇게까지 커졌으니 후루카와 씨도 반성했을 겁니다."

본점 인사부 차장 사카이 히로시는 부드러운 말투와는 달리 무서운 표정을 짓고 있었다.

후루카와는 떨떠름한 표정으로 지점장실에 앉아 있었다.

경찰에 신고하겠다는 말을 들으면서도 후루카와는 반신반의했다. 정말로 그런 짓을 할 리 없다고 생각하면서도 또 한편으로는 사고방식이 전혀 다른 고야마라면 그렇게 할지도 모르겠다 싶었다.

결국 고야마는 정말로 경찰에 피해신고서를 접수했고, 경찰은 그 사실을 통보했다. 오전 늦게 사건 조사를 위해 형사가 찾아왔고, '사건'의 무대가 된 지점장실에서 꼬박 한 시간에 걸쳐 당시 상황을 설명해야만 했다.

후루카와는 때린 사실과 다치게 했다는 사실을 수차례 반복해 말했다. '내가 했다'고 대답할 때마다 첫 월급을 불단에 올리며 눈물을 흘리던 어머니의 얼굴이 떠올랐다. 아주 먼 곳까지 와버렸다는 불길한 느낌이 갑자기 온몸을 휘감았다.

"기소될지 어떨지는 모르겠지만 상해 사건입니다."

형사의 말이 지금도 귓가에 쟁쟁 울렸다.

지금 나는 피의자로군.

후루카와 옆에는 구조 지점장이 아까부터 팔짱을 긴 채 언짢은 듯이 침묵을 지키고 있었다. 이번 일은 구조의 관리 책임도 추궁될 터라, 분명히 그 건에 대해 생각하고 있을 것이다. 아니면 고야마를 설득하는 데 실패한 후루카와에게 화를 내고 있는 걸까? 아니, 분명 양쪽 다일 것이다.

"고야마 씨와 이야기를 나눠봤습니다."

사카이가 입을 뗐다.

"갔다 오셨습니까?"

후루카와는 놀라서 고개를 들었다.

"네. 왜 사건을 접수했는지, 그 솔직한 심정을 듣고 싶었습니다."

"그러셨군요. 상당히 고집이 센 사람이라."

후루카와가 말했다. 이런 일을 문제 삼은 사람에게 도리어 더 큰 문제가 있다고 생각하는 건 이 자리에 있는 사람 모두 마찬가지일 것이다. 후루카와는 이번 사건을 고야마 도오루의 성격 탓으로 몰아가는 게 좋겠다고 생각했다.

"사건의 발단이 된 투신 문제도 그렇고, 지시를 무시한 데 대해 좋은 말로 주의를 줬는데도 반발하더군요. 아무래도 고쳐줘야 할 것 같아 애쓴다는 게 좀 지나쳤습니다. 하지만 고야마는 전혀 반성의 기미가 없어요. 문제입니다."

하지만 사카이는 기대했던 맞장구를 치지 않았다. 재판관을 연상하게 하는 가느다란 눈이 물끄러미 이쪽을 향하고 있을 뿐이었다.

"얘기가 조금 다른 것 같군요."

사카이가 말했다.

"무슨 말씀이신지요?" 후루카와는 당황했다.

"최근 도산한 나카모토전기라는 회사, 고야마 담당이었다고 들었습니다."

뜻밖의 얘기에 후루카와는 "네, 그렇습니다만" 하고 말끝을 흐렸다. 얘기가 어떻게 전개될지 전혀 감을 잡을 수 없었다.

"그 회사는 왜 도산한 겁니까?"

"원래 실적이 떨어지던 곳이고, 대형 거래처가 도산했습니다."

"이 지점은 실적이 나빠지고 있던 회사에도 도산 3개월 전, 5천만 엔을 대출해줬더군요."

후루카와는 사카이의 의도를 알아내기 위해 상대의 얼굴을 지긋이 쳐다봤다.

"네에, 그렇습니다. 그것은 고야마의 업무였지요. 그 회사 결산에 분식회계가 있었는데 담당자인 고야마가 그걸 놓쳤더군요. 대출 관할 부서에 그런 보고서가 올라와 있었습니다."

사카이가 가방을 열어 당시 보고서를 꺼내는 걸 본 후루카와의 목덜미에서 땀이 나기 시작했다.

"보고서에는 이렇게 써 있군요. '실적 악화된 나카모토전기에 대한 대출 안건은 융자과 고야마 도오루가 올린 것인데, 고야마의 대응 자세와 분석력에 문제가 있어 결과적으로 여신 판단에 오류가 있었다. 본인에게 반성을 촉구함과 동시에 두 번 다시 이 같은 일이 재발하지 않도록 철저히 지도할 필요가 있다'라고 돼 있습니다."

사카이는 다 읽은 다음, 반응을 확인하듯 후루카와를 쳐다봤다.

"지점장님 결재도 있군요."

이 말에 구조도 조용히 고개를 들었다.

"하지만 이건 사실과 다르지요, 후루카와 씨?"

후루카와의 온몸이 후끈 달아올랐다.

사카이가 계속했다.

"5천만 엔의 대출 안건을 정리해 품의서를 작성하도록 한 건 후루카와 당신이었죠? 고야마는 분식회계를 알아냈다고 하더군요. 그런데 당신에게 목표를 달성하지 못한 데 대해 질책 받고 어쩔 수 없이 품의서를 작성했다고 합니다. 이 보고서와는 내용이 상당히 다른 것 같은데, 어느 쪽이 맞습니까?"

사카이의 시선에 엄중함이 더해졌다. 그때⋯⋯.

"어떻게 할까요, 부지점장님?"

나카모토전기의 도산이 거의 기정사실화됐을 때 융자과장 마쓰오카가 후루카와에게 귓속말을 했다.

도산 직전인 회사에 신규 대출을 해줬기 때문에 마쓰오카와 후루카와뿐만 아니라 구조도 어떻게든 책임을 질 가능성이 있기 때문이다.

그것은 후루카와도 걱정했던 부분이었다.

신규 출자 목표를 채우기 위해 악전고투 중이던 지난 분기, 조금이라도 목표에 근접하려고 후루카와가 직접 거래처를 방문해 적극적으로 대출을 권했다. 그렇게 겨우 한 건을 올렸다.

"5천만 엔 정도 대출을 받을 수 있을까요?"

다른 거래처에서 딱 잘라 거절당하고 돌아오는 길에 밑져야 본전이라는 생각으로 나카모토전기에 들렀는데, 뜻밖에도 사장이 이런 말을 꺼냈다.

이 회사의 상황은 좋지 않다. 그건 알고 있었다. 하지만 한편으로 현시점에서 5천만 엔 대출은 지점 실적에 의미가 크다는 것 역시 후루카와는 아플 정도로 너무도 잘 알고 있었다.

"검토해보겠습니다."

말은 그렇게 했지만 후루카와는 이때 벌써 거의 결정한 상태였다.

은행으로 돌아온 후루카와는 담당자인 고야마를 불러 지시했다.

"나카모토전기에 5천만 엔짜리 품의서를 써 오게."

"나카모토 말입니까?"

석연치 않은 표정을 짓는 고야마에게 후루카와는 '뭐야?' 하는 눈빛을 보냈다.

"자네, 개인 목표는 달성했나?"

"아닙니다."

"그러면 잔말 말고 써."

그런데 고야마는 두말할 필요 없다는 말투의 명령에도 물러서지 않았다.

"부지점장님, 그 회사 결산이 아무래도 이상합니다. 확실한 건 아니지만 분식회계가 있을지도 모릅니다."

생각지도 못한 말이었다.

"주거래은행의 움직임은 어떤가? 대출 잔고를 줄이고 있나?"

"아닙니다. 현재로선 그런 움직임은 없습니다만."

"그러면 6개월짜리 단기 대출로 하면 되겠군. 내일 아침까지 제출해."

알아들었냐고 못을 박는 후루카와에 대해 고야마는 아직도 할 말이 남은 얼굴을 하고 있었다. 하지만 더 이상 얘기해봤자 받아들여지지 않을 것을 깨달았는지 그대로 자리로 돌아갔다.

다음 날 아침, 고야마는 지시에 따라 5천만 엔짜리 대출품의서를 후루카와에게 제출했다. 본점에만 오래 있어 중소기업의 여신 판단에 약한 구조 지점장은 후루카와의 도장이 찍힌 품의서엔 별다른 토를 달지 않고 그대로 도장을 찍곤 했다. 이 때도 마찬가지였다. 결과적으로 품의서는 곧장 본점 여신 관할 부서로 보내졌고, 5일 뒤 후루카와의 예상대로 대출이 이루어 졌다.

"지금 확인해보니 5천만 엔은 주거래은행의 대출 상환에 쓴 것 같습니다. 게다가 다른 은행에 확인한 결과 분식회계가 있 었던 것 같고요."

마쓰오카의 말에 후루카와는 위가 뒤틀리는 것 같았다.

"어떻게 할까요?"

마쓰오카가 다시 조그맣게 속삭였을 때 후루카와가 가장 먼 저 생각한 것은, 어떻게 채권을 회수할 것인가가 아니라 어떻게 책임을 회피할 것인가 하는 보신책이었다.

나는 지점장이 될 몸이야. 이런 곳에 발이 묶일 순 없어.

"내게 생각이 있네. 자네 지금 빨리 본점에 보낼 보고서를 써 주지 않겠나?"

후루카와는 마쓰오카의 귀에 대고 내용을 알려줬다.

사카이는 단도직입적으로 말했다.

"당신은 손실을 고야마 탓으로 돌리고 책임을 회피하려 했 습니다. 맞습니까?"

후루카와는 변명거리를 찾았지만 쉽게 입 밖으로 나오지 않 았다.

"이 보고서 내용을 고야마에게 말했습니까?"

"아뇨. 그럴 필요도 없었습니다."

이때 사카이는 뜻밖의 말을 던졌다.

"고야마는 이 보고서에 대해 이미 알고 있었습니다."

후루카와는 놀라 고개를 들었다.

"당신의 미결재함에 들어 있던 서류를 우연히 봤다고 합니다. 그때 자신이 이용당했다는 걸 알았고, 그래서 그런 태도를 취했다더군요. 이대로는 출세가 불가능하다고 생각했던 겁니다. 당신을 파멸시키고 싶었다, 그게 이번 사건의 진상입니다. 반론하실 게 있나요?"

나는 지금 절벽 끝에 서 있다, 초조감 속에서 후루카와는 필사적으로 변명거리를 찾았다.

2장

상심 가족

1

에코의 손은 작다. 마시멜로처럼 말랑말랑하고 부드러워서 마치 어린 단풍잎 같다.

요요기에 있는 사택 계단을 내려와 밖으로 나오자 봄 냄새가 났다. 땅에서 솟아오르는 새싹을 머금은 것 같은 흙냄새. 얼마 전까지만 해도 몹시 추워서 코트 앞섶을 단단히 여며야 했는데, 어느새 햇살에 봄기운이 가득했고 상쾌한 바람도 불어왔다.

은행이라는 직장에 있다 보면 지나치게 바쁜 나머지 계절의 변화를 느낄 여유가 없다. 눈 깜짝할 사이에 봄이 되고 여름이 오고 어느새 중간 결산을 해야 하는 가을이 오고 마감 철인 겨울이 된다.

업무 스케줄이 세상 그 무엇보다 우선인 도모노 히로시에게 연말은 12월이 아니라 회계 연도 마감에 해당하는 3월이다. 은행에 입사한 지 10년이 지나자 그런 1년 주기가 몸에 익어버렸다.

상심 가족

"벌써 봄인가?"

눈부신 햇살 속으로 나선 도모노는 사택 마당에 쏟아지는 햇살이 의외로 강해 눈살을 찌푸렸다. 늘 가슴에 품고 살아온 초조감이 새삼 다시 느껴졌다.

봄은 승진의 계절이다.

도대체 나는 언제 대리가 될까? 도대체 언제……. 대리라는 직책이 내게도 올 수 있을까 하는 근본적인 의문까지 생겼다.

"아빠!"

도모노가 얼굴을 찡그리고 있을 때 등 뒤에서 자신을 부르는 소리가 들렸다.

돌아보니 에코가 3층 방 베란다에서 도모노를 향해 열심히 손을 흔들고 있었다. 안녕, 안녕! 안녕, 안녕! 아내 미사도 뒤에 서서 함께 손을 흔들고 있었다.

"아빠! 힘내세요!"

에코의 목소리가 쫓아온다. "힘내! 아빠!"

손을 흔들던 도모노는 걸레 짜듯 심장을 쥐어짜는 느낌이 들었다. 갑자기 왈칵 솟아오르는 에코에 대한 애정. 여기에 초조감이 뒤섞이면서 제일 먼저 승진한 동기들보다 2년이나 진급이 늦어지고 있는 자신의 처지가 떠올랐다.

"아빠는 열심히 할 거야. 에코를 위해. 그런데 생각만큼 잘 되질 않네."

지금 도모노가 가장 외면하고 싶은 현실이 눈앞으로 다가오며, 새파란 하늘이 돌연 흐려지는 것처럼 마음속에 우울감이 가득 차기 시작했다.

이래서 봄이 싫다.

도모노는 나가노현에 있는 유명한 공립고등학교를 졸업한 후 재수해 사립대학 경영학부에 입학, 선배 연고로 도쿄제일은행에 입사했다. 도모노의 첫 부임지는 기치조지 지점이었다. 교외에 있는 이 큰 지점에서 다양한 경험을 쌓은 후 입사 3년차에 고지마치 지점으로 전근 발령을 받고 융자과에 배속되었다.

이 지점에서 매출액 100억 엔 전후의 50여 개 중견 기업을 담당하게 된 건 도모노에 대한 회사의 기대를 그대로 반영한 것이었다. 고지마치 지점은 도쿄제일은행의 300여 개 지점 중에서도 오랜 역사를 지닌 유서 깊은 곳이라 경력을 쌓기에는 안성맞춤이었다. 실제로 도모노의 전임자는 일반 사원에서 관리직으로 초고속 승진을 해서, 채권부 사무직으로 영전해 갔다.

그렇다면 도모노가 동기 중 가장 빨리 승진하는 것도 어려운 일은 아니다. 도모노가 '나도'라고 생각한 건 너무나 당연했다.

도모노가 지망하는 분야는 예나 지금이나 변함없이 국제부다.

장래 미국과 일본을 오가는 국제적인 은행가가 되는 것. 이를 위해 도모노는 바쁜 와중에도 짬을 내서 영어 회화 학원에 다니며 어학 공부를 게을리하지 않았다.

아내 미사와는 고지마치 지점에서 만나 2년 만에 결혼했다. 입사 5년째, 스물일곱 살의 봄이었다.

업무도 가정생활도 원만해 고지마치 지점에서의 처음 2년 동안은 지금까지 도모노 인생에서 최고의 순간이었다. 당시 경기는 최악이었다. 중견 기업들의 실적도 계속 나빠져 주어진 목표액을 반도 채우지 못했지만, 그래도 도모노는 조금씩 실적을 올려갔다. 도모노가 분발한 것은 '해외'라는 목표가 있었기 때문이었다. 그리고 가정이 있었으니까. 아내의 임신도 큰 자극이 됐다.

머지않아 미사와 단둘이었던 가정에 마침내 보물이 생겼다. 아이가 태어난 것이다. 미대 출신으로 그림을 좋아하는 미사를 생각해 이름을 에코[繪子]라고 지었다.

고지마치 지점에 근무한 지 4년째 되던 봄이었다. 도모노는 아이 아버지가 되고 나서 마음 깊은 곳에서부터 솟아오르는 아이에 대한 애정의 깊이를 느꼈다. 이 아이를 위해서라면 뭐든 할 수 있다는 생각이 들었다. 그 생각에는 지금도 변함이 없다. 그래서 더 괴로운 거지만.

아이러니하게도 도모노의 인생에 최초의 암운이 드리운 것도 이 시기였다.

대출 담당으로 실적을 올리고 있던 도모노에게 인사부로부터 특별 연수에 참가하라는 통지가 날아왔다.

처음에는 순조로운 출발이라고 생각했다.

'융자 프리미엄 연수'라 이름 붙은 이 연수는 승진을 앞둔 중견 직원들 중에서도 특별히 선발된 사람들만을 대상으로 한, 이른바 간부 양성 연수로 알려져 있었다.

"좋았어!"

참가 요청을 받았을 때 도모노는 자기도 모르게 주먹을 쥐었다. '이걸로 분명해졌어!' 그렇게 생각했다. 관리직으로의 승진은 따놓은 거나 마찬가지라고.

그런데…….

연수가 있던 날, 도모노는 자리에서 일어나질 못했다. 컨디션이 안 좋았고 구역질이 올라왔다. 고열에 신음하며 한숨도 자지 못하고 아침을 맞았다. 기어서라도 가야겠단 생각에 억지로 일어서려다 그만 현기증을 느끼고 쓰러졌다.

"여보! 괜찮아요?"

놀란 아내의 절규에 태어난 지 얼마 안 된 에코가 요란하게 울음을 터뜨렸다. 고막이 찢어질 것 같았다.

연수, 출세…….도모노의 머릿속에서 이런 단어들이 집요하게 맴돌았다. 연수란 단어는 그 당시 도모노에게 승진과 동의어였다. 여기에 참가해 우수한 성적을 거두면 고속 승진은 손에 넣은 거나 다름없다고 생각했기 때문이다. 사실 지금도 그렇게 생각한다.

과로가 원인이었다. 대출 업무는 몹시 고된 업무다. 특히 연수로 나흘이나 자리를 비워야 했기 때문에 전날까지 강행을 거듭하며 몸이 지르는 비명을 무시했다. 그것이 최악의 결과가 되어 돌아왔다.

전화로 연수 불참을 전하는 도모노에게 고지마치 지점 부지점장의 반응은 싸늘했다.

"자네를 그 연수에 참가시키기 위해 지점장님이 얼마나 애쓰셨는지 아나? 자기 관리도 제대로 못 해서야. 쯧쯧."

"죄송하……."

도모노가 말하는 중간에 전화가 일방적으로 끊겼다.

버림받은 기분이었다. 지금껏 보호를 받다가 갑자기 무자비하게 사다리에서 밀려 떨어진 느낌이었다. 인사란 무릇 상사와의 인간관계가 전부다. 도모노는 풍향이 바뀌었다는 걸 피부로 느꼈다.

만약 도모노가 독신이었다면 이렇게까지 예민하게 상황을 비관적으로 받아들이지 않았을지도 모른다.

하지만 내겐 아내와 자식이 있다. 이 생각이 도모노의 가슴에서 네온사인처럼 끊임없이 깜박였다.

내게는 지켜야만 하는 가족이 있다.

그 책임감이 도모노의 양어깨를 무겁게 짓눌렀다.

악재는 겹치기 마련이어서 그 뒤로는 무슨 일을 해도 잘 되지 않았다. 일도, 다른 것들도.

결정적으로, 승진에 필요한 필수 항목인 내부 시험에서도 떨어졌다. 불합격 통지를 받았을 때 손이 떨렸다. 설마 떨어질까

싫었는데 이렇게 발밑이 무너져내릴 거라고는…….

시험은 1년에 한 번씩 치러진다. 다음번, 그러니까 내년 시험에 합격해도 진급 시기가 다가오고 있기 때문에, 동기 중 첫 번째로 진급하는 건 사실 불가능했다.

예상대로 동기 중에서 처음 진급 인사가 발표됐을 때 도모노의 이름은 없었다.

두 번째로 도전한 내부 시험에는 이미 합격해놓은 상태였다. 그렇다면 몇 달 늦게 2차 승진 그룹에서 진급되겠지. 그때는 반드시 국제부 조사역 자리를 손에 넣으리라. 내 실력과 고지마치 지점에서의 실적을 고려하면 그 정도 자리를 손에 넣는 건 그리 어려운 게 아니야.

하지만 도모노가 기다린 진급 통지는 그로부터 몇 달이 지났는데도 오지 않았다. 2차 승진에서도 도모노는 탈락했다.

왜 이런 일이 생겼을까?

괴롭고 견디기 힘든 패배감과 함께 이런 생각이 도모노의 가슴을 지배하기 시작했다. 그 연수에 참여하지 않아서일까? 아니, 그보다 일에 너무 몰두한 게 오히려 좋지 않았던 건가? 큰 기대를 모았던 게 오히려 마이너스가 됐을지도 모르지. 생각이 꼬리에 꼬리를 물었다.

"있잖아, 아직 전근 소식 없어?"

도모노가 고민하고 있을 때 아내 미사가 넌지시 물었다.

도모노는 자신의 진급이 늦어지고 있다는 사실을 미사에게

상심 가족

말하지 않았다. 입을 다물었던 건 스스로도 이유를 몰랐기 때문이었고 또 자존심 때문이기도 했다. 아내와 에코에게 자신은 좋은 남편이자 맘껏 기댈 수 있는 아버지인 동시에 세상에 자랑할 수 있는 뛰어난 은행가이고 싶었다. 그래서 자신의 패배를 인정할 수가 없었다.

하지만 미사는 알고 있었다.

생각해보면 당연한 일이었다. 같은 사택에는 도모노의 동기가 여러 명 있었다. 아내들끼리 그 나름대로 서로 어울렸을 테니 자연스럽게 진급 얘기가 오갔을 것이다. 어디의 누가 대리와 조사역이 됐다는 이야기를 미사가 어떤 기분으로 듣고 있었을까 생각하면, 도모노는 가슴이 아팠다.

지점에서 진급하면 바로 전근이 뒤따른다. 그래서 미사는 전근 얘기 없냐고 물었던 거다. 일요일 밤, 식탁에서 맥주를 마시고 있던 도모노는 그 순간 할말을 잃었다. 그런 도모노의 표정을 읽고 미사는 얼른 화제를 바꿨다.

수치심과 분노, 자신의 무기력함, 그리고…… 미안하다는 말이 떠올랐다.

나 혼자가 아니다. 내겐 가족이 있다. 가족도 역시 잔뜩 주눅 들어 있었구나, 하는 생각이 들자 더욱 무거운 중압감이 도모노의 어깨를 짓눌렀다.

기다리고 기다리던 전근 발령이 떨어진 것은 1차 승진 팀이 진급하고 6개월 뒤였다.

"도모노, 잠깐 와보게."

융자과장에게 불려갔을 때의 심정을 한마디로 표현하자면 해방감이었다. 이것으로 진급에 대한 압박감에서 해방된다. 이 걸로 미사를 기쁘게 해줄 수 있다. 이것으로 에코가 자랑스러 워할 아버지가 된다. 마침내 원하던 세계의 문이 열린다. 그렇 게 생각했다.

"다음엔 해외로 나갈지도 모르겠어." 미사에게 미리 귀뜸도 해두었다.

그때 미사는 이렇게 말했다. "그래! 아시아는 좀 그렇지만 미 국이나 영국이면 좋겠다. 프랑스 같은 데도 좋고. 나 아직 파리 에 못 가봤어."

도쿄제일은행은 아니지만 엘리트 은행원 아버지를 뒀던 미 사는 그렇게 말하며 웃었다. 그 웃음은 도모노의 꿈을 공유하 는 가족의 모습이자 또 다른 중압감이기도 했다.

해외…….

심장이 쿵쾅쿵쾅 큰 소리를 냈다.

과장을 따라 지점장실로 들어간 도모노는 자신이 상상을 초 월할 정도로 긴장하고 있다는 걸 깨달았다. 다리가 후들거려 곧 쓰러질 것만 같았다. 그래도 뺨 근육은 저절로 풀려 있었다. 진급, 전근, 해외……. 희망은 여러 차례 전달했다. 인사 자료에 도 분명히 기록했다. 도모노가 무슨 일을 하고 싶은지, 이를 위 해 어떤 노력을 했는지, 인사부가 모를 리 없었다.

어딜까? 미국, 유럽, 아니면 본점의 해외 관련 부서?

지점장은 느린 동작으로 발령장을 펴고 도모노에게 읽어주었다.

"도모노 히로시, 나가하라 지점 근무를 명한다."

귀를 의심했다. 그것뿐이야? 무릎이 꺾이는 느낌이었다.

진급과 해외가 도모노의 손에서 빠져나갔다.

안됐다는 표정을 짓는 과장 대신 지점장이 태연하게 말했다.

"도모노, 지금은 은행도 힘들어. 이번에는 진급이 미뤄졌지만 아직 기회는 있네. 힘내. 자넨 능력이 있으니까 다음을 기대해보라고."

도모노의 시간은 거기서 멈췄다.

2

"다키노의 손톱 때만큼이라도 해봐!"

날카로운 질책이 날아오자 도모노는 지그시 입술을 깨물고 입을 다물었다.

실적 회의 자리. 부지점장인 후루카와는 무시무시한 눈빛으로 도모노를 노려봤다.

"죄송합니다."

어떻게 하란 말이야. 거의 포기 상태인 속내를 삼키고 도모노는 다시 고개를 숙였다.

오타구에 있는 나가하라 지점의 거래처는 경기 침체로 상황이 급격히 악화되고 있었다. 돈을 빌려 달란다고 해서 맘 놓고 빌려줄 수 있는 회사는 거의 없었고, 또 그런 회사가 있다 해도 다른 은행과의 경쟁이 치열했다. 반면 본점에서 부과되는 목표액은 경기를 모르는 것 같았다.

도모노의 실적은 이번 달 목표를 크게 밑돌고 있었다.

후루카와의 질책은 집요했다. 노력이 부족하다, 의식이 없다, 차석인 주제에 야무진 구석이 없다는 등 하고 싶은 말을 마음껏 지껄였다. 하지만 그건 그렇다 쳐도 '다키노의 손톱 때' 운운하며 마지막에 내뱉은 한마디는 도모노의 심장에 날아와 박혔다.

업무과의 다키노 마코토는 입사 연차에서 도모노보다 1년 후배였다. 즉 도모노가 원래 선배였으나, 다키노가 동기 중 가장 먼저 대리를 달면서 승진을 추월당했다. 지금 도모노에게 있어서 그의 존재는 굴욕 그 자체였다.

이 자식! 후루카와에게 반박하고 싶은 심정이 굴뚝같았다.

에코의 미소가 뇌리를 스쳤다.

아빠, 힘내세요!

미사의 미묘한 물음. "아직 전근 얘기 없어?"

나는, 나는…….

"죄송합니다."

후루카와의 매서운 눈빛에 이어 마쓰오카 겐조 융자과장의 역겨워하는 표정까지 쏟아지자, 도모노는 다시 한 번 사과했다.

겁쟁이에다 야무진 구석이 없는 남자.

샐러리맨 가정의 차남으로 태어난 도모노에게는 물려받을 재산도, 대를 이을 가업도 없다. 무슨 얘길 들어도 은행에 납작 엎드리고 붙어 있을 수밖에 없다. 그런 현실 앞에 도모노의 다리가 얼어붙었다. 머릿속에는 지금의 상황을 어떻게든 타개하고 싶다는 생각뿐이었다. 현실도피적인 감정일지 모르겠으나 어쨌든 지금 자신이 안고 있는 중압감에서 해방되고 싶었다. 도모노는 간절히 그 한 가지만 빌었다.

후루카와의 분노에 기름을 부은 일도 있었다.

"그래서 자네 대출 일람표에 있는 오키도공업에 대한 대출은 언제 되는 건가?"

오키도공업은 도모노의 거래처로 이달 중에 10억 엔이라는 거액을 대출하기로 예정되어 있었다. 이게 가능하냐 아니냐에 따라 지점 실적이 크게 달라진다. 후루카와의 역정을 산 것은 마쓰오카가 이 대출이 미뤄질 것 같다고 보고했기 때문이다.

10억 엔이나 되는 대출 계획이 한 달 늦어지면 지점 실적에 미칠 영향도 적지 않다. 대형 은행의 실적 고과는 분기 평균 잔고로 이뤄지기 때문이다.

"5월 중에는 반드시 될 겁니다."

도모노가 대답했다.

"자네, 정말로 걱정 안 해도 되겠나?"

후루카와 대신 의심스럽다는 반응을 보인 것은 구조 지점장이었다. 엄격한 눈빛에 유무를 묻지 않은 말투. 도모노가 할 수 있는 대답은 하나뿐이었다.

"걱정 마십시오."

온갖 감정을 누르고 도모노는 다시 입술을 깨물었다.

지점장도, 부지점장도, 지금은 머릿속에 실적 생각뿐이다. 이유는 알고 있다. 고야마 도오루 사건 때문이다.

후루카와에게 얻어맞은 고야마는 경찰에 신고했다. 결과는 불기소로 끝났지만 내부적으로 후루카와에게는 엄중 주의, 구조에게는 본점 인사부장의 구두 견책이 떨어졌다. 그리고 고야마는 결근 상태로 5월 말일자로 퇴사가 결정되었다.

이 실책을 만회하는 길은 오직 하나, 실적을 올리는 것뿐이었다. 그렇지 않으면 구조에게도, 후루카와에게도 '다음'은 없다. 그리고 지금 나에게도.

"대출을 연기하는 이유는 뭔가?"

후루카와가 물었다. 송곳 같은 예리한 눈빛으로 도모노를 쏘아보고 있다.

"땅 주인의 사정 때문이라고 합니다."

도모노가 대답했다. 오키도공업에 대한 대출 10억 엔은 사옥 건설 자금이었다. 이런 불경기에도 좋은 실적을 내고 있는 이 회사는 지금까지 임대해 사용하던 사무실에서 나와 간조 7호선에 인접한 7층짜리 빌딩을 건설할 예정이다. 도모노는 일찌감치 이 정보를 알아내 대출을 권유했다. 오랜만에 찾아낸 건수였다.

3

"사장님, 요전에 약속하신 10억 엔 대출 건 말인데요. 조금 앞당겨 주시면 안 될까요?"

최근 보름 동안 오키도공업을 방문하는 건 도모노의 일과가 됐다.

반드시 하루에 한 번은 얼굴을 내민다. 용건이 있든 없든 상관없다. 변변치 않은 사은품을 들고, 또 때로는 상가에서 산 과자를 들고서 매일.

도모노는 일단 얼굴을 비치는 게 중요하다고 생각했다. 성의를 보이면 상대도 반드시 응해줄 거다.

"실은 이달 초에 대출이 필요할 거란 생각이 들어서요. 위에서도 어떻게 됐냐고 내내 재촉하고."

제대로 깨진 바로 다음 날이었다.

지점으로 돌아가면 마쓰오카 과장이 제일 먼저 그 대출은 어떻게 됐냐고 물을 게 뻔했다. 가능하면 빨리 실행할 수 있도록 사장한테 부탁해보라는 구조 지점장의 지시도 떨어진 상태였다.

표정에 드러내진 않았지만 도모노는 어떻게든 오늘은 대출 날짜를 박고 싶었다. 집행 날짜만 결정하면 10억 엔이라는 대출금을 당당하게 지점 실적에 올릴 수 있기 때문이다.

지금 필요한 건 결과다. 지점의 실적, 더 나아가서 구조, 후루카와, 그리고 도모노 자신의 미래도 이 대출에 달려 있었다.

"가능하면 대출 기일이라도 정해주시면 안 되겠습니까? 부탁드립니다, 사장님!"

도모노는 깊이 고개를 숙였다.

오키도 마사다카는 팔걸이의자에 느긋하게 앉아 태평한 얼굴로 도모노를 마주하고 있었다. 이제부터 필사적으로 설득하려는 도모노의 생각을 꿰뚫어보고 있다는 차분하고 안정된 태도였다.

오키도는 부친이 세운 작은 전기 부품 제조 공장을 기술력 하나로 대기업도 무시 못 하는 중견 기업으로 키워낸, 이른바 '창업 2세대'로 불리는 경영자다. 국립대학 공대를 나와 미국 대학원에서 경영학을 전공했다는 특이한 경력의 인물이기도 했다. 중소기업 사장 특유의 세련되지 못한 분위기가 없어 도모노는 오키도와 만날 때마다 연구원과 만나고 있는 것 같은 인상을 받았다.

"그 일과 관련해 상의할 게 있는데."

오키도의 반응에 고개를 들었다. 불길한 기운이 느껴졌다.

"상의라고 하셨습니까?"

"도모노 씨니까 하는 말인데, 사실 다른 은행으로부터 더 싼 금리로 대출해주겠다는 권유를 받았네."

"잠깐만요!"

도모노는 당황했다. "다른 은행이라고 하셨습니까? 어디 은행이죠?"

"뭐, 그건 아무래도 상관없지 않나."

오키도는 말끝을 흐렸다.

"하루나은행입니까?"

하루나은행은 오키도공업이 거래하는 은행 중 도쿄제일은행에 이어 준주거래은행의 위치에 있었다. 도쿄제일은행과 마찬가지로 전국 은행이지만, 거품경제 말기에 뉴욕 지점에서 거액을 잃은 뒤로 해외 사업에서 손을 떼고 최근엔 국내 거래에만 집중하고 있었다.

오키도공업의 설비투자는 하루나에게 있어서도 군침이 돌만큼 탐나는 대출 건이었다. 그걸 배제하고 10억 엔 전체를 도쿄제일은행 한 군데에 맡기는 것은, 도모노가 일찌감치 정보를 얻고 사옥 부지를 소개하는 등 계속해서 전적으로 사장을 도와온 노력의 대가라고 생각했다.

오키도는 도모노의 질문에 성실하게 응하지 않았다. 도모노는 불안해져 심장이 두근거리기 시작했다. 진정하자, 당황하지 말자, 냉정해지자. 그렇게 자신을 타일렀지만 제대로 되지 않았다. 오키도의 말은 도모노에게는 아무래도 큰 충격이었다.

"그, 그렇지만, 사장님. 이 설비투자 안건은 처음부터 저희가 상담해드렸고 그래서 쭉 저희 은행에 일임하겠다고 약속하시지 않았습니까?"

호소하듯 말하는 도모노에게 오키도는 냉정하기만 했다.

"확실히 도쿄제일은행한테는 여러 가지로 배운 게 많고, 부지를 찾는 데도 무척 큰 힘이 됐소. 그 과정에서 신세를 많이 졌고. 하지만 구입하기로 결정한 부지는 도쿄제일은행이 소개해준 곳도 아니고, 우리 회사도 조금이라도 비용을 낮춰야 하는 입장이라서. 싼 금리로 자금을 조달할 수 있는 방법이 있는데 일부러 높은 금리를 지불할 필요는 없지 않나."

온몸에서 식은땀이 배어 나왔다. 대출 집행 날짜를 보류해달라고 했을 때 오키도는 '땅 주인의 사정 때문'이라고 했다. 하지만 실제로는 아니었다. 경쟁 은행에게 낮은 금리의 대출을 제안 받은 것이다. 그래서 오키도는 도쿄제일은행의 대출을 미뤘던 게 틀림없다.

걱정하지 않아도 되겠냐는 지점장의 말이 되살아났다. 걱정 말라는 자신의 말이 묵직하게 가슴을 눌렀다.

설마 이렇게 될 줄이야.

이대로 이 대출이 무산되면 도모노에 대한 신뢰는 산산조각 날 것이다.

땅 주인의 사정 때문이라는 오키도의 거짓말을 곧이곧대로 받아들인 자신이 한심했다. 어쩌면 오키도에게 화를 내는 게 마땅한지도 모른다. 하지만 지금 도모노의 머릿속은 혹시 이 10억 엔 대출이 날아가면 어떡하나 하는 불안으로 가득 차, 조리 있게 얘기할 사고 회로는 멈춘 상태였다.

"사장님, 제발 그런 말씀 마세요."

도모노가 매달렸다.

"아, 그 마음은 알겠지만 돈 문제라."

"저희 은행과 줄곧 주거래은행으로 지내오지 않았습니까?"

지금 자신이 우스꽝스러울 정도로 동요해서, 너무 필사적이라는 사실도 알고 있었다. 표정이 일그러져 금방이라도 울음을 터뜨릴 것 같은 얼굴일지도 모른다. 중압감에 심장이 녹아내릴 것만 같았다.

지금 이 교섭으로 은행원으로서의 자신의 미래가 결정된다. 나는 지금 인생의 갈림길에 있다. 이 생각에 도모노는 마음의 여유를 잃고 견딜 수 없을 정도로 긴장되었다. 목이 바싹 말라 소리마저 흔들렸다. 그때.

"주거래은행이라고?"

순간 도모노는 오키도의 표정이 변했다는 걸 깨달았다.

"확실히 대출 액수가 가장 큰 은행이라는 의미에선 그럴지도 모르지. 하지만 지금까지 주거래은행에 상응하는 지원을 해줬느냐 하는 문제로 넘어가면, 대단히 의문인걸."

사장이 지금 무슨 소리를 하고 있는 거지? 도모노는 반론할 말을 찾으며 상대를 바라봤다. 오키도가 말을 이었다.

"은행은 맑은 날엔 우산을 씌워주지만 비가 오면 **빼앗아가**는 곳이라고들 하지. 선대, 그러니까 내 아버지가 갑자기 돌아가신 후 미국에서 불려와 이 회사를 물려받고 난 뒤에 그 말이 맞구나, 얼마나 많이 생각했는지 모르오. 자네는 우리 회사가 좋을 때밖에는 알지 못하지. 그렇지만 말야, 이 자리에 오기까지 큰 시련이 몇 번이나 있었다네. 언제였던가, 당장 내일 돈이 없으면 부도가 날 위기에 몰렸을 때 당신들은 대출을 끊었소."

느닷없이 옛날 이야기가 튀어나왔다. 오키도의 표정은 점점 험악해졌다. 도모노가 '주거래은행'이란 말을 꺼냄으로써 오키도가 진작부터 품고 있던 은행에 대한 증오에 불을 댕겼다는 걸 알아차렸지만, 이미 때는 늦었다.

"막 거품경제가 끝날 무렵이었지. 니혼전자기기와 대규모 거래를 텄는데 돈이 없었소. 일단 거래처에 자재를 발주하고 당신네 은행에 대출을 신청했지. 3억 엔이었는데 알고 있소?"

아뇨, 도모노는 눈을 내리깔고 고개를 가로저었다.

"그때 당신네 차장이 내게 와서 이럽디다. 주거래은행 같은 금융 관행은 이제 사라졌습니다. 주거래, 주거래 하면서 매달리는 건 곤란합니다."

할 말이 없었다. 도모노는 입술을 깨물었다.

"……사장님, 정말 죄송합니다."

사과하는 길밖에 없었다. 과거에 어떤 벽창호가 했던 말을 자신이 지금에 와서 사죄하는 것도 이상하지만, 생각지도 못하게 활활 불타오르고 있는 오키도의 분노를 잠재울 수만 있다면 무슨 일이든 할 생각이었다. 약속대로 10억 엔 대출을 우리 은행에 맡겨준다면, 무슨 일이든.

"은행이라는 곳은 정말 잘도 둘러대는군. 도모노 씨, 나는 그때 깨달았소. 은행은 그저 거래처를 이용할 뿐이라고. 그래서 나도 은행을 이용하면 된다, 주거래은행의 입장이라는 건 고려할 필요가 없으니, 가능한 한 나도 이용할 수 있을 때까지 이용하자. 부지 찾는 걸 좀 도와주었다고 해서 일부러 높은 금리를 지불할 필요는 없다, 그렇게 생각하기로 했소. 어쨌든 손해를 보는 건 우리 회사니까."

안 돼. 이대로 가면 끝장이다. 위기 상황에서 도모노가 질문을 던졌다.

"사장님, 얼마였나요? 그 은행이 제시한 금리 말입니다. 얼마입니까?"

대출 금리는 이미 품의서를 내서 결정해놓은 상태다. 그걸 밑도는 금리를 적용하기 위해서는 다시 대출 조건 변경을 위한 품의서를 따로 작성해야만 한다.

솔직히 말해 통과될지도 미지수다.

이 10억 엔 대출도 쉽게 승인이 떨어진 건 아니었다. 급성장한 오키도공업에 대해 본점 융자부의 평가는 생각보다 낮았다. 급성장한 매출 규모에 비해 뒤처져 있는 재무 구조 개선에 대해 트집 잡기 시작하더니 매출 전망에 대해서도 상당히 자세한 자료를 요구했다.

본점의 요구는 도모노를 통해 그대로 오키도에게 전해졌다.

오키도가 그것 때문에 마음 상했을지도 모른다. 그것이 오키도가 마음을 바꾼 이유가 됐을지도 모르겠으나, 물어볼 형편도 아니었다.

안건 변경은 필시 난항을 겪을 것이다.

하지만 성공하지 못하면 모든 게 수포로 돌아간다. 지점의 실적은 분기 초부터 지지부진했기에 실적 표창에서 멀어진다. 그렇게 되면 도모노 자신도 뒤처지고 진급할 가능성조차 바람 앞의 등불이 되고 만다.

오키도가 일어나 창가에 놓인 집무용 책상에서 서류를 꺼냈다.

다른 은행의 제안서였다. 어딜까? 하지만 은행 이름은 도모노 자리에서는 보이지 않았다.

"이 은행이 제안한 금리는……."

숫자를 들었을 때 도모노는 눈앞이 캄캄해졌다.

이 금리와 경쟁하는 건 거의 불가능하다는 걸 직감했기 때문이다.

"신규 거래네요."

하루나은행이 이런 금리를 낼 리 없었다. 아니나 다를까, 도모노가 예상했던 대로 오키도도 "그렇지" 하고 인정했다.

은행에는 신규 거래를 트기 위한 저금리 대출이 있다. 그 금

상심 가족

리는 채산을 고려하지 않고 전략적으로 일상적인 금리보다 훨씬 낮게 책정한다.

"여기 금리는 당신들이 제안한 것보다 1퍼센트나 낮지. 10억 엔의 1퍼센트면 연간 천만 엔인데, 도모노 씨 연봉보다 많지 않나?"

"사장님, 금리가 같으면 약속대로 저희 은행에서 전액 대출 받으시겠습니까?"

마음을 정하고 도모노가 물었다.

"같다면야. 하지만 일부러 높은 금리를 지불하면서 댁네를 고집할 이유는 없소. 그런 사고방식을 내게 가르쳐준 것도 바로 도쿄제일은행이오."

4

"이런 바보 같은!"

보고 받은 마쓰오카 겐조 과장은 낯빛을 바꿨다. 후루카와에게 들리지 않도록 소리를 낮췄지만 질책은 날카롭고 준엄했다.

과장은 입을 다물고 책상 앞에 도모노를 세워놓은 채 심각한 얼굴로 생각에 빠졌다. 그리고 마음을 굳힌 듯 일어나 영업실 가장 안쪽에 있는 후루카와 자리까지 걸어갔다. 도모노도 그 뒤를 따랐다.

"부지점장님, 오키도공업 건인데 좀 문제가 생겨서……."

보고 있던 품의서에서 눈을 뗀 후루카와는 마쓰오카의 보고를 받고 순식간에 표정이 바뀌었다.

"자네는 무슨 일을 그렇게 처리하나! 차석이면서 이렇게 중요한 안건 하나 제대로 처리 못 하나?" 후루카와는 도모노에게 호통을 치고서 경멸을 담은 눈초리로 노려봤다.

"매일 방문했는데……"

죽고 싶을 만큼 분했다. 무슨 말을 해도 변명밖에 되지 않는다.

"내일은 저도 같이 가보려고 합니다. 경쟁 은행이 생겼으니 금리 변경 품의서를 쓰려고 하는데 괜찮을까요?" 마쓰오카가 물었다.

"어쩔 수 없지 않나!" 후루카와가 내뱉었다.

"죄송합니다."

도모노가 사과하는데도 후루카와는 망연자실한 표정으로 대답하지 않았다.

"나도 일 처리가 너무 안일했다는 건 인정하지만 정말 문제네. 우선 품의서가 통과될지 어떨지가 더 문제야. 등급 문제도 있고."

후루카와에게서 멀어지자 마쓰오카가 말했다.

마쓰오카의 말이 맞는다. 어떤 은행이나 마찬가지겠지만 대출금리는 그 회사의 '신용 등급'에 따라 결정된다. 신용 등급이라는 것은 기업의 실적과 재무 상황, 경영 환경 등을 종합 평가한 성적표이고, 그 성적표의 숫자에 따라 대출액과 금리가 결정된다. 하지만 오키도공업의 신용 등급은 총 10단계 중 6등급으로, 그다지 좋지 못했다.

"도모노, 이 대출은 아주 중요해."

마쓰오카가 진지하게 도모노를 바라봤다. 도모노는 그 말에 담긴 의미를 생각하며 침을 꿀꺽 삼켰다. 지점에 중요하다는 말이 아니다. 도모노의 장래에 있어서도 중요하다는 말이다.

이번 대출 건이 성사되지 않으면 진급은 더 미뤄진다.

어떻게 해서든 대출을 성사시키고 싶다.

도모노는 생각했다.

지점을 위해서가 아니다, 나를 위해서다. 그리고 지켜야만 하는 가족, 아내, 에코를 위해.

5

"아직 안 자?"

백열등이 켜진 침실로 거실 불빛이 스며들었다. 미닫이문 그늘 사이로 미사가 얼굴을 내밀었다. 에코를 재우려다가 그대로 잠들어버렸을 것이다. 도모노가 퇴근했을 때 침실에서 조그맣게 "이제 왔어?" 하는 소리가 들려왔지만 나와보지는 않았다. 늦은 귀가라 저녁은 역 앞에 있는 식당에서 생선구이 정식으로 해결했다. 890엔. 맥주도 마시고 싶었지만 참았다. 천 엔짜리 지폐를 낼 때 과용한 게 아닌가 하는 물음이 가슴을 아프게 찔렀다. 도모노의 연봉은 600만 엔이 채 안 됐고 미사와의 '약속'도 아직 지키지 못했다.

1960년대 후반에 지어진 사택은 낡고 좁았다. 방 두 개가 미닫이문으로 나뉘어진 구조였는데, 물 사정이 최악이어서 온수기를 설치하지 않으면 더운물도 안 나왔다. 식탁을 놓으면 꽉 차는 부엌, 3평짜리 거실은 TV와 오디오, 게다가 에코의 인형들이 차지하는 바람에 아이가 놀 공간이 없다는 이유로 소파도 놓지 않았다. 안쪽 침실로 사용하는 방은 북향이라 어두웠고, 혼수로 장만한 옷장이 벽을 채우고 있어서 이부자리를 펴면 발 디딜 틈도 없었다. 에코는 지금 그 가운데에 평온하게 누워 쌕쌕 숨소리를 내고 있다.

시세에 비해 훨씬 싼 사택 임대료는 매력적이었지만, 솔직히 내 집을 사서 이사하고 싶은 게 도모노의 본심이었다. 실제로 미사와 자주 그런 얘기를 나눴는데 지금은 그런 말은 꺼내지도 않는다.

— 승진하면 집을 사자. 직급 수당도 늘겠지?

훨씬 전에 진급했어야 했다.

— 작아도 좋으니까 마당을 갖고 싶어. 라벤더를 키우고 싶어. 다른 조건은 필요 없으니 마당은 꼭 있어야 해. 약속! 나만의 라벤더 밭을 가꾸고 싶단 말이야.

약속해.

도모노의 기억 속에서 꿈을 이야기하는 미사의 웃는 얼굴은 너무나도 눈부셨다.

미안해. 아직 네 꿈, 이뤄줄 수가 없네.

그러고 보니 밝고 명랑했던 미사의 미소를 최근엔 거의 보지 못했다는 걸 새삼 깨달았다.

내 탓이다, 내 탓.

"품의?" 미사가 일어나 나와서 식탁에 늘어놓은 서류를 들여다봤다. "급한 거야? 커피 끓여줄까? 아니면 차라도?"

"그럼, 커피. 꽤 오래 걸릴 것 같으니까."

미사는 살짝 눈썹을 찌푸리고 "무리하지는 마" 하고 말했다. 전에 있었던 일 때문이다. 연수를 받으러 가야 했던 그날 아침.

"응, 알았어."

도모노는 말은 그렇게 했지만 본심은 아니었다. 무리를 해서라도, 무슨 일이 있더라도, 이 품의서를 오늘 밤 안으로 끝내야만 한다.

오키도공업에 대한 대출이자 인하를 신청하는 조건 변경 품의였다.

"내일 아침 되도록 빨리 나오게."

마쓰오카 과장의 날 선 한마디가 도모노의 어깨를 무겁게 짓눌렀다. "할 수 있습니다" 하고 말했지만, 솔직히 워드프로세서 화면에는 아직 몇 줄밖에 없었다.

어렵다.

하지만 어떻게든 해내야 한다. 어떻게든. 손에서 빠져나가려는 10억 엔짜리 대출을 다시 움켜쥐어야만 한다. 넘어야 하는 장애물은 많고 또 높지만 도모노에게는 그 방법밖에 길이 없었다.

"논리가 약하군."

밤을 새워 작성한 품의서를 쭉 훑어보던 마쓰오카가 말했다. 이 말이 피곤에 절어 있는 도모노의 가슴에 날아와 박혔다.

결국 어젯밤은 한숨도 못 잤다. 품의서의 핵심 부분인 '소견'을 적은 건 새벽녘이었다. 그 후 내용 증명이 될 서류들을 갖췄는데 부족한 자료가 몇 개 있었다. 그것까지 다 마치니 아침 6시였다.

다시 써오라고 할까 말까, 마쓰오카는 망설이는 것처럼 보였다. 도모노는 입술을 깨문 채 지시를 기다렸다.

논리가 약한 건 당연했다. 융자부는 오키도공업의 재무 상황을 낮게 평가하고 있다. 10억 엔을 대출할 때 '채산 확보'를 조건으로 하는 점도 문제다. 이 품의서는 그 채산조차 밑도는 내용이라 솔직히 도모노도 승인이 떨어질지 어떨지 자신이 없었다.

"하지만 더 이상 시간이 없어."

그러더니 마쓰오카는 과감히 품의서의 과장 결재란에 사인을 하고 결재함에 서류를 던져 넣었다. "이제 지점장님이 융자부를 설득할 일만 남았군."

품의가 어려울 것 같으면 지점장과 품의 담당자가 직접 담판을 짓는다. 마쓰오카는 이번 건도 그런 종류의 품의라고 생각하고 있는 듯하다. 아무리 서류상 논리가 탄탄하다 해도 안 되는 건 안 되기 마련이다. 그러니 다시 쓰는 것보다 빨리 품의를 제출하는 게 낫다.

예상대로 품의는 난항을 겪었다.

우선 후루카와가 망설였다.

"이 정도밖에 못 쓰겠나?"

서류를 확인한 후루카와가 마쓰오카를 불러내 질책했다. 도모노는 고개를 들지 못했다. 질책은 도를 넘어서 경멸로 바뀌었다.

"자네의 무책임한 태도 때문에 지점이 얼마나 더 애를 먹어야 해! 한심하기 짝이 없군. 차석이면서 말이야!"

화도 나지 않았다. 그저 스쳐 지나갈 폭풍우를 온몸으로 맞고 있는 여행자 같은 심정이었다.

"죄송합니다."

사과했다. 나는 사과하는 일 외에는 할 게 없구나, 하는 생각이 스쳤지만 도모노는 참았다. 이렇게 하는 것 말고는 살 길이 없었다. 그 하나에 매달렸다.

후루카와는 더 해봐야 소용없겠다 싶었는지 "이만 됐네"라고 말했다. 도모노가 고개를 들었다. 그리고 후루카와가 구조 지점장의 미결재함으로 품의서를 던지는 걸 바라봤다.

반려되리라 생각했다. 그러나 지점 경력이 오래된 후루카와도 여기서 길게 얘기하는 것보다 우선 품의를 여신 관할 부서에 보내는 게 낫다는 쪽으로 기운 듯했다.

"융자부와 얘기해볼까?"

구조의 말은 이게 다였다. 그는 미결재함에 놓인 품의서에 곧바로 사인했다.

그날 내내 본점 융자부와 격렬한 교섭을 되풀이했다.

10억 엔 대출을 따내고 싶은 지점과 불량 채권 처리로 고생한 뒤 더 이상 위험을 안지 않으려는 본점 융자부와의 줄다리기였다.

나가하라 지점을 담당하고 있는 본점 융자부의 조사역 도구라 도모아키의 첫마디 역시 질책이었다.

"자네는 무슨 생각을 하고 있는 건가!"

10억 엔짜리 품의를 겨우 통과시켰는데 이번에는 품의 승인 조건을 완전히 무시하고 상식 밖의 이율 적용을 신청한 것이다.

융자부의 신경을 거스르는 일이라 질책은 당연했다.

"경쟁 은행이 제시한 겁니다."

도모노는 품의서에 적은 내용을 다시 말했다.

"애초에 다른 은행한테 당하지 말았어야지! 자네, 뭣 때문에 대출을 하나? 이렇게 남는 게 하나도 없는 대출을 왜 하냔 말이야! 게다가 재무 상황도 안 좋은 회사에!"

상심 가족

"오키도공업은 급성장하고 있는 회사입니다."

도모노는 반론을 시도했다. 물러설 수 없었다. 필사적이었다.

"이런 재무 내용으로 지금 설비투자를 하다니, 경영 감각이 의심되는군!"

"핵심 기술이 있어서 매출 증가 가능성이 높습니다. 게다가 지금은 회사 부지가 좁아 이것이 오히려 단가 상승의 원인이 되고요."

"그러면 매출이 증가한 뒤에 대출해주는 게 낫지 않나?"

"부동산 때문입니다." 도모노로서는 드물게 목소리를 높였다. "늘 이런 물건이 굴러 들어오는 건 아니지 않습니까?"

뜻밖의 반박에 도구라는 한숨을 내쉬었다.

"자네는 그만 됐네. 과장 있나?"

마쓰오카와 도구라가 대화에 돌입했다. 그래도 결론이 나질 않자 후루카와가 교섭에 들어왔고, 마침내 도구라의 상사인 융자부 차장과 구조의 협의가 시작됐다.

그대로 하루가 지나갔다. 결론은 이틀째에 났다.

"도모노 씨."

오전 9시 30분. 외근을 나가려던 도모노를 구조가 직접 불렀다. 구조는 수화기를 막 내려놓고는 노려보고 있었다.

틀린 건가?

도모노는 긴장 탓에 목이 말랐고 얼굴 근육도 뻣뻣해졌다.

"지금 융자부로부터 최종 결론을 들었네." 구조는 피곤한 목

소리로 말을 꺼냈다. "오키도공업에 대한 10억 엔 대출, 이번에
제출한 조건 변경 이율로 진행하게."

정말? 잘못 들은 게 아닐까?

일순간 저 깊은 곳에서 기쁨이 용솟음쳤다. 목소리가 나오지
않았다.

"감사합니다!"

깊이 고개를 숙인 도모노에게 구조의 다음 말이 무겁게 다
가왔다.

"어렵게 통과된 품의네. 이번 건은 절대로 놓쳐선 안 돼!"

6

오키도의 표정은 냉정했다.

"오호, 이자를 낮춰줬군."

새로 작성한 제안서를 얼핏 훑어본 사장의 말투는 퉁명스러
웠다.

다른 은행과의 경쟁을 알고 난 후 이틀이 지났다. 설마 그 사
이에 움직인 걸까. 도모노는 긴장했다.

"그렇다면 처음부터 이 금리로 가지고 왔으면 좋았을 것 아
닌가."

"죄송합니다. 하지만 이건 저희 채산을 거의 없앤 겁니다."

도모노는 진심으로 사과하고 서둘러 이유를 댔다. "그래서 사장님, 대출 말입니다. 약속대로 저희 은행에 맡겨주시면 안 될까요?"

기대했던 답변은 곧바로 돌아오지 않았다. 오키도의 표정이 흔들린다. 시소가 보인다. 도모노의 도쿄제일은행과 신규 대출을 제안해 온 어떤 은행과의 사이에서 흔들리고 있는 시소가……. 아직은 수평. 저쪽으로 기울었던 시소가 겨우 수평으로 돌아온 것에 지나지 않는다.

"그러면." 오키도가 말을 꺼냈다. "양쪽에 5억 엔씩 하면 어떨까 싶은데."

구조도, 후루카와도 납득하지 않을 것이다. 5억 엔으로는 안 된다. 미리 셈해놓은 지점 실적도 크게 어긋나버린다.

"그런 말씀 마시고 전액 대출해주십시오."

"그건 곤란한데." 오키도는 그다지 곤란한 것 같지 않은 표정으로 말했다.

"사장님, 다른 은행은 도대체 어디입니까?"

다시 한 번 물었지만 오키도는 대답하지 않았다. 도모노는 계속했다.

"금리는 같겠지요. 하지만 오랫동안 거래한 과정에서 이 정도 금리를 내놓은 저희 은행의 노력을 알아주십시오."

"그 은행이 이 금리를 내놓지 않았다면 감쪽같이 손해 보지 않았겠소."

"그런 말씀 그만하시고……."

이야기의 출구가 보이지 않았다. 마침내 오키도의 입에서 의외의 말이 튀어나왔다.

"그런데 말이지, 자네는 신규 대출 영업에서나 나올 금리라고 했지만 그건 좀 틀린 것 같은데."

도모노는 깜짝 놀라 고개를 들었다.

틀림없이 신규 대출 영업이라고 생각했다. 그런데 아니란 말인가…….

역시 하루나은행인가.

도모노의 가슴에 떠오른 것은 오키도공업의 제2 주거래은행의 이름이었다.

그러고 보니 국내 업무로 특화하겠다는 하루나은행이 막무가내로 세일즈를 전개하고 있다는 소문을 언젠가 들은 적이 있다. 제시된 금리가 너무 낮았기 때문에 설마 했던 건데, 정말 하루나일지도 모르겠다.

"하루나입니까? 사장님, 그렇습니까?"

도모노는 따지고 들었다. 오키도는 입을 굳게 다물었다. 하지만 이제 도모노의 추측은 확신으로 바뀌었다. 하루나구나! 틀림없다.

제기랄!

뭔가가 심장을 꽉 움켜쥐는 것 같은 압박감이 느껴졌다. 온몸으로 피를 보내는 펌프가 고장 난 게 아닐까 싶을 정도로 관자놀이 근처의 혈관에서 맥박이 거칠게 뛰기 시작했다.

하루나에게 질 순 없다. 만약 이번 건을 빼앗긴다면, 오키도 공업에서 주거래은행이라는 위치도, 도쿄제일은행은 거대 은행이라는 자리에서도 추락하고 만다.

"사장님! 그것만은 참아주십시오. 제발 하루나에게만은!"

도모노는 이유 없이 치밀어 오르는 분노 때문에 강한 어조로 말했다. 무엇에 대한 분노일까, 스스로도 알 수 없었다. 이리저리 금리 인하를 도모하고 있는 오키도에 대한 걸까, 상식을 벗어난 하루나의 세일즈에 대한 걸까, 아니면 은행이라는 조직에 대해 대출의 성공 여부에 일희일비하는 나라는 존재에 대해 초조해졌기 때문일까.

"이번 건은 줄곧 사장님과 제가 만들다시피 한 거 아닙니까? 분명히……."

순간 도모노의 말문이 막혔다. "과거에 있었던 일은 지난번에 들었습니다. 정말 죄송하다고 생각합니다. 하지만 저는, 저는, 사장님의 신용을 얻었다고 믿고 오늘까지 최선을 다했습니다. 지금도, 지금도……."

이게 뭐지. 갑자기 가슴이 찌릿찌릿 뜨거워지며, 뜨거운 게 치밀어 올라와 눈앞에 있는 오키도의 모습이 흐려졌다. 그 부연 시야 속에서, 거북하다는 듯 고개를 돌린 연구원 같은 남자의 표정이 도모노에게는 삶의 괴로움과 가혹함을 상징하는 듯했다.

"지금도 믿고 있습니다, 사장님. 맡겨주십시오. 제발, 제발 부탁합니다."

깊이 고개를 숙였다.

무릎에 올려놓은 주먹이 저절로 부들부들 떨렸다.

"부탁합니다, 사장님" 하고 도모노는 다시 목소리를 쥐어짜냈다. 녹색 카펫에 도모노의 눈물이 검은 자국을 남기고 사라졌다.

"자네한테 졌네." 그렇게 말하길 바랐다. 말해줄 때까지 고개를 숙이고 있을 작정이었다.

그런데 한동안의 침묵 후, 남자의 메마른 목소리가 들려왔다.

"지금 사업 얘기를 하고 있는 거요, 도모노 씨. 그런 행동은 감당하기 힘들군."

7

수요일이었다. 매주 수요일은 노조가 정한 '가정의 날'이다.

5시가 넘으면 지점 안에 일찍 퇴근하라는 내용의 '가정의 날' 주제가가 울려 퍼지고 '여유로운 생활을 하자'는 방송이 나온다.

여유라고?

지금 도모노의 어디를 둘러봐도 그런 건 없었다. 마음의 여유는 물론, 경제적 여유도 없었다.

가정의 날이라니? 뭐가?

오키도공업에서 돌아오자마자 도모노는 녹초가 되어 의자에 털썩 주저앉았다. 처리해야 하는 어음과 수표가 외근 가방에서 쏟아져 나와 책상 위에 흩어졌다.

뭔가를 할 의욕이 없었다. 뻐근하니 위가 아팠다. 뭘 해도 불안해서 견딜 수가 없었고 가슴에 큰 구멍이 뚫린 것 같았다.

머릿속에서는 오키도의 냉정한 말들이 들끓었다. 그것은 떼어내려 해도 결코 지워지지 않는 흔적처럼 도모노의 뇌리에 착 달라붙어 떨어지지 않았다.

—지금 사업 얘기를 하고 있는 거요, 도모노 씨. 그런 행동은 감당하기 힘들군.

아무리 몸을 낮추고 부탁해도 그는 고개를 끄덕여주지 않았다.

과장과 상의해야 할까? 아니, 지금 과장에게 얘기하면 곧바로 부지점장인 후루카와의 귀에 들어간다. 후루카와가 구조 지점장에게 보고하고 그때마다 무지막지한 질책을 받을 게 불 보듯 뻔하다. 구조가 오키도와 교섭에 나서면, 그래서 만약 이야기가 잘 풀리면 도모노에 대한 평가는 내려가면 내려갔지 올라갈 리가 없다.

평가? 이런 상황에서도 약삭빠르게 몸을 사리고 있는 자신이 끔찍했다.

나는 순수한 인간이 아니다. 이렇게 생각하면서도 '나는 은행원이니까 어쩔 수 없다'는 또 다른 변명이 머릿속에 떠올랐다.

끔찍해서 어쩔 수 없다. 다른 걸 둘러볼 여유가 없다. 내겐 지켜야 할 가족이 있다. 미사가 있고 에코가 있다. 제아무리 모순된 일일지라도, 가족이 기뻐할 일을 갖고 집에 가고 싶다. 가족을 안심시키고 싶다. 더 이상 속내를 드러내놓고 얘기하지 못하는 숨 막히는 순간으로부터 아내를 해방시키고 싶다.

이를 위해서는 무엇보다 오키도 건을 도모노 혼자 힘으로 해결해야 한다. 아니, 해결하지 않으면 안 된다. 그래야만 진급으로 가는 육중한 문을 열어젖힐 수 있다. 지금 도모노에게 있어 10억 엔 대출은 자신의 승진과 동의어였다. 도모노만이 아니라 미사와 에코의 장래도 여기에 달려 있다.

"하지만…… 어떡해야 좋을까……."

도모노는 깊이 고민했다.

완고한 오키도의 태도로 봐선 해결의 실마리가 전혀 보이지 않았다.

이대로 가면 대출액은 하루나은행과 반씩 나눠 5억 엔이 된다.

그것이 냉철한 오키도의 역제안이었다. 다시 한 번 생각해달라고 부탁했지만 솔직히 움직일 여지가 없는 '결론'처럼 보였다.

하지만 그러면 큰일이다. 10억 엔이 아니면 안 된다.

방법이 없을까? 방법이…….

이런저런 아이디어가 떠올랐다 사라졌다. 오키도가 신뢰하는 직원이 도쿄제일은행에 대출 건을 맡기자고 강력하게 제안

상심 가족

하게 하면 어떨까? 아니다, 그 회사에는 그럴 만한 인물이 없다. 오키도공업은 사장이 모든 걸 결정하는 이른바 원맨 경영 회사다. 오키도가 오른쪽이라고 하면 모두가 우향우를 하는 회사다. 그렇다면 오키도의 부인에게 꽃이라도 보내 우리 은행을 지원하게 할까? 그것도 아니다. 오키도는 아내를 경영에 참여시키지 않는다. 게다가 도모노와 만난 적도 없고 우리 은행과 거래도 없다. 오키도의 아내는 대학 조교수여서 서로 가계를 독립적으로 꾸리고 있다고 들었다. 오키도처럼 냉정한 사람한테 그런 연줄을 이용한 접근이 통할 리도 없다.

역시 오키도를 설득하는 수밖에 없다.

미국에서 오랫동안 연구원 생활을 했다는 오키도의 기세등등한 표정을 떠올리며 도모노는 깊은 한숨을 내쉬었다. 한숨과 함께 마치 혼까지 빠져나가는 것만 같았다.

오키도에게 울며불며 매달리는 건 통하지 않는다.

생각할 수 있는 건 다시 한 번 금리를 낮추는 것뿐이었다.

하지만 그러면 하루나도 또 경쟁적으로 금리를 낮출 가능성이 있다. 해외에서 철수할 수밖에 없어서 국내 영업에 배수의 진을 친 은행을 상대로 이길 순 없다. 불길한 예감이 든다. 오키도의 짓이다! 도모노가 제시한 이율을 하루나에 보여주고 더 많은 이율 인하를 획책할 수도 있다.

"최악이군."

도모노는 자기도 모르게 중얼대다가 어디선가 자신을 부른다는 걸 깨닫고 고개를 들었다.

"어이, 뭘 그렇게 중얼대고 있는 거야. 심각한 얼굴을 하고서."

업무과 대리 엔도 다쿠지가 서 있었다. 다키노와 함께 업무과에서 신규 담당을 맡고 있는 남자다. 올해 서른다섯인 엔도는 담배를 너무 피워서 누렇게 된 이를 드러내며 웃었다.

"네, 네."

도모노는 서둘러 응수하고 책상 위에 어지럽게 널린 서류를 미처리 정리용 자루에 쓸어 넣었다. 엔도는 나가하라 지점의 노조지부장이다. '가정의 날'이면 이렇게 은행 안을 돌아다니며, 퇴근하지 않고 있는 사람들에게 말을 건다.

"도모노! 얼굴이 왜 그렇게 어두워?"

후딱 사라져주면 좋겠는데 엔도는 쓸데없는 말을 늘어놓으며 도모노의 어깨를 두드렸다. 실적을 제대로 올리지도 못하는 주제에 입만 살아서 떠드는 사람이다.

"도모노."

그때 등 뒤에서 후루카와의 목소리가 들렸다. 반사적으로 고개를 돌렸다. 이미 책상을 치운 후루카와가 의자 등받이에 몸을 기댄 채 손짓하고 있었다.

"오키도 사장은 만나봤나?"

후루카와의 말에는, 먼저 와서 보고하지 않은 데 대한 불만이 담겨 있었다.

"네, 만났습니다."

갈증을 느끼며 도모노가 대답했다. 스스로도 우스울 정도로 침착함을 잃고 머릿속에는 변명의 말이 맴돌기 시작했다. 오키도라는 말에 마쓰오카도 도모노 옆으로 왔다. 그의 시선은 도모노의 뺨을 지나 안색을 살피듯 후루카와로 향했다.

"그래서 대출은 어떻게 됐나?"

"그게……."

갈등에 긴장이 더해진 초조감이 도모노의 마음에서 소용돌이쳤다.

"아직 확답을 듣지 못했습니다."

후루카와는 곧바로 대답하지 않고 도모노의 얼굴을 물끄러미 노려봤다. 그런데도 태평하게 돌아왔단 말인가? 그렇게 말하는 것 같은 표정이었다. 가정의 날 노래가 울려 퍼지는 은행 안에, 일찍 퇴근하기는커녕 도망치고 싶은 침묵이 이어졌다.

"걱정하지 않아도 되겠지?"

그 말은 수만 광년 떨어진 곳에서 시작해 도모노의 뇌신경 가장 깊은 곳을 마비시키는 전자파처럼 느껴졌다.

정신을 차렸을 때는 "걱정 마십시오" 하고 대답하는 자신의 목소리가 들렸다.

"틀림없나? 대출 계획에 넣어도 되겠지?"

"네, 틀림없습니다."

마치 다른 누군가가 도모노의 의식을 조종하듯 도모노가 대답했다. 이제 돌이킬 수 없다.

"좋아! 처리할 게 없으면 그만 퇴근들 해."

후루카와의 말에 목례를 하고 등을 돌렸다. 도모노는 배터리
가 다 된 로봇처럼 팔다리를 부자연스럽게 움직이며 멍한 상태
로 퇴근 준비를 마치고 지점을 나섰다.

8

"아빠!"

사택 현관을 들어서자마자 좋아서 강아지처럼 날뛰는 에코
에게 "아빠 왔다!" 하며 미소를 지어 보였다. 아이를 안자 눈물
이 날 것만 같았다.

여기는 내 집이다. 내 집…….

"에코, 오늘은 뭐 하고 놀았어? 누구하고 놀았니?"

"유나네 갔었어. 개네 집, 옆에 있거든!"

그래…….

에코가 가리킨 벽 건너편에는 '관리직 사택'이 있다. 대리 이
상만 입주할 수 있는 사택으로 방이 하나 더 많다.

"우리 집보다 넓어. 유나 아빠는 과장이래."

도모노는 웃을 수밖에 없었다. 은행이라는 조직의 위계질서
는 직원만이 아니라 이렇게 어린아이에게까지 침투한다. 천진
난만하게 웃는 에코의 얼굴에 도모노는 가슴이 찢어지는 것처

럼 아팠다.

"먼저 목욕부터 할래요? 오늘은 초밥인데. 에코는 벌써 목욕했어. 혼자 머리를 감으라는 아빠 말에."

미사가 눈치를 살피며 자연스럽게 화제를 바꿨다. 그것도 지금의 도모노에겐 부담이었다.

미안해.

이 말이 자연스럽게 가슴에 떠올랐다. 정말, 미안하기만 인생이구나, 나란 놈은⋯⋯. 한심하군. 이런 게 아니었는데.

그날 밤, 물끄러미 어두운 천장을 올려다보는 도모노의 가슴에 이런저런 생각들이 오갔다.

나는 이제 틀렸는지도 모르겠다.

가지런한 숨소리를 내며 옆에서 자고 있는 아내의 머리에 살짝 손을 얹었다. 에코는 미사와 도모노 사이에서 대자로 뻗어 자고 있었다.

미사와 에코.

나의 가족. 무슨 일이 있더라도 지켜줄 거야. 아무리 힘들어도 아빠는 견딜 거야. 사람들에게 자랑할 만한 것들을 하나도 못 해줘도 용서해. 그래도 말이야, 가족을 사랑하는 마음만은 절대, 절대로 진심이야.

눈을 감았다. 눈물이 흘러넘쳤다. 일단 흘러나오기 시작하자 멈추질 않았다. 눈물이 이렇게 뜨거웠는지 오랫동안 잊고 살았다.

마치 눈을 뜬 것처럼 얕은 잠에 뒤척이며 하룻밤을 보냈다.

신문 배달을 하는 오토바이 소리가 들리는가 싶더니 우편함에서 소리가 났다.

피곤해 몸이 가라앉았지만 잠은 오지 않았다. 결국 꿈과 현실 속을 오락가락하며 아침을 맞았다. 이불에서 빠져나온 도모노는 평소보다 한 시간 일찍 조간신문을 가지러 나갔다.

기분이 최악이었다. 머리가 흔들렸고 몸은 무거웠다. 현관까지 걸어가 문 안쪽에 동그랗게 말려 있는 경제 신문을 꺼내려다 그만 바닥에 주저앉고 말았다.

1면을 장식한 '하루나은행 국유화'라는 활자가 눈에 들어왔기 때문이다.

<h1 style="text-align:center">9</h1>

방문 약속을 하려고 아까부터 오키도공업에 전화를 걸었다.

"손님이 있으셔서요."

오전 10시를 넘어선 때였다. 이번까지 세 번째. 전화를 받은 여직원은 '끝나는 대로 전화하겠다고 했다'는 오키도의 말을 전해줬다. 조금 전 걸었을 때도 같은 말을 했지만 전화는 걸려오지 않았다.

30분을 더 기다린 뒤에 또 전화했다. 돌아온 대답은 이미 외출했다는 거였다.

있으면서 없다고 하는 걸까? 온갖 생각이 스쳤다. 그렇다면 내가 직접 가보는 수밖에 없다.

그렇게 생각하고는 검은색 가방을 들고 일어서는데, 2층 융자과로 이어진 계단을 올라오는 사람이 보였다.

오키도였다. 당황한 도모노는 책상에 무릎을 부딪치며 쓰러질 듯 창구 밖으로 뛰어나가 마중했다.

"어서 오십시오. 지금 찾아뵈려고 했는데요."

도모노는 순간적으로 감이 좋지 않았지만 그래도 애써 말을 이으면서 마음속에 깔린 암운을 내리눌렀다.

구조와 후루카와가 일제히 일어나 응접실 쪽으로 가자고 친절하게 권했다. 하지만 오키도는 완강하게 거절했다.

"담당한테 말하면 되는 용건입니다."

오키도는 그렇게 말하고 융자과에 일렬로 놓인 손님용 회전의자에 앉았다. 도모노는 당황스러움을 적당히 의례적인 인사로 얼버무리고서 창구를 사이에 두고 오키도와 마주앉았다.

"실은 아침 일찍 하루나은행 지점장이 나를 찾아왔소."

도모노는 긴장으로 온몸이 굳어졌다. 오키도는 특유의 냉정한 말투로 계속했다.

"국유화 문제로 국내 출자 심사가 다시 이뤄졌는데, 예전에 제안했던 금리를 적용할 수 없다고 합니다. 이미 제안한 금리를 철회하는 게 어디 있냐고 항의했지만 상부의 뜻이라 어쩔 수 없다고 하더군. 따라서 금리 인상은 거의 확실하고 게다가 설비투자금도 재고해야 한다고. 내 참……."

오키도는 분한 듯 입술을 깨물며 입을 다물었다.

"이제 와서 이런 말 하는 건 부끄럽지만, 가능하면 이번 설비투자 비용 전부를 대출해주면 안 되겠소?"

이 말을 마치고 오키도가 깊이 고개를 숙였다.

"사장님, 왜 이러십니까? 제발 고개를 드세요, 사장님!"

도모노가 말했다. 마음을 가득 메웠던 구름이 걷히고 맑은 하늘이 보이는 것 같았다. 감정이 고양되고 표정도 환해졌는데, 갑자기 까닭 없이 눈물이 흘러넘쳤다.

"걱정을 끼쳐서 미안하네. 이번 건은 내 실수였어. 미안하네."

"아닙니다. 됐습니다, 사장님. 그런 말씀 마십시오."

울다 웃다니, 이래도 괜찮을까? 손바닥으로 눈물을 훔치고 그것도 모자라 셔츠 소매로 눈가를 문질렀지만 스스로 어쩌지 못할 정도로 북받쳐 어깨까지 들썩이며 통곡했다.

이윽고 등 뒤에 누군가의 손이 닿았다.

"사장님 하시는 말씀, 멀리서 들었습니다. 정말로 감사합니다."

후루카와의 음성이었다. "어서 이쪽으로 오시죠."

마쓰오카가 응접실 문을 열며 오키도에게 손짓했다. 오키도는 도모노와 얘기한 뒤 어느 정도 기분이 풀렸는지 "그럼" 하고 흔쾌히 일어섰다.

도모노는 오키도가 구조, 후루카와, 마쓰오카와 나누는 환담을 응접실 구석에서 잠자코 듣고 있었다.

화기애애한 시간이 흘러갔다.

딱딱하게 굳어 있던 오키도의 표정도 서서히 풀리면서 웃음이 새어 나왔다.

"그럼, 이만 가보겠습니다."

오키도를 배웅하자마자 마쓰오카가 도모노에게 말을 걸었다.

"도모노, 잠깐 나 좀 보세."

구조와 후루카와가 눈짓을 하더니 지점장실로 사라졌다. 구조의 손에 쥐여 있는 게 발령장이라는 걸 깨달은 도모노는 갑자기 얼굴 근육이 뻣뻣해졌다.

"양복, 윗도리!"

마쓰오카의 말에 서둘러 재킷 소매에 팔을 끼면서 과장을 따라 지점장실로 들어갔다.

"도모노 히로시, 전근."

구조는 딱딱하게 굳어 있는 도모노를 응시하며 말했다.

또 틀린 건가.

"싱가포르 지점, 조사역으로 발령한다."

그 말은 저 먼 곳에서 들려온, 자신과는 관계없는 소리처럼 들렸다. 도모노의 의식은 순간 어디론가 날아갔다가 "승진이네!" 하며 자신의 등을 두드리는 마쓰오카의 말에 겨우 제자리를 찾았다.

싱가포르라고…….

미주 지점이나 뉴욕……. 꿈에 그리던 비즈니스 무대와는 조금 거리가 있지만 그래도 승진이다, 승진!

"감사합니다!"

구조에게 목례하는 순간, 머릿속에서 어떤 소리가 들렸다. 베란다에서 도모노를 배웅하는 에코의 목소리였다. 에코는 도모노가 보이지 않을 때까지 계속 지켜본다.

아빠, 아빠.

"정말 감사합니다!"

다시 한 번 인사하는 도모노의 뺨을 타고 눈물이 흘러내렸다. 가슴속에서 에코가 말했다.

아빠, 힘내세요!

힘내요!

3장

미운 오리 새끼

1

스키장에 가자는 얘기를 들었을 때 선뜻 응할 수 없었다.

"이번 주말은 아무래도 안 되겠는데, 미안해."

데쓰오에게는 그렇게 거절했다. '안 되다니, 왜?' 하고 물을 거라 생각했는데 그도 짐작 가는 게 있었는지 더 이상 묻지 않았다. 그저 약간 안타까운 표정을 지으며 "또 '이번'이구나. 나무척 기대했는데" 하고 말했다. 시부야의 세루리안타워 최상층에 있는 바에서였다. 그러나 그의 불만스러운 표정은 '스키장 정도는 좀 가자'라고 말하고 있었다. 아이리의 마음에 보이지 않는 가시가 박혔다.

속내를 드러낼 순 없다. 스키장에 가지 않는 진짜 이유는 말할 수 없다. 말하면 나를 싫어하게 될 거야. 돈이 없기 때문이라고 말할 순 없어.

슬픈 일이지만 그것이 기타가와 아이리 앞에 놓인 현실이었다.

여자 행원 중에는 유복한 가정에서 자란 사람이 많았다. 유복했는지 아닌지는 잘 모르겠으나 아이리의 아버지도 대기업 셀러리맨이었다. 상장 기업의 일선에서 일하던 아버지는 휴일에도 거래처 접대 골프에 나갈 정도로 바쁜 나날을 보냈다.

그런 아버지가 쓰러진 것은 아이리의 도쿄제일은행 입사가 결정된 해의 8월이었다. 3년 전의 일이다.

무더위가 한창이었던 여름날 오후였다. 아르바이트하러 가려고 막 나가려던 참에 전화를 받았다. 아버지 직장에서 걸려 온 긴급 연락이었다.

뇌출혈. 아버지는 종합병원 신경외과에 실려 간 즉시 수술을 받았지만 사흘 뒤에 세상을 떠났다. 아이리는 두 여동생과 함께 아버지의 죽음을 지켜봤다.

"아버지!"

들려요? 안 들려요?

아이리는 눈물로 범벅이 된 채 몇 번이나 아버지에게 말을 걸었다. 고맙다는 말을 못 했다는 생각만이 가슴에 가득했다.

아침 7시 전에 집을 나가 오밤중이 되어야 귀가하는 생활. 이것은 아이리가 어렸을 때부터 오랫동안 계속되었다. 일의 연속이었던 인생. 그 와중에도 휴일이면 세 자매를 자동차에 태우고 나가 놀아주던 아버지. 분명 피곤했을 텐데도 그런 내색 한 번 하지 않고 아이들을 귀여워해줬던 아버지. 직장에선 그다지 출세하지 못했다. 사람이 좋아 손이 많이 가는 일만 가져왔다.

그런데도 불평 한마디 하지 않고 늘 밝게 행동했던 아버지. 그런 아버지에게 고맙다는 말 한마디 못 했다. 그 사실을 이제야 깨닫다니. 쑥스러워서 고맙다는 말은 결혼할 때 해야지 생각했는데. 이젠 이 순간밖에 아버지에게 말할 기회가 없다. 이 기회를 놓치면 더 이상…….

"아버지, 고마워요. 지금까지…… 정말, 고마웠어요……."

이 말을 되풀이하는 중에 아이리의 손에서 아버지의 체온이 조금씩 식어갔다.

현재 아이리는 월급의 반을 집에 내놓는다.

바로 아래 동생은 대학 3학년이고, 막내는 올해 대학 입학시험을 치른다. 등록금 같은 큰돈은 아버지의 보험금과 퇴직금으로 내고 있지만, 매달 생활비는 파트타임으로 일하기 시작한 어머니와 아이리의 월급으로 충당했다. 그래도 충분치 않아 예금이 서서히 줄었다.

그전에는 돈이 없을 때 기분 같은 건 상상도 못 했다. 하지만 막상 그 입장이 되자 의외로 상당히 불안하고 또 주눅 드는 일이라는 사실을 깨달았다.

예컨대 직장 동료가 쇼핑에 같이 가자고 할 때 같은 경우 말이다. 사고 싶은 옷이 있어도 참다 보니, 아버지가 살아계셨을 때는 꽤 관심 많았던 패션에도 이제 둔감해졌다. 아니, 둔감해진 정도가 아니다. 면바지에 티셔츠, 그 위에 학창 시절에 산 재킷을 걸치는 게 아이리의 유니폼이 되어버렸다. 액세서리는 다 모조품이고, 시계도 국산에 시간만 맞으면 된다는 게 철학이 됐다.

하지만 아이리의 주변은 달랐다.

탈의실에는 월급 대부분을 쏟아부어야 살 수 있는 고급 브랜드 옷도 드물지 않았고, 루이비통이나 에르메스 같은 명품들도 쉽게 볼 수 있었다. 다들 시계도 여러 개 지니고 있고, '중요한 자리'엔 보너스를 몽땅 투자해 산 롤렉스나 불가리 시계를 차고 나간다.

브랜드 상품을 갖고 싶지 않다면 거짓말일 것이다. 하지만 일단 필요하지 않다고 자신을 설득하고 나면, 어떻게든 갖고 싶었던 학생 때 같은 욕구는 생기지 않았다. 그보다 슬픈 건 세일 얘기로 떠들썩한 자리에 끼지 못한다는 것이다. 일 틈틈이 주말여행 가자는 얘기가 나와도 끼겠다고 선뜻 나서지 못하는 것, 다 같이 맛있는 음식을 먹으러 가자는 말을 들어도 지갑 속을 걱정하게 되는 것. 더 이상 어머니에게 용돈을 달라고 조를 수 없다는 것도.

물건이 전부는 아니야. 그렇게 생각해도 어느새 비굴한 마음이 마음속 어딘가에 자리 잡은 것을 아이리는 안다.

나는 이대로 충분히 만족하고 있으니, 혼자 놀러 갈 돈이 있다면 아버지가 해줬던 것처럼 가족을 위해 쓰고 싶어. 그렇게 해야만 해. 어머니와 동생들이 기뻐하면 그걸로 된 거야. 나는 소중한 사람들을 위해 일하고 있어. 옷이나 장신구를 사기 위해 일하는 게 아니야.

하지만 그런 아이리의 심경에 변화가 찾아왔다. 입사하고 1년 6개월이 지난 작년 여름이었다.

나, 네가 좋아.

미키 데쓰오가 고백을 한 것이다.

2

"정말 나 같은 사람이 좋아?"

데쓰오의 고백을 듣고 아이리는 조심스럽게 말을 꺼냈다.

지점에는 멋진 여자가 많다. 예쁘고 돈도 많고 집안도 좋은 여자들이. 그런데 왜 나를?

그 말에 데쓰오는 조금 생각한 뒤, "성실하고 똑소리 나게 자기 힘으로 살아가는 점이 좋다고 해야 하나?"라고 말했다.

너무 기뻤다. 게다가 지점 동료들이 동경하는 미키 데쓰오가 자신을 바라봐 줬다는 게 무엇보다 통쾌했다. 아이리도 남몰래 데쓰오를 좋아하고 있었던 것이다. "노리려면 저런 남자를 노려야지"하면서 눈을 번뜩인 선배도 있었다. 그렇게 외모를 공들여 가꾼 여자들에게 한 방 먹인 기분이었다고 해야 할까. 역시 약간은 자격지심이 있었던가 보다.

입사 후 2년째가 되자 아이리의 가정 형편이 어느새 직장에 알려졌다. 대놓고 말하진 않았지만 아이리는 '사정이 있는 애'가 되어 있었다. 눈치채지 못한 척은 하고 있지만, 놀기 좋아하는 그룹으로부터 배척되고 있다는 생각이 들기도 했다.

그래서 그의 고백이 기뻤다. 기쁘긴 하지만 너무 격이 다른 건 아닐까.

데쓰오는 외부 영업을 담당하는 업무과 차석이었다. 일류 대학을 졸업하고 은행 일반직으로 도쿄제일은행에 입사한 지 5년 차인 스물일곱 살. 대학 시절 미식축구로 단련한 단단한 체격에 붙임성 있는 성격. 게다가 집안은 지바 시내에 꽤 많은 부동산을 소유하고 있는 자산가였다.

진지하게 사귀기에는 분에 넘치는 상대였다. 더 솔직히 말하자면 조건이 너무 좋아 주저하게 되는 상대이기도 했다.

내게 데쓰오는 과분해. 어울리지 않아. 솔직히 그런 생각이 들었다.

바로 그 순간, 아이리는 "그럼 그에게 어울리는 사람이 되면 되잖아?" 하고 자신을 설득했다.

지금까지 나는 미운 오리 새끼였다. 하지만 그가 인정한 순간부터 달라졌다. 노력해서 그에게 어울리는, 누구나 인정하는 여자가 되면 되는 거다.

데쓰오는 사귀기 시작하고 처음 맞은 아이리의 생일에 에르메스 백을 선물해줬다. 쇼윈도 너머로 보긴 했지만 결코 살 수 없으리라 생각했던 고가의 물건이었다. 받는 순간, 기쁨과 함께 조금 서글퍼졌다. 이 멋진 백에 어울리는 옷이 없었던 것이다.

크리스마스에는 티파니 반지를 받았다. 고급스러운 가게가 몰려 있는 니시아자부에 있는 이탈리아 레스토랑에서 식사를 하고 서로 준비한 선물을 교환했다. 그가 건넨 선물 포장을 푼 순간, 아이리는 기쁨보다 놀람과 후회로 경악했다. 아이리가 준비한 선물은 직접 짠 머플러였다. 데쓰오는 기뻐하며 그 감색 머플러를 목에 감았지만 그건 고급 양복에는 좀 튀어 보였다. 망했어. 무리를 해서라도 브랜드 제품을 사야 했는데.

스키장에 가자는 말을 들은 것도 그 무렵이었고 그와 동시에 둘의 관계도 깊어졌다. 크리스마스 밤, 아이리는 데쓰오에게 몸을 허락했다. 데쓰오가 예약한 아카사카의 고급 호텔에서였다.

스키장에는 토요일 아침 일찍 데쓰오의 차로 출발해 일요일 밤 늦게 돌아왔다. 때로는 금요일 은행 업무가 끝나자마자 함께 출발하기도 했다. 어머니께는 은행 친구들과 간다고 거짓말을 했다.

즐거웠다. 하지만 그런 일이 몇 번 거듭되자 역시 이대로는 힘들겠다 싶었다. 지금의 아이리에게는 매주 스키장에 갈 여유가 없었기 때문이다. 이런저런 경비를 줄여도 겨우 한 달에 한 번 정도 갈까 말까다. 안 그러면 적금을 깨야만 한다. 그래도 억지로 몇 번 따라나서긴 했지만 그것도 점점 힘들어졌다.

돈이 없다고 솔직하게 밝힐 용기가 없었다. 안간힘을 쓰고 있다는 것을 의식하지 않는다고 해도, 사실대로 얘기하면 데쓰오가 떨어져나갈 것 같았다.

어쩔 수 없이 이런저런 이유를 대며 거절하자 데쓰오는 아이리에게 스키장에 가자고 거의 권하지 않았다. 안심이 되기도 했지만 섭섭했다. 불만스러운 듯한 데쓰오의 얼굴을 떠올리며 돈 때문에 소중한 것을 잃는 게 아닐까 후회되었다. 조금 무리를 해서라도 그에게 맞추자. 그런 생각을 한 것도 이때였다.

이때부터 아이리는 월급을 쪼개어 넣던 저축을 그만뒀다. 그리고 그만큼을 데쓰오를 위해 썼다. 옷을 사거나 맛있는 걸 먹거나. 조금이라도 데쓰오가 기뻐하면, 그가 기뻐하는 얼굴을 볼 수만 있다면, 그걸로 아이리는 행복했다.

꿈결 같은 시간이었지만 시시때때로 현실의 찬바람이 불어왔다. 데쓰오와 보낸 날들은 눈 깜짝할 사이에 흘러가, 입사하고 세 번째 봄을 맞았다.

콘크리트 건물 속에서 지내다 보면 계절 변화를 느끼지 못한다. 신입사원이 들어와 정신없이 환영회를 치르고 나면 어느새 장마철이고 또 잠깐 사이에 여름이 된다.

7월에는 데쓰오의 생일이 있다.

3

"대리님, 돈이 부족한데요."

영업시간이 끝나고 어수선한 가운데에서도 도다 아키코의 목소리가 또렷하게 들렸다. 업무일지를 쓰고 있던 아이리는 자기도 모르게 일손을 멈추고 소리가 나는 쪽을 돌아봤다. 다른 여자 행원들도 아키코와 보고를 받은 미즈하라 에쓰코를 쳐다봤다. 미즈하라 대리는 불의의 일격을 당한 얼굴로 변명을 하는 듯한 얼굴의 아키코를 올려다봤다.

"얼마나?"

미즈하라가 물었다. 불안해 보이지는 않았지만 목소리는 조금 경직돼 있었다. 몸집이 작은 미즈하라는 도쿄제일은행에서도 몇 안 되는 여자 대리이다. 엄청난 노력가로 부하들의 신뢰도 두텁다. 다른 사람들을 잘 돌보는 듬직한 누나 같은 성격 때문에 남자 행원들에게도 인기가 많다. 그리고 도다 아키코는 입사 7년 차인 베테랑 행원이었다.

"100만 엔이요."

아키코가 말하자, 예삿일이 아니구나, 하는 분위기가 곧바로 감돌기 시작했다.

오후 3시 30분을 지난 시간이었다. 그다지 바쁜 날도 아니라 업무 마감을 앞두고 1층 고객 업무를 담당하는 영업과가 일제히 움직이기 시작한 때였다.

미운 오리 새끼

"다시 계산해봐."

미즈하라는 곧장 고객 창구에 있던 나카하타 게이코를 불러 아키코가 관리하던 캐시 박스를 함께 정산하도록 했다. 게이코는 아이리와 입사 동기였다. 상황을 전해 들은 다카시마 이사오 과장이 지켜보는 가운데 긴장 속에서 현금을 다시 셌다.

캐시 박스란 고객을 응대하는 행원들이 가지고 있는 현금 관리용 박스다. 고객들의 입출금은 모두 이 박스에서 이뤄지기 때문에, 업무가 마감된 후 현금 잔고를 확인하는 게 당연한 일과였다.

게이코는 채 5분도 되지 않아 캐시 박스의 현금 정산을 마쳤다. PC로 관리되는 것이라 틀릴 리가 없었다.

"어이, 이거 큰일이군. 출금 전표를 보여줘."

모두가 들으라는 듯 과장이 크게 말했다.

미즈하라는 여전히 침착했다. 아키코가 클립으로 묶어 놓은 전표를 꺼내자 그 자리에서 확인하기 시작했다. 현금을 거액으로 지급한 내역이 있는지 골라내는 것이다.

100만 엔이면 만 엔권 지폐 한 묶음이다. 캐시 박스에 보관할 수 있는 현금은 한계가 있어, 큰돈은 영업실 안쪽에 있는 자금실에서 꺼내 지불한다. 그때 잘못 계산해 한 다발 더 나갔을 가능성도 있었다.

몇 개 회사의 이름이 거론됐고 곧 업무과와 융자과 담당자가 불려왔다. 그중에 데쓰오도 있었다.

담당자가 거래처에 전화해서 "오늘 돈이 더 지불되진 않았나요?" 하고 물어봐야 하기 때문이다. 하지만 초과 지불도 어디까지나 은행의 실수다. 게다가 증거도 없다. 그쪽에서 맞게 받아갔다고 하면 그만이다.

데쓰오는 아이리가 있는 곳으로 와 빈자리에 앉았다. 그리고 담당 거래처 한 군데에 전화를 걸어 얼굴도 모르는 경리 담당자와 짧은 대화를 나눴다.

"틀리지 않았다는데요."

데쓰오가 수화기를 내려놓고 약간 퉁명스럽게 보고했다.

"그래. 수고했네."

다카시마 과장은 수많은 도구들과 PC로 가득 찬 창구 안쪽을 멍하니 쳐다봤다. 불길한 예감이 들었다.

데쓰오가 '괜찮아?'라는 눈빛으로 아이리를 바라봤다. 괜찮아, 괜찮겠지. 아이리는 그런 생각을 하며 데쓰오를 쳐다봤다. 그 순간이었다.

이 사람이 정말 좋다. 너무 좋다.

뜬금없었지만 그런 생각이 가슴에 차올라, 아이리는 숨 쉬는 것조차 힘들었다.

4

"쓰레기, 쓰레기! 누가 쓰레기를 확인해보라고!"

다카시마의 새된 호통 소리에 이어 어디선가 무거운 한숨 소리가 들려왔다. 영업과 상담팀의 대리 니시키 마사히로였다. 듬성듬성해진 머리에 셔츠의 배 부분이 불룩 솟아 있는 조금 뚱뚱한 니시키는 아이리의 직속상관이었다.

"나 원! 아이리!"

니시키는 넉살이 좋아 왠지 미워할 수 없는 사람이다. 그가 아이리와 눈을 맞추면서 얼굴을 찡그렸다. "쓰레기더미에서 보물을 찾아보자고. 그런 취미는 없지만 말이야."

나가하라 지점은 역과 인접한 지상 3층 지하 1층짜리 건물이다. 도쿄제일은행에서는 중요한 서류나 현금을 분실했을 때를 대비해 은행에서 나오는 쓰레기를 최소한 일주일 동안 보관하도록 되어 있다. 아주 드문 일이지만, 가끔 현금이나 어음, 수표가 분실되는 사건이 일어난다. 그런 일이 생기면 제일 먼저 분실 사고가 일어난 해당 부서를 수색하고 그래도 나타나지 않으면 은행 전체를 뒤지는데, 쓰레기 보관창고는 초기 단계에서 반드시 거쳐야 하는 곳이다.

입사 3년 차인 아이리도 지금까지 딱 한 번, 쓰레기장으로 서류를 찾으러 갔다가 못 찾고 돌아온 적이 있다. 두 번 다시 오고 싶지 않았던 기억이 선명히 남아 있었다.

"이봐, 어서 가지."

가기 싫었지만, 어찌할 바를 모르고 있는 아키코의 모습을 보니 니시키를 따라나서지 않을 수 없었다.

"아무리 그래도 만 엔짜리 한 다발을 버렸을까요?"

"그거야 모르지. 사람은 너무 바쁘면 바보 같은 일을 저지르기 마련이야. 나도 전에 1억 엔짜리 어음을 구겨서 쓰레기통에 버린 적 있어. 곧바로 알아차려서 다행이었지만 어음은 심하게 구겨졌지. 구기지 않고 찢어 버렸으면 아마 은행에서 잘렸을 거야."

어음이나 현금 같은 '현물' 분실은 은행원에게 치명적인 실수다. 과실이 있으면 해고까지는 아니더라도 출세에는 영향을 미친다.

창고 안에는 쓰레기봉투가 거대한 괴물의 알처럼 불길하게 웅크리고 있었다.

"자, 그럼 시작해볼까!"

니시키는 제일 앞에 있는 쓰레기봉투의 매듭을 풀고 봉투를 뒤집어 내용물을 바닥에 쏟아냈다. 일단 쓰레기를 전부 꺼낸 다음에 하나씩 확인한 후 다시 봉투에 넣는 것이 정해진 방식이다. 아이리는 피로가 한꺼번에 몰려오는 느낌이 들었다.

"틀렸어. 없어."

니시키는 이마에 배어 나온 땀을 손등으로 닦고 두 손을 허리에 댔다. 그때까지 쭈그리고 앉아 쓰레기를 헤집던 아이리도 "없네요" 하고 한숨지으며 일어났다.

이미 시간은 30분 정도 흐른 상태였다.

니시키와 아이리가 쓰레기장에 있다는 걸 모두 알고 있는데도 부르러 오는 사람은 없었다. 그건 문제의 현금을 아직 찾지 못했다는 뜻이다.

"돌아가지."

쓰레기봉투 입구를 봉한 니시키는 두 번이나 오게 될까 하는 눈길로 슬쩍 쓰레기들을 향해 마지막 시선을 던지고 창고를 나와 철문을 걸어 잠갔다.

맥없이 돌아와 영업실 문을 여는 순간 직원들의 시무룩한 표정을 보고 사태가 더 심각해졌음을 깨달았다.

데쓰오의 모습도 있다.

데쓰오가 손에 플라스틱 바구니를 들고 현금인출기로 통하는 뒷문에서 나오고 있었다. 바구니 안에는 현금인출기에서 꺼낸 현금이 들어 있었다. 넘쳐흐를 것 같은 돈다발을 한 손으로 누르던 그는 아이리와 눈이 마주치자 눈을 찡긋했다.

아까는 아키코의 창구를 중심으로 수색이 이뤄졌지만 현금이 나오지 않자 본격적으로 정밀 조사에 나선 것이다.

"부탁해. 미안하네."

소매를 걷어 붙인 다카시마가 대형 지폐 계수기가 놓인 자금실에서 직원들 사이를 돌아다니며 그 작업을 지켜보고 있었다.

모두 피곤에 전 표정으로 입을 다물고 작업에 몰두했다. 침묵
이 이어졌다. 하루 일을 끝낸 뒤 가장 중요한 사무를 처리하거
나 회의를 해야 할 시간이었는데 정산조차 끝내지 못한 상황이
었다. 조금 떨어진 곳에 아키코가 면목 없는 표정으로 고개를
숙인 채 서 있었다. 미즈하라 대리 역시 그 옆에서 심각한 표정
을 짓고 있었다.

일단 내부 규정에 따라 정산을 하고 있기는 하지만, 분실한
현금을 현금인출기에서 찾을 가능성은 매우 낮다. 그 사실을
모두 잘 알고 있기에 기분이 가라앉아 있는 것이다. 흡사 출구
가 보이지 않는 터널을 지나는 느낌이었다. 현금인출기의 현금
정산은 손이 많이 가는 중노동이다.

두 시간에 걸쳐 현금인출기 정산을 끝냈다.

"재고관리표와 일치. 이상 무!"

정산을 지휘한 가시마 업무과장의 우렁찬 결과 보고를 기점
으로, 한줌 희망을 안고 있던 그 자리의 공기가 더욱 가라앉
았다.

다 틀렸나······.

그 후 영업과 안을 다시 수색하고 개인 소지품을 확인하기로
한 것은 밤 10시가 넘어서였다.

후루카와 부지점장의 지시였다.

"일단 전원을 대상으로 한다. 영업과만이 아니라 업무과와
융자과도. 대리가 각자 자기 부하 직원의 개인 사물을 보고, 다

끝나면 사물함도 둘러보도록. 의심하는 것 같아 미안하지만 이것도 절차라고 생각하고 모두 협력해주길 바란다."

그리고 후루카와는 이 사태를 구조 지점장에게 보고하기 위해 2층 계단을 올랐다.

현금 사고는 중대한 '업무 과실'이다. 일단 사건이 일어나면 업무 고과에서 큰 마이너스 점수를 받아 '표창'과는 멀어진다. 지점에 부과된 목표에는 예금이나 융자뿐만이 아니라 이런 '사무 정확성'도 포함돼 있고, 각각에 점수가 매겨져 있다. 일단 큰 항목에서 점수가 크게 떨어지면 아무리 다른 분야에서 점수를 많이 따도 다른 경쟁 지점을 이길 수 없다. 이제 막 7월 초인데 그런 사태를 맞으면 지점 사기에도 영향을 미친다.

이번 분기야말로 표창을 받아야 한다는 말을 입에 달고 다니던 구조에게도, 후루카와에게도, 이건 아주 중요한 사건이었다. 창백해진 후루카와의 표정에서 그런 위기감이 아이리에게도 전해졌다.

"이런, 큰일이군."

니시키는 부지점장의 뒷모습을 바라보며 중얼거리고는 "어쩔 수 없지. 시작할까?" 하며 아이리를 돌아봤다.

아이리가 영업과에 가지고 온 건 작은 파우치 하나였다. 그 안에는 간단한 화장품과 지갑 정도가 들어 있을 뿐이었다. 출퇴근할 때 드는 가방은 3층에 있는 탈의실 사물함에 넣어뒀다.

파우치를 열어 니시키에게 안을 보여줬다. 그는 제대로 보지도 않고 "오케이!"라고 했다. 그 안에 돈이 들어 있을 리 없다는 걸 잘 알고 있기 때문이다. 아이리 다음은 함께 상담 창구를 맡고 있는 도코로 히카루였다. 히카루는 광택이 나는 재질의 귀여운 백을 가지고 있었는데 그 역시 금방 조사가 끝났다. 아이리보다 1년 후배인 히카루는 쇼트커트에 눈매가 또렷하고 보이시한 스타일의 여자였다.

"확실하게 하기 위해 내 것도 보여줘야겠군."

니시키는 자기 책상 밑에 놓아둔 가방을 꺼내 두 사람에게 보여줬다. 신문과 지갑이 있을 뿐, 다른 건 하나도 없었다. 세 사람의 개인 소지품 확인은 1분도 걸리지 않았다.

고객 창구 쪽도 마찬가지인 듯, 안도감과 석연치 않은 감정이 섞인 표정들이었다.

"여자 사물함은 내가 볼게요."

미즈하라 대리와 함께 전원이 3층으로 올라갔다.

"팀을 이뤄서 서로 개인 소지품을 확인해."

아이리는 히카루와 한 팀이 되었다.

"선배, 내 것 좀 봐줘요! 이거 새로 샀어요."

"너는 이런 상황에서 그런 말이 나오니?"

아이리는 쓴웃음을 지으면서도, 신나서 루이비통 백을 여는 히카루가 조금 부러웠다. 그 안에는 반지와 귀고리 같은 액세서리와 휴대전화, 휴대용 미니 디스크 플레이어가 들어 있었다. 돈은 찾지 못했다. 있을 리가 없었다. 히카루는 가방의 지퍼를

닫았다.

"그럼 이번에는 아이리 선배 차례예요!"

아이리는 사물함을 열고 출퇴근용으로 사용하는 자신의 숄더백을 꺼내 열었다.

"자, 봐."

히카루는 자석처럼 굳게 다물고 있던 입을 크게 벌리고 안을 들여다봤다.

"선배, 정말 단출하네!"

그런가. 휴대용 미니 디스크 플레이어가 아니라 문고판 책이 들어 있다는 것만 다르다고 생각했는데. 그때 "뭘 읽어요?" 하며 책을 꺼내 펼치는 히카루의 발 아래로 무언가가 떨어졌다.

히카루는 그것을 주워 들고 이상하다는 듯 쳐다봤다.

아이리는 할 말을 잃었다.

"선배, 이거……."

옆에 있던 미즈하라는 히카루가 쥐고 있는 것을 본 순간 표정이 흐려졌다.

띠지다.

돈다발을 싸는 종이띠였다. 띠지에는 도쿄제일은행의 로고와 안쪽에 날짜가 찍혀 있었다. 그건 틀림없는 오늘 날짜였다.

시끌벅적했던 탈의실이 정적에 휩싸였다.

"어디에 있었나?"

미즈하라가 물었다.

"기타가와 선배 책에 껴 있었는데요."

히카루는 동요하고 있었다. 또렷한 눈으로 아이리를 슬쩍 보고는 계면쩍은 낯빛을 하며 시선을 바닥으로 떨어뜨렸다.

"아니, 잠깐만요! 이건 아니에요. 저는……."

서둘러 부정하고 나선 아이리를 미즈하라가 날카롭게 막아섰다.

"기타가와, 잠깐 얘기 좀 했으면 하는데?"

5

내가 아니야.

내가 훔친 게 아냐!

아이리는 그렇게 소리치고 싶었다. 하지만 현금이 나오지 않는 한 아무리 '무죄'라고 주장해도 의심은 사라지지 않는다.

전후 사정을 추궁당하기 위해 2층 지점장실로 끌려왔다. 지점장실은 업무과와 융자과가 있는 2층 구석에 있었다. 창백해진 아이리가 미즈하라의 뒤를 따라 그곳에 들어갔을 때 2층에 있던 모두의 시선이 따갑게 날아왔다. 그중에는 데쓰오도 있었다. 물끄러미 쳐다보는 데쓰오와 눈이 마주쳤을 때는 눈물이 나올 것만 같았다. 겨우 눈물을 삼키고 지점장실로 들어간 아이리는 3인용 소파에 우두커니 홀로 남겨졌다. 아이리가 앉고 나서, 미즈하라가 상황을 설명하기 위해 나갔기 때문이다.

망연자실, 아무 생각도 나지 않았다.

띠지와 관련해 짚이는 게 없었다.

정말이었다. 하지만 실제로 띠지가 거기 있었다. 아이리의 책에 껴 있었다. 아니, 지점 안에는 띠지가 엄청나게 많았지만, 오늘 날짜가 찍힌 거라면 얘기가 달라진다. 조금 뒤 미즈하라가 후루카와와 함께 돌아왔다.

"왜 이게 자네 가방에 들어 있나?"

발견된 띠지가 바로 눈앞의 테이블에 놓였다. 후루카와는 몹시 언짢은 얼굴로 팔짱을 끼었다.

"모르겠습니다." 아이리가 대답했다.

"이유 없이 자네 가방에 들어갔을 리가 없지 않나!"

"그건 그렇습니다만…… 저는 정말 모르는 일입니다." 그 순간 아이리는 머리에 떠오르는 대로 말했다. "누군가 제 가방에 넣은 게 아닐까요?"

미즈하라는 대답 대신 후루카와를 쳐다봤다.

"오늘 자네가 한 일을 쓰게. 가능한 한 자세히. 미즈하라 대리는 종이를 가져오고."

미즈하라는 곧 돌아와서 아이리에게 은행 마크가 찍힌 편지지와 볼펜을 내밀었다.

"여기에 써."

출근한 시간은. 자금실에서 현금을 꺼낸 것은 몇 시였나. 화장실은 갔나. 언제 갔나. 몇 번 갔나. 식사는. 그때 누구와 얘기했나. 휴식 시간에는 뭘 했나. 누구와 같이 있었나. 어디에 있었나.

너무해.

눈물이 흘러내렸다. 너무해.

아이리가 쓰고 있는 사이, 일단 자리를 떴던 후루카와가 돌아왔다. 서류를 보고 있었다. 온라인 단말기에서 출력한 것이었는데, 아이리는 질문을 받을 때까지 그게 뭔지 몰랐다.

"자네, 의외로 씀씀이가 헤프군."

깜짝 놀라 아이리가 고개를 들었다.

후루카와가 보고 있던 것은 아이리의 예금 명세서였다.

"받은 월급을 거의 다 써버리고 저축도 안 하고 있군. 카드 결제도 적지 않은데. 매달 월급만으로 메울 수 있겠나?"

아이리는 입술을 깨물었다. 하지만 후루카와의 다음 말에 더 상처를 받았다.

"잠깐, 지갑을 보여주겠나?"

싫습니다. 그렇게 분명하게 얘기하고 싶었다. 후루카와는 아이리를 공공연히 의심하며 덮어놓고 따지고 들었다.

아이리는 옆에 놓인 가방에서 지갑을 꺼내 테이블에 놓았다.

후루카와가 제일 먼저 본 것은 현금이었다. 속에 뭐가 있는지는 잘 알고 있었다. 만 몇천 엔의 현금과 카드들. 그다음은 쇼핑 갔을 때 받았던 영수증 정도.

"6만 엔?"

미운 오리 새끼 **119**

후루카와의 말에 아이리는 입술을 깨물었다. 후루카와가 들고 있는 것은 신용카드 사용 내역이었다.

"그건……."

"뭘 산 거지? 골프용품? 아니, 자네 골프도 치나?"

아이리는 대답할 수 없었다. 골프 드라이버를 샀다. 하지만 그것은 자신이 사용할 게 아니었다. 데쓰오에게 줄 선물이었다. 생일 선물. 데쓰오에게 가지고 싶은 걸 물어보고 그중에서 선택한 선물이었다. 리스트에는 훨씬 싼 것도 많았지만 그걸로 결정했다. 조금 무리를 하긴 했지만.

"자네, 돈에 쪼들렸겠군."

후루카와의 말에 아이리의 눈물은 멈추지 않았다.

그때 똑똑, 조심스럽게 문 두드리는 소리가 나더니 니시키 대리가 얼굴을 내밀었다.

"실례합니다. 일단 관계없는 직원들은 돌려보낼까요?"

니시키가 조용히 말하며 아이리가 있는 3인용 소파 끝에 앉았다. 손바닥을 두 무릎 사이에 낀 니시키가 왠지 처량해 보였다.

"자넨 부하 직원의 돈 문제를 전혀 몰랐나?"

후루카와가 말했다.

은행 지점에서 영업과 대리라는 직책은 한직에 해당된다. 니시키는 어제 실적 회의에서도 아이리를 비롯한 창구 직원들의 실적이 좋지 않다는 이유로 후루카와 부지점장에게 한참 잔소리를 들었다. 직원 대표로 참석했던 아이리가 무안했을 정도였으니까.

하지만 지금 니시키의 태도는 조금 달랐다. 등을 구부리고 있었던 건 처음 잠깐뿐이었고, 등을 꼿꼿이 세우고는 지금까지 본 적이 없는 진지한 표정으로 아이리를 쳐다봤다.

"기타가와!"

아이리는 마치 꾸짖는 것 같은 소리에 놀라 눈물 젖은 얼굴로 니시키를 봤다.

"잘 들어. 나는 한 번밖에 묻지 않아. 자네가 했나? 했으면 했다고 분명히 말해. 이 이상 다른 사람들에게 폐를 끼치면 내가 용서하지 않아. 그리고 하지 않았으면 안 했다고 말해도 돼. 어느 쪽이야!"

이렇게 큰 소리를 낼 수 있을까 싶을 정도로 니시키의 목소리는 기세등등했다. 필시 문 너머에서 엿듣고 있을 행원들에게도 또렷하게 들렸을 것이다.

아이리가 울먹이는 소리밖에 내지 못하자 니시키는 "소리가 작다!" 하며 호통을 쳤다.

그 기세는 슬픔을 날려버릴 정도였다. 꽉 다문 니시키의 입술이 부들부들 떨리고 있었다. 한 번도 본 적 없는 강렬한 시선이 아이리를 응시하고 있었다. 눈곱만큼의 거짓말도 주저도 보이지 않는 이 순간, 아이리는 니시키가 상사로서 최선을 다하고 있음을 깨달았다.

"저는……."

아이리는 배에 힘을 주고 치밀어오르는 오열을 참았다. "저는 하지 않았습니다!"

니시키의 눈을 쳐다봤다. 대답은 없었다. 대신 지금까지 그 누구보다도 강한 눈빛으로 아이리를 보고 있었다.

상사와 부하 직원.

농담하길 좋아하고 늘 "아이리짱!" 하며 불쾌한 수준의 아슬아슬한 발언으로 들이대던 상사였다.

하지만 지금은 다르다.

니시키는 엄격한 표정으로 "좋아!" 하고 말했다.

"그렇다면 울지 마라, 기타가와! 가슴을 펴!"

다시 아이리의 가슴에 무언가가 치밀어오르며 눈물이 흘러넘쳤다. 감사합니다, 대리님. 믿어주셔서 정말로 감사합니다!

니시키는 반쯤 멍하니 두 사람의 행동을 지켜보던 후루카와와 미즈하라에게 말했다.

"보신 대로 기타가와는 하지 않았습니다. 뭔가 착오가 있었던 것 같습니다."

"뭐가 본 대로라는 건가? 니시키 대리!"

어이없다는 투로 후루카와가 테이블 위에 놓인 띠지를 가리켰다. "이게 가방에서 나왔어. 그런데 아무 근거도 없이 믿으라니, 자네는 도대체 무슨 생각을 하고 있는 건가? 자네도 그렇게 생각하지?"

후루카와가 곁에 있는 미즈하라 대리에게 동의를 구하자

"아! 네, 뭐"하며 애매하게 답했다.

띠지가 나온 뒤부터 미즈하라는 줄곧 당혹스러워하고 있었다. 아이리는 전에 미즈하라 밑에서 일한 적이 있어 아이리에 대해 누구보다 잘 알고 있는 사람이었다.

"물증이 나온 이상 의심하는 건 당연하지 않겠나?"

"그럼, 형사사건으로 하죠."

니시키의 뜻밖의 발언에 후루카와도 말을 잃었다.

"뭐, 뭐라고?"

"형사사건으로 하면 되겠다고 말씀드렸습니다." 그러고는 니시키가 아이리에게 물었다. "기타가와, 자네 이 띠지를 만졌나?"

"네? 네, 그게, 아마…… 아뇨, 만지지 않았습니다."

띠지가 나온 뒤의 상황을 더듬어보며 아이리가 대답했다. 니시키가 이어 말했다.

"어떻습니까? 이 띠지의 지문을 채취해보면 기타가와가 만졌는지 아닌지 금방 알 수 있습니다. 만지지 않았다면 조사해도 상관없겠지, 기타가와? 어떤가?"

"네. 저는 상관없습니다."

아이리가 대답했다. 후루카와가 "맙소사"하고 다리를 꼬며 떫은 표정을 지었다.

"지금 당장이 아니라도 괜찮습니다. 증거품으로 비닐 안에 보관했다가 경찰에 건네면 됩니다. 그것으로 기타가와의 무죄가 증명될 겁니다."

"자네 바보 아닌가! 그런 일은 할 수 없다는 걸 잘 알지 않나?"

후루카와가 내뱉듯이 말했다.

"하지만 분명히 해두지 않으면 엉뚱한 직원이 죄를 뒤집어쓰고 의심을 받게 됩니다. 그러니 그렇게 하시죠?"

니시키가 재촉했다. 이어 테이블 위의 자료를 발견한 니시키는 후루카와에게 분노를 드러냈다.

"다른 직원들을 보세요. 아이리에게 씀씀이가 헤프다고 할 계제가 아닙니다. 그녀는 월급의 일부를 집에 내놓습니다. 제가 보건대 이 지점에서 가장 야무지게 돈을 관리하는 직원입니다!"

6

"감사합니다."

두 사람은 지점장실을 나와 1층 영업과로 돌아왔다.

"니시키 대리님, 인사고과가 내려갈지도 모르겠어요."

"아무래도 난 영업과 대리로 끝일 테니까, 인사고과 정도야 이제 와서 좀 더 내려간다고 신경 쓸 일도 아니지. 안 그래, 아이리짱?"

니시키는 아이리가 알고 있는 평소의 니시키로 돌아와 태연스레 얘기했다. "나도 몇 년 후에는 떠나겠지만 그래도 내 부하 직원 정도는 지켜야지."

1층에는 다카시마 영업과장과 아키코 둘이 남아 있었다. 아키코의 창구에는 여전히 캐시 박스가 나와 있었다.

"기타가와, 저쪽에."

니시키의 신호에 아이리는 다카시마에게 다가갔다. 아이리를 보자마자 과장은 얼굴을 굳히고는 의자에서 몸을 일으켰다.

"과장님, 제가 하지 않았습니다."

대답 없이 물끄러미 아이리를 쳐다보던 다카시마는 옆에 있던 니시키를 보며 정말이냐고 눈으로 물었다.

"기타가와는 아닙니다."

"그래. 그럼 어떻게 된 거지?"

조금 뒤늦게 미즈하라가 피곤한 표정으로 내려왔다. 뭐라 할 말이 없다는 얼굴로 그 자리에 남아 있던 사람들을 둘러본 뒤 "죄송합니다. 일이 이렇게 돼서" 하고 말했다.

아무도 그 말에 대답하지 않았다.

은행은 셔터가 내려지면 외부로부터 차단된 밀실이 된다. 정적이 찾아오면 서로의 숨소리까지도 생생하게 들린다.

그 정적을 깨듯 다카시마의 책상 전화가 울렸다. 아이고, 하며 다카시마가 일어나 2층으로 올라갔다. 지점장을 포함해 대응책을 검토할 것이다.

"어떻게 될까요?"

다카시마가 가사마사 미즈하라는 피곤한 표정으로 옆 의자에 앉았다. 그리고 책상에 팔꿈치를 대고 관자놀이를 꾹꾹 눌렀다.

"좀 더 냉정하게 생각할 필요가 있어."

니시키도 옆에 있던 온라인 단말기 앞에 앉았다. 아키코 혼자만 조금 떨어진 곳에서 캐시 박스를 앞에 놓고 멍하니 앉아 있었다.

"도다 씨, 괜찮아요?"

옆얼굴이 너무 창백해 보여 아이리가 말을 걸었다.

반응은 없었다. 듣지 못했나 싶을 정도로 시간이 흐른 뒤에야 "괜찮아" 하고 기어들어가는 대답이 돌아왔다. 그러곤 슬쩍 아이리를 올려다보며 "신경 안 써도 돼"라며 한숨을 섞어 말했다.

니시키가 미심쩍은 부분을 얘기했다.

"도다 아키코의 캐시 박스에서 돈이 사라졌어. 그리고 전혀 관계없는 기타가와의 가방에서 오늘 날짜가 찍힌 띠지가 발견됐어. 왜 띠지가 그런 곳에 들어갔을까?"

그 질문은 아이리에게 던진 것 같았다.

"왜냐고 물으셔도……."

그러자 니시키는 바퀴가 달린 의자를 밀어 서 있는 아이리가 있는 데까지 다가와 물었다.

"보통 현금을 훔치면 되도록 빨리 어딘가에 숨기지, 왜 띠지 같은 걸 벗겨서 책에다 꽂아놨겠느냐고."

충격을 받아 냉정하게 생각할 수는 없었지만 니시키의 지적에는 절묘한 구석이 있었다.

"진지하게 묻는 거니까 성실하게 답변해."

니시키의 얼굴이 조금 전 지점장실에서처럼 무섭게 변했다.

"누군가한테 미움을 샀나?"

순간 미즈하라가 니시키를 돌아봤다.

"일부러 자네 가방에 넣었다면 그건 고의라고 생각할 수밖에 없지."

니시키는 단언했다. "만약 띠지가 문제라고 생각했다면 일단 주머니 같은 데 넣었다가 쓰레기통에 버리면 그만이야. 영업과 쓰레기통이라면 띠지가 나온다고 해서 이상할 게 없으니까. 그런데 범인은 들킬 위험을 감수하면서까지 띠지를 기타가와 가방에 넣었어."

"미움을 샀다……?"

그런 생각은 해본 적 없었다. 집안 사정으로 모두와 거리가 있다고는 생각했다. 하지만 그건 미움을 받는 것과는 다른 문제였다.

"아뇨. 그런 일 없었습니다."

그대로는 납득할 수 없었는지 니시키는 잘 생각해보라는 듯 물끄러미 아이리를 응시했다.

하지만 떠오르는 게 하나도 없었다.

얼마 뒤 다카시마가 심각한 얼굴로 돌아왔다. 어떤 협의를 했는지 도통 설명이 없다.

"이제 됐네. 그만 정리하지."

그것뿐이었다.

벌써 전철이 끊길 시간이었다.

휴대전화에 메일이 들어왔다. 데쓰오가 보낸 것이었다.

괜찮지? 나는 널 믿어.

따뜻한 무언가가 가슴에 차오르는 걸 느끼며, 아이리는 인적
이 없는 나가하라역 플랫폼에 서 있었다.

7

다음 날 아침, 출근한 아이리가 탈의실에 들어서자 동료들의
대화가 뚝 그쳤다. 자신을 보는 시선들이 어딘가 냉랭했다.

예상은 했다. 하지만 실제로 당하고 보니 상처가 됐다.

안 했다고 주장하긴 했지만, 띠지가 발견됐으니 아이리를 의
심하는 건 당연하다.

"안녕하세요."

인사 뒤에 돌아온 것은 쌀쌀맞은 작위적인 미소와 "안녕" 하
는 짧은 인사뿐이었다.

범인이 누군지 밝혀질 때까지 아이리는 이렇게 계속 의심받
을 것이다. 그런데 만약 범인이 잡히지 않으면?

평소와 다름없이 밝고 명랑하게 웃던 후배 히카루는 아이리를 보자 입꼬리를 살짝 일그러뜨렸다.

"선배, 괜찮아요?"

조심스럽게 묻는 히카루에게, "누군가가 내 가방에 넣은 거야"라고 대답한 아이리의 말은 이상하게 어색하게 들렸다.

"누가요, 누굴까?"

히카루의 말에 "괜찮아, 조만간 알게 되겠지" 하고는 아이리는 잰걸음으로 1층으로 내려왔다.

니시키는 이미 출근해 온라인 단말기 앞에 앉아 있었다.

"뭐 하세요?"

"단독으로 조사하는 거야. 전 직원의 예금을 조사해보려고. 돈 문제로 고생하는 녀석이 있을지도 모르니까."

같이 하자는 아이리의 제안을 니시키는 거절했다.

"자네가 하면 문제가 돼. 그만 둬. 괜찮으니까 평소대로 자기 일이나 해."

아이리는 캐시 박스를 꺼내 평소처럼 창구 업무 준비를 시작했다. 하지만 머릿속은 어제 일로 가득했다. 가방에서 띠지가 나왔다고 해서 행동을 일일이 체크하고 끝내 예금 명세까지 조사하며 의심한 것 때문에 아이리는 심한 상처를 받았다. 그리고 동료들의 미묘한 변화, 의심의 눈길. 수많은 감정이 가슴속에서 들끓었다.

자네, 누군가한테 미움을 샀나?

니시키의 한마디가 줄곧 아이리의 마음에 걸렸다.

미움을? 누구에게? 무슨 이유로?

지점 안은 한산했고 손님은 거의 없었다. 잠깐 한가한 틈을 타 니시키를 돌아봤다. 전표에 도장을 찍으면서 '수사'를 계속하고 있던 그는 가만히 생각에 빠져 있었다.

"돈에 쪼들린 사람이 한 게 아닐지도 모르죠?"

"그럴지도 모르겠네."

니시키가 고개를 끄덕이면서 아이리에게 손짓했다. "그런데 이걸 봐."

"대리님!"

아이리는 니시키를 노려봤다.

데쓰오의 예금 명세서였다. 니시키는 아이리가 데쓰오와 사귀고 있다는 사실을 모르고 있는 게 분명하다. 그러니 이걸 보여준 것 역시 우연일 것이다. 하지만 다른 사람의 계좌를 들여다보는 것은 사생활 침해다. 게다가 데쓰오를 의심하는 건 용서할 수 없었다. 어제 멋져 보였던 모습은 온데간데없이 이미 사라졌다.

"괜찮아. 이 녀석, 집은 부잔데 본인은 전혀 아닌가 보네. 카드론까지 쓴 걸 보니."

니시키를 노려보던 아이리는 그 말에 자기도 모르게 예금 명세서를 보고 말았다.

설마?

하지만 진짜였다.

눈앞에 데쓰오의 예금 잔고가 있었다.

잔고는 만 엔을 밑돌고 있었다. 아직 월초인데.

"정기예금도 없고, 돈이 있는지 없는지 통 모르겠네. 미키 녀석."

8

"괜찮아?"

돌아보니, 손에 수금 전표를 든 데쓰오가 걱정스럽게 물었다. 외근에서 돌아온 모양이다.

"응. 뭐, 그럭저럭."

니시키가 예금 출입금 명세서가 보이지 않도록 몸을 움직이는 게 보였다. 벌써 12시가 다 되어가고 있는데 니시키는 여전히 그 일에 매달려 있었다. 문득 데쓰오의 잔고가 떠올랐지만 아이리는 입을 다 물었다.

"새 계좌를 만들어줄래? 다나하시공업 사장님 거하고 직원 15명분."

15명분이라고 할 때 데쓰오는 자못 자랑스러워했다. 메가뱅크라 해도, 주택가의 작은 지점에서 한꺼번에 이 정도로 많은 계좌를 트는 일은 거의 없다. 저금리 시대에 예금을 유지한다는 게 별 의미는 없지만, 이런 예금을 따야 '개인 고객의 주거래은행'이 된다. 그래서 신규 고객 유치는 업무 고과 대상이기도 하다.

통장에 니시키의 도장을 받고 전표 처리를 하던 아이리는 "점심, 밖에서 먹지 않을래?"라는 갑작스러운 데쓰오의 말에 당황했다. 은행에는 구내식당이 있고 보안상의 이유로 대체로 그곳에서 점심을 해결했다. 메뉴가 마음에 안 든다며 가끔 밖에서 먹는 사람이 있긴 하지만, 데쓰오와 둘이서라면 다른 사람의 시선이 신경 쓰인다. 조그만 상가 거리에서 은행 유니폼은 쉽게 눈에 띄기 때문이다.

"다른 사람들 눈에 띄잖아."

"할 말이 있어서 그래."

데쓰오는 다른 사람이 듣지 못하도록 아주 조그맣게 말했다. 아이리는 그 목소리에 왠지 절박함이 묻어나는 것을 놓치지 않았다.

"좋아." 아이리가 말했다.

"언제 끝나?"

식사는 히카루와 교대로 하게 되어 있다. 그날은 교대조라 아이리의 점심시간은 12시 30분부터 1시 30분까지였다. 사실 늘 점심시간이 끝나기 전에 업무에 복귀했다.

심장이 쿵쾅대기 시작했다. 그것은 데쓰오가 사라진 뒤에도 좀처럼 진정되지 않았다.

나, 차일지도 몰라.

데쓰오의 태도가 그런 신호처럼 느껴졌다.

상가 끝에 있는 카페에서 만났다. 데쓰오는 먼저 와서 구석 테이블에 자리 잡고 있었다.

점심 메뉴 중에 파스타를 골랐는데 긴장한 탓인지 입맛이 없었다. 빨리 얘기를 듣고 싶었다. 하지만 데쓰오는 디저트 커피가 나올 때까지도 입을 열지 않았고, 때때로 생각에 빠진 얼굴로 멍하니 있어서 아이리를 더욱 불안하게 만들었다.

드디어 아이리가 참지 못하고 물었다.

"저기, 말하고 싶은 게 뭐야?"

짐짓 아무렇지도 않은 듯 물었지만 어쩔 수 없이 목소리가 떨렸다.

데쓰오가 말을 꺼낼 때까지 길고 긴 몇 초가 흘렀다.

"나, 아이리한테 숨긴 게 있어."

"뭐? 우리에 관한 거?"

목소리가 갈라졌다. 데쓰오는 고개를 흔들었다.

"아니야. 아이리와 직접 관계있는 일은 아니야."

극한까지 치달았던 긴장이 조금 풀리려는 찰나, 데쓰오의 얼굴이 한층 고통스럽게 일그러졌다.

"나, 한다와 사귀었었어."

"뭐?"

아이리는 물끄러미 데쓰오의 얼굴을 봤다. 한다 마키는 융자과에서 장부 기입을 담당하는 일반직 사원이었다.

"사실, 아이리와 사귀기 전에 한다와 사귀었어. 내 마음이 변한 거지."

마키의 단아한 옆얼굴이 떠올랐다. 3년 선배인 마키는 입사 초기 아이리를 무척 귀여워했는데, 그러고 보니 최근에는 거의 대화를 나누지 못했다.

마음이 변했다……

아이리의 멍한 머릿속에 데쓰오의 말이 수없이 떠다녔다. 그 말들이 머릿속에서 점점 빨리 빙글빙글 돌면서 니시키의 질문이 떠올랐다.

자네, 누군가에게 미움을 산 적 없나?

"한다가 나를 미워했을까?"

아이리가 물었다. 그 순간, 왜 데쓰오가 말할 게 있다고 했는지 깨달았다. 아이리가 눈을 크게 뜨자 데쓰오는 복잡한 표정을 지었다.

"아마 그 사람은 아이리에게 날 빼앗겼다고 생각했을 거야."

데쓰오는 무겁게 입을 열었다. "어쩌면 그녀가 했을지도 몰라."

한동안 아이리는 아무 말도 하지 못했다.

"나를 궁지에 몰아넣기 위해?"

데쓰오는 테이블 한쪽에 시선을 고정하고 가만히 입술을 깨물었다.

"아이리의 가방에서 띠지가 발견됐다는 말을 들었을 때 제일 먼저 그녀가 떠올랐어. 띠지가 괜히 그런 데 들어갈 리가 없는데, 만약 누군가 일부러 그랬다면 동기가 있는 건 그 사람밖에 없으니까."

"저기, 어떻게 헤어졌는데?"

아이리가 물었다. "그 사람에게 나에 대해 말했어?"

"아이리에 대해선 말하지 않았어. 그저 좋아하는 사람이 생겼으니까 헤어지자고 했지."

같은 말이네. 아이리는 생각했다. 나와 데쓰오가 사귀고 있다는 건 어렴풋하게나마 모두 알고 있으니까.

"화났어?"

"아니."

화가 났다기보다 조금 슬펐다. "나, 어쩌면 좋지?"

하지만 데쓰오는 분명한 답을 주지 못했다. 그 자신도 어찌할 바를 모르고 있었던 것이다. 은행에서는 같은 직장 안에서 사귀던 남녀가 헤어지는 것도 인사고과에 영향을 미친다. 하물며 그게 원인이 되어 분실 사건으로까지 발전했다면 큰일이다. 게다가 마키에게는 동기만 있을 뿐, 그녀가 했다는 증거도 없었다.

데쓰오를 생각하면 유야무야 흘러가게 놔두는 것도 하나의 좋은 방법일지 모른다. 하지만 그래서는 아이리의 결백이 밝혀질 수 없다.

고민하는 동안 점심시간 한 시간이 순식간에 지나갔다.

니시키 대리에게 상의해보자.

니시키라면 비밀로 하고 데쓰오에 대해 상의할 수 있을 것 같았다. 한다 마키에 대해 어떤 행동을 취해줄지 모른다는 생각도 했다. 애초에 누군가의 미움을 산 적이 있냐고 물었던 것은 니시키였다.

"대리님, 현금 사고와 관련된 일인데요."

그렇게 말을 꺼낸 아이리에게 니시키는 뜻밖의 말을 했다.

"아, 그건 해결됐어."

"네? 해결이라니, 무슨 소린가요?"

아이리는 뜻밖의 말에 멍해졌다.

니시키는 바삐 움직이고 있던 손길을 멈췄다. 그 표정은 왠지 불쾌해 보였다.

"현금이 나왔어."

니시키의 말에 아이리는 놀라움을 감추지 못했다.

"나왔다니, 어디서요? 누가 가져갔는지 알아내셨어요?"

하지만 니시키는 말을 흐렸다.

"뭐. 좋은 게 좋은 거지. 일단 해결됐으니까. 안 좋은 일을 많이 당했겠지만 뭐 이런 일도 있구나 하고 넘어가라고."

아니, 어떻게……. 석연치 않다.

자신이 의심받을 때는 이런저런 말을 하더니, 해결된 순간 잊으라니? 그저 현금만 나오면 그걸로 끝이란 말인가?

오후 3시 폐점 시간까지 답답한 마음으로 업무를 본 아이리는 그 후에도 야근에 쫓겨 평소보다 늦은 저녁 7시쯤 겨우 일을 끝냈다.

여자 탈의실은 3층. 그 옆에 주스와 인스턴트커피 자동판매기가 놓인 휴게실이 있었다. 목이 말랐다. 주스 캔을 사서 소파에 앉은 아이리는 언뜻 탈의실에서 새어 나오는 소리에 귀를 기울였다.

'기타가와'란 소리가 들렸기 때문이다. 누군가 자신을 화제로 삼고 있었다.

"띠지를 들키는 바람에 변상한 게 분명해."

아이리의 몸이 굳어졌다. 그것은 분명히 한다 마키의 목소리였다. 차갑고 바늘 같은 적의가 담겨 있었다. 맞장구치는 상대는 같은 융자과의 다니가와 요시노였다. 요시노는 입사 연차에서 아이리보다 1년 선배였다.

"그런데 누가 한 짓인지 분명치 않다는 건 좀 이상하지 않아요?" 요시노가 말했다.

"기타가와를 배려한 것일지도 몰라, 이상한 데 신경을 쓰는 버릇이 있으니까. 우리 부지점장님 말이야."

아이리는 캔을 든 채 그 자리에서 얼어붙었다. 결국 사태를 유야무야 이렇게 끝내면 아이리가 한 짓이 되어버린다. 진짜 범인은 보호받고, 누명을 쓴 아이리가 의심받는 상황이 되고 마는 것이다. 아무리 생각해도 이상했다. 내가 그런 게 아니라고 아이리는 탈의실에 있는 두 사람에게 말하려고 했다.

하지만 그 전에 문이 열렸다.

먼저 나온 것은 요시노였다. 아이리와 눈이 마주치자 깜짝 놀라 그 자리에 멈췄다. "왜 그래?" 하는 마키의 목소리에 아이리는 몸을 움츠렸다.

"어! 있었네."

퇴근 채비를 한 마키는 소파에 앉아 있는 아이리를 보고 태연하게 말했다. 회사 경영자의 딸다운 세련된 옷차림. 아이리보다 키도 커서 어디 내놔도 귀한 집 딸처럼 보였다. 세 살밖에 차이 나지 않지만 어른스러운 분위기를 풍겼다. 지금 아이리를 향한 마키의 시선은 차가웠다.

아이리는 주스를 든 채 반사적으로 일어섰다.

"먼저 갈게."

마키가 우아한 몸짓으로 인사하며 나섰다. 요시노도 어색한 표정으로 그 뒤를 따랐다.

"제가 한 게 아니에요."

마키가 걸음을 멈추고 아이리를 돌아봤다.

아이리는 다시 한 번 말했다. "제가 아니에요."

"그럼 누구야?"

마키가 도전적인 눈빛으로 아이리를 쏘아봤다.

"그건 몰라요. 하지만 제가 아니라는 건 확실해요."

"그럼 자기 가방에서 띠지가 나온 건 어떻게 생각해야 해? 자기는 누군가 넣어놓은 거라고 하겠지만 그건 동료를 도둑 취급하는 거랑 똑같잖아?"

이렇게까지 마키의 반감을 샀던 걸까? 아이리는 그저 놀라울 따름이었다.

"그리고 증명할 수 있어? 자기가 아니라는 걸?"

증명할 수는 없다. 아이리는 당황해 입을 다물었다.

분하고 슬펐다. 범인은 내가 아니라고 근거 없는 주장을 되풀이할 수밖에 없는 자신이 한심했다. 하지만 그때 등 뒤에서 갑자기 구원의 손길이 다가왔다.

"증명해도 될까?"

입구에 니시키가 서 있었다. 언제부터 거기 있었던 걸까. 팔짱을 낀 채 마키를 노려보고 있었다.

"무슨 소리세요?"

니시키의 등장에 마키도 놀란 듯했지만, 지기 싫어하는 성격을 그대로 드러내며 도전적으로 물었다.

"아이고, 귀여운 구석이라고는 하나도 없네."

니시키는 여전히 성희롱 수준의 발언을 내뱉었다. "증명해버리면 곤란해질 사람이 있을 것 같아서 한 말이야."

"어떻게 증명한다는 거죠? 또 그런 쓸데없는 소리나 하시고."

하지만 이때의 니시키는 평소의 '쓸데없는' 니시키가 아니었다.

"돈은 점심시간에 부지점장 책상으로 돌아왔어. 하지만 누가

갖다놨는지는 모르지."

니시키가 말했다. "하지만 그걸로 해결됐다고 생각한 사람은 없어. 그래서 경찰에 신고하는 걸 검토하고 있지."

마키는 잠자코 있었다.

"도다는 어제 지점이 받은 현금 중에서 100만 엔짜리 열 다발을 창구에 가지고 왔어. 따라서 지점에서는 도다의 지문 말고 띠지에 지문이 묻어 있을 리가 없지. 아, 또 한 명, 띠지를 발견한 도코로 히카루. 만약 다른 지문이 있다면 그 사람이 범인이 되는 거지."

순간 마키의 낯빛이 변했다. 창백해진 채 그 자리에 굳어버렸다.

"잠깐 두 사람 다 자리 좀 비켜주겠나?"

니시키는 뜻밖에 아이리와 요시노에게 이런 말을 던졌다. 두 사람의 등 뒤로 휴게실 문이 닫혔다. 문이 닫히기 직전에 "주스라도 마실까" 하는 니시키의 목소리가 슬쩍 들렸지만, 마키의 대답은 문에 가려 들리지 않았다.

10

왜 현금이 아니라 띠지만 아이리의 가방에 들어 있었던 걸까? 죄를 뒤집어씌울 작정이었다면 띠지가 아니라 현금 다발을 넣어두었으면 됐을 텐데.

"대리님, 정말 하시려고요?"

"당연하지."

니시키는 과학 잡지 부록으로 나온 '지문 채취 세트'를 책상 위에 펼쳐놓았다. 다음 날, 한가한 날이라 업무도 다 끝나 모두 퇴근하고 오후 8시가 지난 시간, 1층엔 니시키와 아이리 둘만 남아 있었다.

한다 마키는 아이리의 가방에 띠지를 넣은 건 인정했지만 현금을 훔친 것에 대해서는 부인했다. 띠지는 사고가 일어난 날 저녁에 우연히 휴게실 바닥에 떨어진 걸 발견하고 장난삼아 한 것이라고 했다.

뜻밖에 니시키는 마키가 예전에 데쓰오와 사귄 사실을 히카루로부터 들어 알고 있었다. 그 데쓰오가 지금 아이리와 사귀는 것도.

"어쨌든 현금을 찾아서 다행이에요."

"자네는 정말 그렇게 생각하나?" 니시키가 의미심장하게 말했다.

"세상은 그렇게 만만하지 않아."

진지해진 니시키의 얼굴을 본 순간, 아이리는 깨달았다.

"설마?"

"비밀이야."

니시키는 손가락을 세워 입에 가져다 댔다. 말할 수 없었다. 현금을 훔치는 거나 부족한 현금을 개인적으로 채워넣는 거나 같은 차원의 이야기다. 해서는 안 되는 일이다. 은행 업무는 그런 식으로 이뤄져선 안 된다.

"모두 분담해서 내자고 부지점장님이 명령하셨지. 지점장과 부지점장이 30만 엔씩. 과장이 20만 엔. 미즈하라와 나는 10만 엔."

그렇게까지 해서 표창을 받고 싶을까?

"윗분들은 상당히 필사적이야."

아이리는 복잡한 심정으로 지문 채취 작업을 계속하고 있는 니시키를 바라봤다. 어제 집에서 연습해왔다는 니시키의 손놀림은 상당히 익숙해 보였다.

"하지만 나는 용서할 수 없어. 제기랄! 10만 엔. 반드시 받아내고 말 거야. 정의는 반드시 승리한다!"

니시키가 핀셋으로 투명 비닐 안에서 문제의 띠지를 집어 올렸을 때 아이리의 전화가 울렸다.

"금방 끝날 것 같은데."

데쓰오였다. 회의실 근처에서 걸었는지 전화 건너편은 무척 조용했다.

"괜찮아. 어디로 갈까?"

마키는 데쓰오의 집이 부동산 투자 실패로 형편이 나빠졌다는 걸 알았다고 한다. 데쓰오가 자기 예금을 털어 집을 도왔다는 것도. 늘 아름다운 옷차림을 하고 루이비통 백과 고가의 시계를 여러 개 지니고 있던 그녀는 데쓰오와 데이트를 할 때 모든 비용을 자신이 냈다고 한다. 그래서 아무것도 모른 채 그와 사귀고 있던 아이리가 데쓰오를 힘들게 하고 있다고 생각한 모양이었다.

"그게 장난친 동기였대."

니시키로부터 그 말을 들었을 때 엄청나게 화가 났다.

이만저만한 오해가 아니었다.

아이리는 데쓰오와의 데이트 비용을 낼 여력이 없었다. 그래서 평범한 데이트를 즐겼을 뿐이다. 데쓰오에겐 마키의 배려가 괴로움이 됐고, 그래서 헤어졌다는 것을 마키는 이해하지 못했다. 마키는 사표를 제출했고 사표는 이달 말일 자로 처리되었다. 그녀는 퇴사 후 아버지 회사에서 일할 거라고 한다.

맘대로 하라지. 그렇게 계속 착각 속에서 살면서 행복하시길.

"먼저 갈게요."

지문 조회에 몰두하고 있는 니시키는 대답하지 않았다. 그때 아이리는 그의 표정이 무서울 정도로 심각해졌다는 걸 깨닫지 못했다. 니시키는 바로 앞에 드러난 지문과 어딘가에서 채취한 지문을 뚫어지게 쳐다보며 몸을 움직이지 못하고 있었다.

4장

시소 게임

1

신규 고객 유치에 관한 건

임원 여러분께

어제 회의에서 후루카와 부지점장님께 호된 질책을 받은 저의 신규 고객 유치에 대한 안건과 관련해, 개인 목표에 크게 못 미치고 있는 현 상황을 깊이 반성하며 보고드립니다. 또 지난번 회의에서 실적 미달의 원인을 경기 및 비즈니스 환경 탓으로 돌리는 등, 대리로서 책임감 없는 발언을 한 것에 대해서도 거듭 사과드립니다.

저는 지금으로부터 약 1년 6개월 전인 10월, 전임지인 후카가와 지점에서 부임해왔습니다. 후카가와 지점에서는 마에하라 시게루 지점장님을 모시고 주로 대출 업무를 담당했습니다만, 이곳 지점에서는 외근 활동을 중심으로 한 업무과와 신규 거래처 개척이라는 중책을 처음으로 맡았습니다. 영광스러웠지만 솔직히 경험하지 못한 일에 대한 두려움과 책임감을 느꼈습니다.

변명처럼 들리겠지만, 계속 대출 쪽에서만 경력을 쌓았던 제게 새로운 업무는 의욕을 느끼게 했으나 동시에 경험 부족으로 생각만큼 성과를 올리지 못했습니다. 이 나가하라 지점의 상권에 익숙해져 업무과의 신규 개척이라는 일이 어떤 것인가를 이해할 때까지 6개월이라는 시간을 허비했습니다. 깊이 반성하고 있습니다.

그 기간을 만회하기 위해 작년 1년간 전임 신규 담당자로부터 인계받은 약 200개 회사를 열심히 방문하며 신규 거래를 따내기 위해 열의와 노력을 다했으나, 정해진 목표치에 크게 밑도는 결과를 낳았습니다. 저의 능력 부족이 부끄러울 따름입니다.

회의에서는 임원들께 호된 질책을 받았습니다만, 저는 저대로 이번 분기에 기사회생의 성과를 올리기 위해 스스로를 엄격하게 다스리고 업무를 추진했습니다. 그런데도 나가하라 지점에 실질적인 성과를 올리지 못해 한심스럽게도 어제와 같은 질책을 받게 됐습니다. 오로지 저의 능력 부족 탓이라는 자책감을 견딜 수 없습니다.

이번 회의에서 후루카와 부지점장님으로부터 받은 "실패 원인을 스스로 반성하고 이번 분기의 교훈으로 삼아라!"라는 교시는 정말 감사했고, 무엇보다 자기반성의 방향을 잡을 수 있었습니다.

그 회의로부터 3일이 지났습니다. 그동안 저의 업무 태도를 세세히 뒤돌아보며 어디가 잘못된 건지, 앞으로 어떻게 해야만 하는지 숙고했습니다. 그 사이 후루카와 부지점장님의 말씀은 한시도 머리에서 떠나지 않았습니다. 이 점도 깊이 감사드립니다.

무엇보다 제가 이번에 반성한 점은 먼저 경기 및 비즈니스 환경에 대한 인식 부족과 오인에 대한 것입니다.

저는 이 1년 동안 업무를 통해 신규 유치에서 결실을 맺지 못한 이유를 경기 침체에 따른 설비투자 의욕과 쇠퇴, 특히 중소기업 하청이 많은 이 오타구라는 비즈니스 환경에 따른 영향이 크다고 판단하고 반쯤은 유야무야 지내자는 안이한 자세를 취했습니다.

그러나 지점장님이 지적하신 바와 같이 다른 지점도 같은 환경에 있고 그 속에서 경쟁하는 것이라는 점을 다시 한 번 인식했습니다.

이 같은 환경에서 어떻게든 신규 유치를 해야 한다는 점에서 공부가 부족했습니다.

지금까지 저는 주로 신규 대출의 제안에만 중점을 뒀습니다. 이것이 오판이었습니다. 기업에는 다양한 요구가 존재하고 자금 요청은 그중 하나에 지나지 않았습니다. 그것만을 좇았으니 신규 유치에 가망이 없는 것은 당연한 일이었습니다.

그리고 회의에서 지적받은 것처럼 거래처의 다양한 요구에 대응하면서 거래처 소개와 상대의 업종을 고려한 비즈니스 중개 등의 영업 지원책을 핵심으로 한 활동이 더 효과적이었을 거란 결론을 내렸습니다.

또한 성적 부진에도 불구하고 그런 상황을 타개하려는 의욕이 부족하다는 질책은 말씀하신 대로여서 드릴 말씀이 없습니다. 앞으로 두 번 다시 그런 질책을 받지 않도록 심기일전해 신규 거래처 유치에 매진하겠으니, 아무쪼록 앞으로도 지도 편달 바랍니다.

　　감사합니다.

업무과 엔도 다쿠지 드림

2

엔도 다쿠지의 보고서는 결재판에 끼워져 마치 좌초된 배처럼 비스듬히 기울어진 미결재함에 들어갔다. 가시마 노보루는 심사숙고 끝에 쓰였을 보고서를 보고는 한숨을 쉬며 엔도의 빈자리를 흘끗 쳐다봤다.

도쿄제일은행 나가하라 지점의 업무과는 가시마 과장을 비롯해 전부 여섯 명이 근무하고 있었다. 이 밖에 같은 계열의 인력 회사에서 파견된 파트타임 직원 두 명까지 하면 모두 여덟 명이었다.

엔도는 업무과에 있는 두 명의 대리 중 한 명으로 올해 서른다섯이 되는 밝은 성격의 남자였다. 대학 응원부에 있었다는 엔도는 회식 끝물에 반드시 흰 장갑을 끼고 등장해 응원 퍼포먼스로 분위기를 띄워 인기를 누리는 인물이다.

반면에 또 다른 대리 다키노 마코토는 성실한 성격에, 투지를 가슴에 숨기고 있는 타입이다. 엔도가 분위기를 띄우는 회식 구석 자리에서 조용히 술을 마시는 남자였다.

그런데 얘기가 회식이 아니라 일이 되면 두 사람의 입장은 180도 바뀐다. 그러고 보면 인간이라는 것은 알다가도 모를 존재다.

다키노가 열심히 실적을 올리는 데 반해, 엔도는 이 보고서에 쓴 것처럼 최근 1년 6개월 동안 이렇다 할 활약 없이 계속 실적이 부진했다.

그러자 늘 밝았던 엔도의 얼굴에서 차츰 미소가 사라졌고, 살집이 많은 거구가 생각에 빠진 듯 구부정하니 의자에 앉아 있는 경우도 많아졌다. 고민하는 곰돌이 푸처럼 보였다. 실적이 발표되는 회의 자리가 얼마나 고통스러울지는 그의 표정을 보지 않고도 알 수 있었다.

실적이 오르지 않을 때의 고통은 말로 표현할 수 없다. 가시마도 경험해봐서 안다. 엔도를 보고 있으면 자기까지 속이 안 좋아질 정도였다.

다키노에 대한 라이벌 의식도 있었을 것이다.

다키노가 동기 중에서 가장 빨리 대리로 승진해 나가라 지점에 왔지만, 세 살 위인 엔도는 다키노보다 두 달 늦게 승진했다. 같은 과에 같은 업무라 항상 실적을 비교 당했으니, 그런 둘 사이에 경쟁의식이 싹트는 건 어찌 보면 당연한 일이었다. 차라리 다키노를 신규 유치 담당으로 하고, 엔도를 기존 고객 관리로 돌리면 되지 않을까 생각할 수도 있지만, 꼭 그럴 수만도 없었다.

우량 고객 유치는 기존 거래처와의 거래가 줄어들어 고심하는 도쿄제일은행의 가장 중요한 과제였기 때문이다. 그 때문에 본점은 나가하라 지점의 대리 두 명을 모두 신규 유치 업무로 돌리라고 지시했다.

다키노가 화려한 실적을 올리며 점점 기세를 올리는 데 반해, 엔도는 점점 열세가 됐다.

엔도가 늘 형편없었냐 하면 반드시 그런 것만은 아니다. 가끔 뜻밖의 곳에서 작은 실적을 올린 경우도 없지 않았는데, 그럴 때는 다키노의 실적이 형편없었다.

마치 미묘한 시소 게임을 보고 있는 것 같다고 가시마는 생각했다. 그래서 회사 인사도 원활하게 되지 않았던 것이다.

그렇다고는 해도 전체적으로 엔도의 실적은 눈에 띄게 떨어진 반면, 다키노는 착실히 실적을 쌓고 있었다. 지금 시소는 완전히 다키노 쪽으로 기울었고, 부진을 면치 못하는 엔도는 후루카와의 말에 따르면 '지점의 짐'이었다.

엔도가 노력하지 않은 건 아니었다. 매일 조례가 끝나자마자 지점을 뛰어나갔다. 점심을 먹으러 돌아오긴 하지만 쉬지도 않고 곧장 다시 나갔다. 기존 거래처에서 받아 올 자금이라도 있으면 입금을 위해 오후 3시쯤 지점에 들렀다가 다시 5시 넘어서까지 매일 구두 밑창이 닳을 정도로 주변을 부리나케 돌아다녔다.

"자네의 노력은 내가 보증하지."

가시마는 몇 번이나 엔도에게 말했다.

처음에는 고맙다며 한껏 기뻐했던 엔도도 최근에는 씁쓸한 미소만 지었다.

"과장님이 인정해주신다고 해도……."

그렇게 말한 적도 있었다.

"어이, 힘 빠지는 소리는 하지 말게."

농담처럼 툭 던졌지만 그렇다고 엔도의 기분이 나아질 리 없었다. 엔도에게 필요한 것은 구조와 후루카와의 칭찬이었고 나아가 자랑스럽게 발표할 수 있는 실적이었다. 하지만 문제의 그 실적이라는 놈은 운명의 장난처럼 늘 엔도의 손에서 빠져나가 다키노의 수중에 떨어졌다.

담당 지역이 안 좋아서 그런 게 아닐까 싶어 가시마는 한 번 두 사람의 지역을 맞바꾸기도 했다. 지금까지 다키노가 돌던 지역을 엔도에게, 엔도의 지역을 다키노에게 맡긴 것이다. 확실히 가시마가 볼 때도 약간의 편차가 있었던 게 사실이었기 때문이다.

그런데 결과는 정반대로 나타났다.

엔도가 뿌린 씨앗을 다키노가 거둬들인 꼴이 됐다. 한편 엔도는 다키노가 뿌린 씨앗을 거두지 못하고 썩게 놔둬서 다시 씨를 뿌려야 하는 형편이었다.

저런, 저런!

엔도에게는 말할 수 없었지만 어쩌면 신규 개척이라는 일이 엔도와 맞지 않는 게 아닐까란 생각이 들었다. 가시마만이 아니라 이 일은 엔도 본인이 더 뼈아프게 알고 고민하고 있을 것이다.

엔도는 회식 자리에선 여전히 흰 장갑을 끼고 등장했지만, 평소에는 극단적일 정도로 말수가 적어진 것도 담당 지역이 바뀌면서부터였다.

어떤 위로의 말도, 격려도, 지금의 엔도에게는 효과가 없었다. 다시 일어서기 위해서는 오직 실적만이 필요했다.

실적, 실적, 실적.

이 말이 지금 엔도의 머릿속에 가득해 지금 당장이라도 무너져버릴 것처럼 보였다. 잘나가는 녀석은 괜찮다. 그렇지 않으니까 오히려 다루기가 어렵다.

그런데 부지점장한테 가면.

엔도의 보고서를 본 가시마는 지난번 회의를 고통스럽게 떠올렸다.

평소와 다름없이 호된 질책을 받은 엔도의 얼굴은 창백했고 핏기가 없었다. 입이 반쯤 벌어졌다고 해야 하나, 눈에 동공이 풀렸다고 해야 하나, 마치 산 채로 토용(土俑)이 된 것 같았다. 그도 그럴 것이, 라이벌인 다키노가 한바탕 칭찬을 받은 직후였기 때문이다. 엔도의 실적은 형편없었다.

원래 입바른 소리를 잘하는 후루카와의 질책은 거의 일상적인 것이지만 이때는 조금 도가 지나쳤다. 원래도 섬세한 사람이라고는 생각지 않았지만, 건드려선 안 될 자존심을 건드리며 예리한 말로 집요하게 엔도를 찔러댔다.

당시 엔도는 그림자도 없어진 게 아닐까 생각될 정도로 의기소침해졌다. 회식 때 모두의 주목을 받는 남자라고는 생각할 수 없었다. 혹시 사표를 쓰는 건 아닐까 걱정했을 정도였다.

그런데 엔도가 써온 건 사표가 아니라 이 보고서였다. 그런 의미에서 가시마가 안도한 것도 사실이다.

노력했다고 해서 항상 그 보답을 받는 건 아니다.

은행이라는 직장이 이 세상 조직의 일부로 존재하는 이상, 그런 부조리는 엄연히 존재하고 또 피할 수도 없다.

더욱 분발해 기대에 부응하도록.

가시마는 도쿄제일은행 특유의 말투로 여백에 그렇게 적고서 엔도의 보고서를 다른 서류와 함께 부지점장 자리로 가져갔다. 오후 3시. 슬슬 외근 나가 있던 직원들이 일단 돌아올 때였다. 바로 그때 계단을 올라오는 소리가 나면서 문제의 엔도가 나타났다.

"수고했어."

가시마는 말을 거는 순간, 엔도의 얼굴이 다르다는 걸 알 수 있었다.

뭐라고 해야 하나, 활기에 찬 것 같았다. 그 덕에 발걸음도 힘
찼다.

"다녀왔습니다!"

엔도는 다키노와 마주 보는 자기 자리에 검은색 가죽가방을
던져놓고는 "과장님!" 하며 헐레벌떡 가시마를 불렀다. "됐습니
다. 센조쿠이케판금 사장님이 말을 들어주셨어요."

마치 학교에서 칭찬받은 걸 부모한테 전하는 아이 같았다.
서른다섯 살짜리 아이. 가시마는 "그래?" 하며 환하게 웃었다.
허탕으로 끝나는 게 아닐까 하는 생각이 들기도 했지만, 어쨌
든 잔뜩 풀 죽어 있던 부하가 오랜만에 보여준 미소가 좋았다.

"다행이네!"

가시마는 엔도가 제출한 신규 유치 리스트를 들여다보고는
센조쿠이케판금에 빨간 볼펜으로 표시하고 오늘 날짜를 적었
다. 이 회사는 엔도가 극단적인 부진에 빠져 있던 올 4월에 발
굴한 우량 기업이었다. 드디어 엔도의 노력이 보상받은 것이다.

"서두르지 말게. 신중하게 처리해."

"우선 거래처 몇 군데를 소개받았습니다."

가시마가 잘해보라고 하자, 엔도는 "사원들에게 권유해도 된
다는 허락도 받았으니 다시 나가봐야겠습니다"라며 업무과 구
석에 놓인 사은품 박스에서 물건을 잔뜩 꺼내 들고 다시 계단
을 뛰어 내려갔다.

뒷자리에서 그 모습을 보고 있던 후루카와가 입을 뗐다.

"저 녀석, 실적 건수라도 잡은 건가?"

"그런 것 같습니다."

더 이상 쓸데없는 말은 하지 마십시오, 속으로 말을 삼키며 가시마는 대답했다.

3

"드디어 해냈군!"

짧지만 활기찬 후루카와의 칭찬에, 엔도는 수줍어하면서도 기쁨에 찬 표정을 지었다.

모두 때늦은 영웅의 얼굴에 시선을 보냈고, 잔뜩 상기된 엔도의 눈에 희미하게 눈물이 어리는 것을 보았다.

한 주에 한 번, 업무 시작 전에 열리는 업무과 회의석상.

나란히 붙인 의자에 구조와 후루카와가 앉고, 가운데 테이블을 사이로 반대쪽 소파에 대리인 엔도와 다키노, 차석인 미키 데쓰오가 앉았다. 그 밑인 사카시타 야스시와 말단 파견 사원 두 명은 업무과에서 자기 의자를 끌고 와 벽 쪽에 사이좋게 앉았다.

진행을 맡은 가시마는 테이블 옆의 스툴을 의자 대신 사용해 모두를 바라봤다.

"사장님과의 면담을 통해 영업 지원을 해서 돌파구를 더 찾을 생각입니다."

엔도는 자랑스럽게 고개를 쳐들고 말했다.

현재 신규 유치의 정석은 영업 지원으로, 거래처에 도움이 될 만한 상대를 소개하는 방법이다. 은행이 그 회사 영업 사원처럼 움직여 구체적으로 아이템을 내는 경우도 있는데, 이런 걸 좋아하지 않는 고객은 없었다. 실제로 사업에 성공하면 신뢰를 쌓는 것은 물론, 새 계좌도 틀 수 있고 신규 대출의 길도 열린다.

"앞으로가 진짜 승부야. 부탁하네!"

구조는 짐짓 근엄하게 말했지만 얼굴만은 부드러웠다. 엔도가 실적을 발표할 때면 언제나 미간을 잔뜩 찌푸린 적이 많았는데 이번에는 달랐다. 그 덕인지 회의 분위기는 상당히 부드러웠다.

"가시마 과장!"

모두의 발표가 끝난 후 가시마가 지점장실을 나가려는데, 후루카와가 불러 세우며 목소리를 낮췄다. "엔도 안건, 잘 지켜보게나. 슬슬 이동 얘기도 나올 테고."

이동? 즉 전근이다.

"정말입니까? 어디로요?"

엔도의 제1지망은 도심에 있는 지점에서 법인 영업을 하는 것이었다. 하지만 후루카와는 약간 고개를 갸웃하더니 "괜찮은 지점을 찾아주려고 지점장이 힘을 쓰긴 하는데 실적이 이 정도라" 하며 손가락으로 도장 찍는 시늉을 했다. "인사부가 받아들여 주질 않으니 말이야. 혹 이 안건이 잘만 되면 우리도 밀어붙일 수 있으니까 이번 건은 졸업 시험 같은 거지."

"그렇습니까? 어떻게든 잘되도록 하겠습니다."

"기분 좋게 떠날 수 있는 일이니까."

후루카와가 말했다. 회의에서는 엄격하지만 근본이 나쁜 사람은 아니다.

가시마는 한 걸음 물러나 "잘 부탁드리겠습니다!" 하고 고개를 숙이며 표정이 흐려졌다. 큰 과제를 떠안은 기분이었다.

엔도의 보고에 따르면 센조쿠이케판금은 매출 30억 엔, 직원 수는 파트타임 직원까지 합쳐 120명인 회사였다. 주거래은행은 같은 도시은행인 간토시티은행 가마타 지점이었다. 이 은행의 대출 총액은 7억 엔으로, 다른 은행을 크게 앞지르며 '압도적인 주거래은행'임을 자랑하고 있었다. 엔도의 판단으로는 설비가 낡아 교체가 필요하므로 수천만 엔에서 1억 엔의 설비 투자비 쪽으로 파고들 가능성이 있다고 했다.

금액이 문제가 아니다. 새로운 현지 유력 기업을 잡는다는 의미가 크다. 지점 수익에 기여하는 거래처로 클 가능성도 있기 때문이다.

엔도는 이미 외출 준비를 끝내고 양복 윗도리에 팔을 끼고 있었다.

"센조쿠이케판금에 가려고 합니다."

"이봐, 어제 저녁에도 들르지 않았나?"

가시마도 이제 손을 들고 싶은 심정이었는데 엔도는 진지했다.

"사원들에 대한 신규 유치입니다. 어쨌든 사원들한테도 얼굴 도장을 찍어둬야 하니까요."

다녀오겠습니다, 지점장 자리에까지 들릴 정도로 힘차게 인사한 엔도는 구두 소리도 요란스레 계단을 뛰어 내려갔다.

"필사적이네요."

다키노 역시 질렸다는 표정으로 혼잣말처럼 중얼거렸다.

"자네도 멍하니 있다가는 추월당하겠는걸."

가시마의 말에 다키노는 쓴웃음을 지었다.

"힘을 내야죠."

다키노의 장점은 좋은 실적을 올리고 있으면서도 그것을 얼굴이나 태도에 드러내지 않는다는 점이다. 우쭐댈 만도 한데 그러지 않는다. 가시마는 그의 그런 성격이 마음에 들었다. 상담 창구의 니시키 대리가 곤혹스러운 얼굴로 업무과를 찾아온 것은 얼마 뒤였다.

"과장님, 조금 전에 엔도가 사은품을 잔뜩 들고 나가던데, 무슨 일 있어요?"

마침 거래처를 찾아가려던 가시마는 준비하던 손을 잠시 멈추고 입을 열었다.

"좀 봐줘. 엄청나게 큰 신규 거래처를 뚫을지도 모르거든."

"신규 거래?"

니시키가 눈을 크게 뜨고는 "흐음" 하며 팔짱을 꼈다. 정말 따낼 수 있을지 의심하는 얼굴이었다.

"못 믿어서 그런 건 아니지만 그런 대형 유치는 좀 빨리 얘기해주면 좋잖아요? 저렇게 마구잡이로 사은품을 싹쓸이하면 곤란한데. 수량이 부족해서요."

"미안해. 이번 한 번만 봐줘."

얼굴 앞으로 한 손을 올리며 가시마도 큰일이다 싶었다. 엔도 말이다. 점점 더 지점을 휩쓸고 다닐 게 분명했다. 엔도 태풍의 출현. 그래도 잔뜩 기죽어 다니는 모습을 보는 것보다야 그쪽이 백배 낫다.

힘내라, 엔도! 가시마는 진심으로 응원했다.

4

꽃이 피지 않는 인생이라는 것도 있을까?

그날, 오후 5시가 지났는데도 엔도는 돌아오지 않았다.

"미키, 엔도 대리는 아직 안 왔나?"

'그러고 보니 그러네요' 하는 표정으로 미키는 엔도의 빈 책상을 바라봤다.

"낮에는 못 봤는데요. 굉장히 열심이시네요."

그렇다면 괜찮지만……. 가시마는 갑자기 불안해져 얼굴을 찌푸렸다. 아무리 생각해도 너무 들떠 있었다. 신규 거래 유치는 그렇게 간단하고 만만한 일이 아니다. 그건 가시마 자신이 제일 잘 알고 있었다.

얼마 지나지 않아 다키노가 돌아왔다. 노력파인 다키노는 외근에서 돌아오는 시간이 지점에서 제일 늦다.

"엔도가 아직 돌아오지 않았는데, 아래 없던가?"

"네. 못 봤는데요."

그러더니 다키노는 뭔가 생각난 듯 운을 뗐다. "그러고 보니 조금 전에 엔도의 차를 봤습니다."

"어디서?"

"센조쿠이케 주차장에 세워져 있던 것 같았는데요. 저도 운전 중이라서 자세히는 못 봤습니다만."

가시마는 떨떠름한 표정으로 엔도에게 전화를 걸었다. 외근 중에는 영업에 방해가 될 것을 고려해 웬만해선 전화를 걸지 않았다.

두 번 정도 벨이 울렸을 때 가시마는 서둘러 전화를 끊었다. 엔도가 바깥바람을 온몸에 휘감고 돌아왔기 때문이다.

"죄송합니다. 늦었습니다."

창백한 얼굴이었다.

"수고했네. 센조쿠이케 사원 유치는 어떻게 됐나?"

"그게 저……."

엔도의 말을 들은 가시마는 신음했다. 일단 의기투합한 것처럼 보였던 사장이 오늘 아침 엔도가 회사에서 가입 신청서를 돌리자 '일에 방해가 된다'고 일갈했다는 것이다.

"저 때문에 경리과장님한테까지 불똥이 튀었습니다."

엔도는 사장의 허락을 받았다고 과장에게 설명했고 과장은 사원들에게 말을 거는 걸 용인한 모양이다. 그 과장도 사장으로부터 호된 꾸중을 들었고, 결국 엔도는 출입 금지 통보를 받았다는 것이다.

"그래……."

격려의 말을 던졌어야 했는데, 가시마는 워낙 솔직한 성격인지라 낙담한 표정을 지은 채 동정하는 눈으로 엔도를 보고 말았다.

나는 왜 이 모양이지. 쓸 만한 말 한마디 못 해주다니. 가시마는 자신을 꾸짖었다.

"어쩔 수 없군. 내가 전화를 해보지. 일단 사과부터 해야 하니까."

"잠깐만요, 과장님."

갑자기 의연하게 엔도는 표정을 다잡았다. "제가 하게 해주시면 안 될까요?"

"혼자 감당할 수 있겠나."

부탁드립니다, 하는 엔도의 말이 겹쳐서 들렸다.

"하게 해주십시오!"

목소리가 떨리고 있었다. 괜찮나? 문제없습니다. 그런 대화를 나눈 직후 엔도는 과장 책상에서 세 걸음쯤 물러나 깊이 허리를 숙였다.

이봐, 그만해! 가시마는 말하는 순간 자신의 실수를 깨달았다.

양복 안주머니에 손을 넣은 엔도가 천천히 흰 장갑을 꺼냈기 때문이다.

"주목!"

엔도의 쩌렁쩌렁한 목소리가 영업을 마친 지점 안에 울려 퍼졌다.

모두가 깜짝 놀라 소리 나는 쪽을 쳐다봤다. 엔도는 왼손을 허리에 대고 장갑을 낀 오른손을 높이 들어 올렸다.

"갑작스럽긴 하지만, 지금 도쿄제일은행 나가하라 지점과 불초소생 저에게 응원을 보내고 싶습니다!"

엔도가 가슴을 젖히며 외치는 응원 구호가 지점에 울리기 시작했다. 아연실색하는 사람, 히죽대며 박자를 맞추는 사람, 갖가지 반응 속에서 가시마는 새삼 자신의 존재를 의식하고 있었다.

5

자신에게 응원을 보내고 싶은 마음은 충분히 이해할 수 있었다. 하지만 조금 당돌한 느낌도 없지 않았다. 당연히 그 후 엔도는 후루카와에게 불려가 짧은 설교를 들었다.

죄송합니다, 머리를 숙이고 돌아온 엔도는 천연덕스러운 표정을 지었지만 아무래도 그날 밤은 제대로 못 잤던 모양이다. 다음 날 푸석푸석한 얼굴로 나타나 무거운 발걸음을 이끌고 밖으로 나갔다.

"엔도, 괜찮은 건가요?"

영업과의 니시키는 내선 전화로 엔도가 이번엔 제일 좋은 사은품을 들고 나갔다고 했다. 아무래도 그걸로 기분이 상한 사장을 달래보려는 모양이었다. 물량 공세 작전이었다.

"이걸로 괜찮을까, 하며 가져가던데요. 제발 부탁입니다. 그건 1억 엔 이상 맡긴 고객에게만 주는 거라 몇 개 되지도 않아요."

"미안하네. 내가 잘 얘기할 테니 참아주게."

가시마는 엔도 대신 사과하고 수화기를 내려놓은 뒤 깊이 탄식했다.

기본을 잊고 있어. 그렇게 말하고 싶었다. 사은품 등은 회사 경영자에게 어떠한 가치도 없다. 무엇에 성의를 보여주기 위한 것뿐이라면 몰라도 지금은 그런 시대가 아니다. 실적을 요구하려면 엔도 자신이 말한 대로 적절히 '영업 지원'을 하는 수밖에 없다. 엔도는 그 기본을 잊고 있는 것이다. 돌이켜보면 그만큼 쫓기고 있다는 얘기다.

"이렇게 되면 내가 나서는 수밖에 없는데."

엔도에게 공을 세우게 하고 싶었던 가시마는 망설였다.

하지만 가시마의 그런 고민은 오래 지속되지 않았다. 정오쯤 엔도가 헐떡이며 계단을 뛰어 올라왔기 때문이다. 만면에 웃음을 띠고 있었다.

"과장님! 해냈습니다. 잘됐어요! 사장님 허락을 받았어요. 역시 선물이 큰 몫을 했습니다. 지금 당장 사장님과 만나주시겠어요?"

"어, 그래. 알았네."

가시마는 재빨리 명함을 수첩에 넣고 엔도를 따라 내려갔다.

"역시 우량 기업 사장이라 다르더군요. 감탄했습니다."

센조쿠이케판금으로 가는 길에 관계가 회복된 것이 어지간히 기뻤는지 엔도는 흥분을 감추지 못했다.

"과장님, 정말 놀랐습니다. 정말 멋진 사업 계획을 가지고 있어요. 과장님한테도 꼭 들려드리고 싶어요."

엔도가 운전하는 차는 나가하라 가도를 나와 그대로 센조쿠이케로 내려갔다. 엔도는 오른쪽 깜빡이를 켰다. 오른쪽에 센조쿠이케 연못이 있었다.

"거의 다 왔습니다."

거칠게 우회전하자마자 센조쿠이케 공원 주차장에 차를 넣었다.

엔도는 가방을 든 채 잰걸음으로 공원 안으로 들어갔다. 구름 한 점 없는 맑은 하늘이었다. 연못에는 맑은 날씨만큼이나 기분 좋게 배 몇 척이 떠 있었다. 그것을 바라보며 공원을 가로질러 곧바로 센조쿠하치만 신사 경내로 들어섰다.

"다 왔습니다."

엔도는 신사 안으로 성큼성큼 들어갔다. 그곳을 지나쳐 뒤편에 있는 주택가로 빠져나갈 계획인 것 같았다. 엉뚱한 길이었지만 엔도다웠다.

"용케도 이런 길을 찾았군."

가시마가 두 손 들었다는 듯 중얼대고 있을 때 "사장님!" 하고 부르는 엔도의 목소리가 들렸다. 가시마는 서둘러 그쪽을 둘러봤다. 그러나 거기에 사람의 모습은 보이지 않았다.

"사장님, 오늘은 저희 과장님을 모셔왔습니다."

엔도는 활짝 핀 얼굴로 가시마를 돌아봤다. "과장님, 이분이 센조쿠이케판금의 사장님이십니다. 인사하세요."

그곳에는 오래된 고마이누*가 놓여 있었다. 그리고 좌대와 발밑에는 은행 사은품들이 마치 소꿉놀이를 하듯 정성스레 놓여 있었다.

"실례하겠습니다."

엔도는 목례를 한 뒤 구두를 벗고 그 앞에 무릎을 꿇었다.

"과장님도 어서 이쪽으로 오세요."

가시마는 너무나 놀라 멍하니 있다가 문득 정신을 차렸다. 그리고 지금은 엔도가 하자는 대로 맞춰주는 게 낫겠다고 판단했다.

"실례하겠습니다."

* 신사 앞에 마주보고 있는 한 쌍의 사자 모양의 석상.

가시마는 엔도를 따라 땅바닥에 앉았다.

"과장 가시마라고 합니다."

가시마는 고마이누를 향해 고개를 숙였다. 머리 위로 까마귀 소리가 들려왔다.

5장

인체모형

1

마루노우치의 도쿄제일은행 본점 빌딩 10층에 위치한 인사부에서 사카이 히로시는 혼자 생각에 빠져 있었다. 도대체 이 남자는 어떤 인물이었을까. 지금 사카이의 눈앞에는 그 남자가 입사한 후부터의 다양한 인사 기록이 놓여 있었다. 첫 면담은 신입사원 연수 때 담당 조사역이 했다. 도쿄제일은행에서는 신입에게 1개월 연수를 거치게 하는데, 신입을 한 팀에 약 서른 명씩 배정해 각 부서에서 선발된 조사역이 교육을 담당한다.

그 남자의 팀을 담당한 것은 기획부의 기시야마 사토시였다. 큰 키에 마른 체형, 날카로운 이목구비를 떠올리며 사카이는 쥐고 있던 연필을 돌렸다. 그 녀석이라고. 기시야마는 사카이보다 열 살이나 위였고 기획부장 대우를 거쳐 계열사 부장으로 떠났다. 그다지 좋아했던 상사는 아니었다. 좋아하지 않았다기보다 안 맞는 타입이었다. 속사정을 봐주기보다는 원칙을 밀고 나가는 성격이었다. 같은 지점에 근무한 적도 있었는데 그때도 끝까지 속내를 드러내지 않았다.

인간관계가 다소 서툴긴 하나 열혈남에 노력파. 영업지점 희망. 기시야마가 쓴 면담 기록에는 그렇게 적혀 있었다. 그곳에는 지금으로부터 20년 전의 한 남자에 대한 평가가 있었다.

"열혈남이라."

사카이는 얄궂다는 생각을 하며 중얼거렸다. 그리고 머릿속에 떠오른 인물상에 구체적인 살을 또 하나 붙였다. 취미는 독서와 스키. 다시 살을 하나 덧붙인다. 중소기업 대출에 관심 있음. 또 하나. R대학 법학부를 졸업했으며 입사 시 특별한 연고는 없었음. 또 하나. 사카이는 계속 기록을 읽어나간다.

전공은 노동법. 노동법이라고? 파업 한 번 일어나지 않는 이 나라에서 그런 법률을 배워서 어디다 쓰려고. 살을 하나 더 붙인다. 밝은 성격. 붙임성이 많음. 사람들이 따름. 비교적 성격이 급하고 금방 싫증을 내는 일면도 있음. 역시나. 다시 하나.

도쿄제일은행은 R대학으로부터 매년 두세 명의 졸업생을 받고 있다. 그 수십 배에 달하는 인원이 면접에 오니까 입사에 성공한 사람은 상당한 경쟁을 뚫고 온 셈이다.

그 남자도 그중 하나였다.

기록에 따르면 학업 성적은 상당히 우수했다. 학부 상위권을 유지했다.

하지만 도쿄제일은행은 이른바 일류 대학 졸업생이 신입의 반수 이상을 차지하는 곳이어서 아무리 학부에서 최고 성적을 유지했다고 해도 출세 경쟁에서 이기는 건 어려운 일이었다. 그 최초 관문인 이 연수에서 남자의 성적은 고작 중하위권이었고 특별히 두드러진 활약을 보이지도 못했다.

이 단계에서 그는 도대체 무슨 생각을 했을까.

신입사원 연수 목적 중 하나는 학생 분위기에 젖어 있는 신입들에게 문화적 충격을 주는 것이다. 1개월 합숙 연수를 통해 은행이라는 직장에 익숙해지게 되는데, 그중에는 두드러지는 사람도, 조직과 체제라는 데 위화감을 느끼고 일찌감치 탈락하는 사람도 나오기 마련이다. 사카이의 개인적인 생각이지만, 조직에 대해 아무런 반감 없이 그저 묵묵히 최선을 다해 일하고자 결심했다면 그거야말로 큰 착각이다. 은행이라는 직장에서 오래 일하기 위해서는 자신의 감정을 다스리고 '감정'과 '현실'의 갈등을 이겨내 항상 일에 적극적인 태도를 유지해야만 한다. 하지만 그것은 실로 어려운 일이다.

이 남자는 은행이라는 조직에 어떤 감정을 가졌을까. 멋진 곳이라고 생각했을까, 답답하다고 생각했을까, 아니면 될 대로 되라는 식으로 생각했을까. 적어도 기시야마의 면담 기록을 보면 부정적인 태도는 없었던 것 같다.

하지만 남자는 그 후 은행이라는 조직에 대해 반감을 품고 서서히 그 태도를 드러낸다. 그 조짐은 첫 부임지인 사가미오노 지점에서부터 보이기 시작했다.

도쿄제일은행에서는 지점에 배치된 신입들에게 순환 연수를 시킨 뒤 어느 지점에 부임하더라도 처음에는 영업과에 배속시킨다. 여기서 말하는 영업과는 예금과 환전을 담당하는 곳이다.

영업과에는 보통예금과 당좌예금을 담당하는 그룹과 정기예금과 투자신탁의 상담 업무를 담당하는 그룹, 계좌이체를 담당하는 그룹이 있는데, 이와는 별도로 자금계라는 것이 있어서 신입이 배속되면 대체로 이쪽 일이 맡겨진다.

현금만을 취급하는 자금계는 본점에서 보낸 현금을 창구에 나눠주고 현금인출기에 채우는 일을 담당한다. 거액의 현금이 입금되면 돈을 직접 센 뒤 묶어서 다발로 만든다. 지금은 모든 지점에 자동화기기들이 도입되어 편하지만, 예전에는 행원들이 돈다발을 하나씩 손으로 묶고 인감을 찍었다. 사실 현금은 아주 더러워서 맨손으로 돈을 만지다 보면 자기도 모르는 사이에 손이 새카매진다. 사카이도 경험한 일이지만, 개점하기 전부터 오후 3시 폐점할 때까지 쉴 틈 없이 하루 종일 부지런히 일하다 보면 순식간에 하루가 지나간다. 게다가 신분은 최하위이니 현대판 노예나 다름없는 생활이다.

하지만 수천만, 때론 몇억이라는 돈, 게다가 보통 지폐도 아니고 일본은행에서 방금 발행되어 손이 베일 것 같은 새 지폐를 만지는 자금계 업무는 신입행원에게 '은행에 들어갔다'는 것을 강하게 실감케 하는 일이었다. 연수를 통해 습득한 '돈에 대한 감각'을 더욱 연마하는 것도 이 자금계 업무를 맡은 몇 개월 동안이다.

이 일을 익히면 각 그룹을 돌며 전표의 흐름과 전표 기입 방식, 운용 상품의 종류와 성격에 대해 배우고, 영업과에서 '융자', '외환', '업무'라는 각 과로 전환 배치된다. 또한 6개월에서 1년에 걸쳐 이들 과를 차례로 순환 근무하고 나면, 마지막으로 다음 지점으로의 전근이 기다리고 있다. 그쯤 되면 신입사원이 들어오고 자신은 선배가 되면서 경험과 학습보다 실적을 요구받게 된다.

사카이가 들고 있는 이력서에 따르면 이 남자도 처음에 영업과 자금계로 보내졌다. 남자가 입행한 1980년대 후반이면 아직 인원 감축 전이라 도쿄제일은행의 지점에는 총무만을 담당하는 '총무과장'이란 직책이 존재하고 있을 때다. 그 총무과장 밑에서 자금계를 담당하고 있을 때 상사와 처음으로 충돌했다.

이때 상황은 지점의 인사 메모라는 형태로 남아 있었는데, 나중에 인사부에서 파견된 담당자가 그걸 발견하고 복사해뒀다. 그리고 지금 그것이 우연히 사카이의 수중에 들어온 것이다.

사건이 일어난 것은 그 남자가 사가미오노 지점에 부임한 지한 달이 지난 6월 2일이었다. 기록에 따르면 이날 결산할 때 현금 1만 엔이 부족했고, 그것은 오후 6시가 지나도 채워지지 못했다.

이때 영업과장의 "자네 주머니 속 좀 보여줘"라는 한마디에 발끈, 그는 "제 주머니를 보기 전에 먼저 봐야 할 곳이 있을 겁니다. 그러고도 관리직입니까?"라고 반박해 상대의 의표를 찔렀다.

재미있는 남자군, 하고 사카이는 생각했다.

자신이 지점장이었다면 이런 경우 뭐라고 했을까. 물론, 인사담당자와 현장을 책임져야 하는 지점장은 입장이 다르다. 일이 수습되지 않자 영업과장이 남자를 몰아세웠고 모든 영업부 직원들이 지켜보는 가운데 드잡이가 벌어졌는데, 운 나쁘게도 부지점장이 지나가다 그걸 보고 상황을 보고하라고 다그쳤다. 그 결과 영업과장이 일방적으로 이 내부 메모를 쓰게 되면서 남자가 다 뒤집어썼다. 사건의 전말을 적은 뒤에 영업과장은 '전부터 업무 태도가 불성실하고 마음에 들지 않으면 발끈하는 타입으로 그 태도를 감안할 때 내 발언은 당연한 것'이라는 자기변명을 붙였다.

어떤 이유로든 부하 직원을 도둑으로 모는 영업과장이라면 문제가 있다. 게다가 그런 영업과장의 말을 그대로 받아들여 그 남자에게 주홍글씨를 찍은 지점장도 문제다.

남자는 그 후 같은 지점 융자과에서 6개월간 일하고 또 업무과로 전환 배치되었다. 2년째 여름이었다. 덧붙이자면, 직원의 전환 배치는 현장 책임자인 지점장의 인사권에 속하는 것으로, 지점 형편에 따라 이동시켜도 상관없다. 남자는 지점 주변 거래처를 도는 일을 담당했다. 검은 가방을 들고 자전거를 타거나 걸어서 상가의 매출과 개인 예금을 모아 오는 일이었다. 그 때부터 전근할 때까지 1년 동안 남자의 실적은 별 볼 일 없었다. 그리고 두 번째 부임지인 아카사카 지점으로 가라는 발령을 받았다.

사가미오노에 비해 아카사카는 큰 지점이었는데 남자가 맡은 업무는 형편없는 중소영세업자를 상대로 하는 외근직이었다. 하지만 남자는 이곳에서 그런대로 실적을 올렸다. 그 후 지점장의 배려로 융자과로 옮겼다. 생각해보면 그건 이 남자에게 있어서 천재일우의 기회였다.

그해 겨울, 인사 담당자가 아카사카 지점을 방문했을 때 남자와 면담한 기록도 남아 있다.

첫 부임지 사가미오노에서 업무과 말단이었던 남자는 아카사카 지점 융자과에서 서열 세 번째, 즉 평사원 중에서 세 번째 고참이었다. 담당은 지역 내 법인을 중심으로 전부 30개 회사. 회사 규모는 크지 않았지만 이거야말로 남자가 원했던 중소기업 대출 업무였다.

'지점 표창의 공로자'라는 문구가 사카이의 눈에 들어왔다. 이 시기에 아카사카 지점이 실적 표창을 받은 모양이다.

오호, 다시 상상 속 인체모형에 새로운 살이 붙여졌다. 당시 남자의 실적을 확인한 사카이는 조금 감탄했다. 부임한 다음 해 상반기 대출 증액 목표는 3억 엔이었는데, 무려 5억 엔이란 대단한 성적을 거둔 것이다. 10월부터 다음 해 3월까지의 후반기에는 증액 목표 3억 엔, 성적은 7억 엔. 대형 설비투자 건이라도 따낸 걸까. 전 부임지에서 미운털이 박혀 지점 안을 맴도는 경호원 같은 일만 했던 남자로선 괄목상대할 만한 활약이었다.

그때 아카사카 지점은 전·후반기 합친 실적 고과에서 표창 지점으로 선정되었다. 남자는 활약을 인정받아 부장 표창을 받았다. 남자를 융자과에 '발탁'한 지점장은 이 표창을 들고 본점으로 승진해 가고, 남자의 운명을 바꾸게 될 하니 기요히코가 새 지점장으로 부임한다.

결과적으로 하니는 남자를 괴롭히고 괴롭히고 또 괴롭혔다.

이유는 알 수 없었다. 그저 서로 잘 맞지 않았던 걸까, 아니면 뭔가 싫어할 만한 이유가 있었던 걸까.

하니가 아카사카 지점에 부임한 뒤 1년, 남자는 영업과의 정기 상담 그룹으로 보내진다.

2년뿐이었다. 중소기업 대출을 희망해 도쿄제일은행에 입사, 올봄 마흔둘이 될 때까지 20년간 은행원으로 살았다. 그동안 남자의 희망이 이루어진 것은 첫 부임지의 연수 기간을 제외하면 불과 아카사카 지점의 2년뿐이었다. 영광의 1년, 그와 상반된 좌절과 절망의 1년. 그것이 남자의 인생을 결정했다.

은행원에게 있어, 아니 모든 회사원들에게 있어 직장 상사와의 궁합이 얼마나 중요한지를 생각하게 하는 인사였다.

2

가미야마기계는 당장이라도 무너질 것만 같은 회사였다.

비행기로 치면 바다 위를 스치듯 날아가는데 프로펠러 하나는 정지되고 너덜너덜한 기체는 언제 산산조각 날지 모르는 상태. 다음 급유지는 200킬로미터 앞이고, 연료는 이미 떨어진 상황이었다.

회사 실적은 최악이었다. 늘 돈이 부족했다. 자칭 일본 최고의 '어음점프*왕'이라고 떠드는 사장 가미야마는 상대가 어음점프를 승낙할 때까지 몇 시간이라도 무릎 꿇고 빌고 또 비는 남자였다.

연 매출 20억 엔, 직원 8명. 영세기업 가미야마기계는 제조업이 아니라 기계 도매를 전문으로 하는 상사였다. 박리다매가 기본. 몇 년간 적자가 계속된, 실질 채무 초과의 누더기 기업이었다.

천황이 세상을 떠나 연호가 쇼와에서 헤이세이로 바뀌었을 무렵의 얘기다. 세상은 마치 해면이 일시에 상승하기라도 한 것처럼 경기가 과열된 상태였다. 그렇다고는 해도 어느 때건 경기를 타지 않는 회사가 있기 마련인데 당시 가미야마기계가 그런 회사였다.

"다음 분기에는 분명히 흑자일 겁니다."

•어음 결제일이 되어 결제를 연기해달라고 조르는 일.

말은 그렇게 했지만 가미야마의 실적이 좋아질 거라 믿을 순 없었다. 직원 누구에게 물어도 실적이 좋아졌다는 말은 나오지 않았다. 융자 창구 너머로 들리는 대규모 수주 이야기는 실현 가능성이 거의 없는 허풍에 가까웠다.

'이 사장은 신용할 수 없다.' 남자가 가미야마를 담당한 지 1년째, 이것이 그에 대한 솔직한 인상이었다.

하지만 그와는 별도로 운영자금은 매달 필요했다. 가미야마기계의 경우 거의 어음할인으로 꾸려나갔다.

어음할인은 판매 회사에서 받은 어음을 은행이 사들이는 일종의 대출이다.

어음은 결제일이 돌아오지 않는 한 현금화할 수 없기 때문에, 그때까지 자금이 필요한 경우 은행에 가지고 가서 이른바 '깡'을 한다. 은행은 어음을 사들여 결제일까지의 이자를 뗀 나머지를 그 회사 계좌에 입금한다. 모든 회사가 하고 있는 자금 조달 방법이었다.

가미야마의 경우는 실적이 나쁘기 때문에 '어음할인은 데이고쿠기계 및 상장기업이 발행한 것으로 한정한다'는 조건이 붙어 있었다. 데이고쿠기계는 가미야마기계의 주 거래처로, 아직 상장되진 않았지만 재무 내용이 우량한 기업이다.

가미야마와의 거래는 이런 어음할인과 오래전 사장의 개인 주택을 담보로 대출한 게 다였다. 은행이 결정한 거래 방침은 '소극적'인 것이었고, 전임 지점장이 써놓은 메모는 '지금 남아 있는 대출도 시급히 회수할 것'이었다.

그런 가미야마기계가 1천만 엔의 대출을 신청한 것은 골든 위크˙ 초였다.

남자는 다음 날 아침 회의 시간에 이 일을 보고했다. 매일 아침 지점장과 융자과의 실무 담당자가 모이는 정기 회의 자리에 서였다. 빌려줄 것인가 말 것인가는 정식 안건으로 검토하기 전에 이 회의에서 거의 결정된다.

"보류해야 한다고 생각합니다."

남자가 그렇게 말하자 지점장 하니는 한심하다는 표정으로 "왜!"하며 호통부터 쳤다. 그 한마디에 회의 분위기는 얼어붙었고 남자도 몸을 움츠렸다.

이유가 뭔지 구체적으로 설명할 순 없지만, 아무래도 남자는 하니 지점장과 서로 손발이 맞지 않았던 것 같다. 하니가 부임한 후, 서류에 적힌 의견 하나를 꼬투리 잡아 주의를 준 일이 한 달에도 몇 번씩 있었다. 그때마다 남자는 반려된 서류를 다시 고쳤지만 납득할 만한 지적은 거의 없었다. 자신을 중용해준 전임 지점장 밑에서는 아무 문제없이 결재됐던 것들이었다.

술자리에서 불평을 하면 선배들은 이런 말을 해주었다.

"전임자를 의식해서 그래. 자네가 신임을 한 몸에 받았었다는 걸 알고 있으니까."

농담이 아니었다.

•4월 말에서 5월 초까지 일본의 황금연휴.

그런 감정적인 이유로 눈엣가시가 된 것일까. 하지만 그런 생각을 해봐야 남자에게는 어쩔 도리가 없었다.

"보증협회로 처리하면 되잖아?"

하니는 귀찮다는 듯 재빨리 얘기했다. 하니의 전직은 융자 제1부 차장. 융자 제1부는 공장이라고 불릴 정도로 살벌한 곳이었다. 그곳의 초조감과 긴장감이 그대로 묻어나는 말투였다.

하지만 그 건에 대해서도 남자는 이미 검토를 끝냈다.

각 지역에 있는 신용보증협회는 공적 보증 기관으로, 이곳에서 보증을 받고 대출해주면 상대가 도산을 해도 대출금은 회수할 수 있다.

"보증 쪽도 검토했으면서 왜 보류하자는 건가? 그렇게 처리하면 보증협회 잔고 목표에도 기여할 텐데."

하니는 혀를 찼다. "도대체 무슨 생각을 하고 있는지!"

도쿄제일은행 고과 평가에는 보증협회 대출 잔고도 들어 있다.

"하지만 가미야마 사장이 좀 이상합니다."

남자가 대답했다.

"이상하다고? 무슨 소린가?"

어제 은행에 온 가미야마는 피곤에 지친 표정이었다. 그 모습을 떠올린 남자는 지점장에게 어제 일을 보고했다.

"운영자금이 필요하다고 했지만 이유가 분명치 않았습니다. 제 생각인데 아무래도 데이고쿠기계와 거래가 끊긴 것 같습니다."

실제로 그 회사를 찾아갔을 때 가미야마가 부재중이라 대신 응대했던 영업 담당자가 해준 말이었다. 사장이라면 무슨 일이 있더라도 그런 말은 안 했겠지만, 자금이 어떻게 운영되는지 잘 모르는 영업 담당자는 솔직했다.

"아직 결정된 건 아니지만, 천만 엔은 데이고쿠기계와 거래가 끊길 때를 대비한 자금인 것 같습니다. 그렇다면 떼일 가능성이 상당히 높습니다."

"정식으로 거래가 끊어지기 전이라면 보증은 나올 거야."

"그렇다면 좀 이상한 거 아닙니까?" 남자는 곧바로 반박했다.

"실적이 나쁘다는 소리를 들으면 보증협회가 동의할 리 없습니다."

하지만 하니는 남자의 반론이 성가신 듯 다시 얼굴을 찌푸렸다.

"잠자코 있으면 되지."

"그건!"

남자는 경악했다.

"자네가 들은 말은 단순한 소문에 불과하지 않은가? 입을 다문다고 해서 우리가 속이는 건 아니니까."

"확실히 지금은 소문 정도에 지나지 않지만, 조사하면 진위 여부가 금방 드러납니다. 그걸 확인한 뒤에 보증협회에 신청을 넣는 게 나을 것 같은데요."

"필요 없어."

남자는 딱 잘라 말하는 하니 지점장에게 화가 났다.

인체모형

"잠깐만요! 아무리 보증이 구비된 대출이라고 해도 사고가 터지면 엄청난 시간과 노력이 듭니다. 게다가 보증협회는 좀 손해를 봐도 된다고 생각하는 건 문제 아닙니까?"

"쓸데없는 소리 그만 지껄여!"

하니는 생각에 빠질 때마다 엄지손톱을 깨무는데, 이번엔 그 손으로 팔걸이를 내리쳤다.

"이봐!"

옆에 있던 선배가 팔꿈치로 남자의 옆구리를 쳤다. 그만하라고 타이르는 눈빛이었다.

"죄송합니다!"

남자 대신 기하라 쓰토무 융자과장이 사과하고 나섰다. "오늘 중으로 보증협회에 서류를 보내겠습니다."

과장은 계속 얘기하려는 남자를 눈으로 제지하고 일방적으로 일을 매듭지었다.

다음으로 넘어가는 과장의 진행에 남자에게 발언의 기회는 더 이상 주어지지 않았다.

불만이 가시질 않았다.

도쿄제일은행에서는 현장을 중시한다고들 한다. 현장 담당자의 의견이 최대한 존중되는 분위기야말로 다른 은행엔 없는 우리만의 자랑이라고, 연수 때부터 귀에 못이 박히도록 들었다.

이 남자 생각에, 그건 거짓말이다.

가미야마를 1년 넘게 봐왔다. 어떤 남자인지 누구보다 잘 안다. 떨리는 음성과 불안정한 눈빛으로 창구에서 1천만 엔을 빌려달라고 했다. 이는 곧 사건이 터질 것을 암시하는 것이다. 그것도 모르고…….

"곧장 가미야마 씨에게 전화를 해서 보증협회를 낀 대출을 검토하고 있다고 전하게."

회의가 끝난 후 기하라의 명령을 받은 남자는 더 이상의 반론이 무리라는 걸 깨닫고 한숨을 내쉬었다.

어쩔 수 없다.

전화를 걸자 가미야마는 지점으로 날아오다시피 했다. 그리고 한숨 돌렸다는 표정으로 신청 수속을 마치고는 노곤한 표정으로 인사를 하고 등을 돌렸다. 힘없이 터벅터벅 계단을 내려가던 그 뒷모습. 어음 결제 미루기라면 누구에게도 지지 않는다고 호언장담하던 때의 기세등등함은 전혀 보이지 않았다. 하니 지점장에게 떠밀려 하긴 했지만, 남자의 마음속에는 말로는 표현할 수 없는 불안감이 피어올랐다.

그렇게 가미야마기계에 대한 보증은 신청 즉시 승인이 떨어졌다. 그것을 담보로 도쿄제일은행은 가미야마에 1천만 엔을 대출해줬다. 가미야마기계가 제 1차 부도를 낸 것은 그달 말이었다.

3

사카이는 그 당시 남자가 쓴 보고서를 들고 있다.

'가미야마기계 제1차 보도에 대한 건'이라는 제목의 자필 보고서였다.

오전 8시 50분, 자금계로부터 530만 엔이 부족하다는 연락을 받고 가미야마기계 사장과 연락을 취하려고 했으나 부재중.

가미야마기계에 대한 판단은 솔직히 말해서 하니 지점장보다 남자가 옳았다.

하지만 조직에서는 옳은 자가 항상 승리하는 것은 아니다.

그리고 한 가지 운이 나빴던 것은, 남자가 실수를 저질렀다는 점이다. 그는 보증협회의 보증을 조건으로 대출해주는 한편, 그 대출금으로 기존 대출을 회수했다. 지금이라면 입사 1년 차 신입사원도 그게 보증협회의 보증 면책 사유가 된다는 것 정도는 알 것이다.

하지만 거품경제의 정점에 있었던 당시는 도산 자체가 아주 드물었기 때문에, 채권 보전에 대한 대응은 지금과 비교할 수 없을 정도로 안일했다.

아니, 이게 정말로 남자의 실수였을까? 사카이는 미심쩍은 부분이 많다고 생각했다. 당시 지점장이나 과장의 지시가 있었을지 모르겠으나 지금 와서 확인할 방법은 없다. 어쨌든 대출 회수는 남자 혼자 결정할 수 있는 문제가 아니라 상부의 결재가 필요하다. 그것을 간과한 관리자의 일 처리도 문책받아야 마땅한 게 아닐까.

그 결과 수백만 엔의 손실이 발생했고, 하니 지점장에게는 관리 소홀을 지적한 경고장이 내려왔다. 그래도 가장 큰 책임은 역시 담당자였던 그 남자에게 돌아갔다. 결국 신용 사고가 일어난 후 남자는 융자계를 떠나 영업과 상담 창구로 보내졌다.

이에 대한 하니의 인사 메모는 다음과 같다.

아무래도 뛰어난 인재는 아니다. 대출 업무를 믿고 맡기기엔 능력이 부족하다. 영업과 창구 상담이 적임인 것으로 생각된다.

남자가 입사한 지 5년째 되던 해의 일이었다. 이 단 한 장의 메모로 그의 희망이 무너졌다. 지극히 쉽고 당연하게 해낼 수 있는 게 바로 중소기업 대출 일이었는데, 그로부터 15년이라는 세월을 본인이 원하지 않는 일에 묶여 있게 됐다.

대체 사람의 인생이란 무엇인가.

밤 11시를 넘겨 한산해진 인사부 별실에서 사카이는 생각한다.

인사부 조사역으로서 사카이가 하는 일은 갑작스러운 퇴직 희망자에 대한 면담이나 때로는 부정을 저지른 행원에 대한 내부 조사도 포함된다. 그 밖에 뭔가 문제가 있는 사건에 연루된

행원들을 면담 조사하는 것도 사카이의 일 중 하나였기에, 이른바 문제 행원을 접할 때마다 사카이는 늘 똑같은 의문을 떠올렸다.

도대체 은행원의 인생이란 무엇인가. 은행원으로서 행복한 삶을 누리기 위해서는 무엇이 필요할까.

사람들이 부러워하는 엘리트 코스를 밟아온 남자가 어느 날 갑자기 자신의 희망과는 다른 전근 발령을 받고 퇴직하는 경우도 있다. 한편 희망하는 부서에 배치되지 못한 채 정년까지 일하는 행원도 적지 않다. 그 둘 중에 어느 쪽이 더 대단할까. 그리고 무엇이 더 가치 있는 일일까. 아니, 모든 인생에는 동일한 가치가 있을 것이다. 그 존엄성을 짓밟는 것이 있다면 그게 바로 '발령'일 것이다. 적어도 이 남자에게는 그랬다.

남자가 분명히 발령이 적힌 종이를 받아들 때마다 가슴에 품었을 것이 틀림없는 '다음이야말로'라는 생각은 배반당했고, 이어서 어떻게든 자신을 납득시켰을 것이다. 그 모습이 너무나 쉽게 머릿속에 그려졌다. 그 증거로, 남자의 인사 기록에는 항상 '중소기업 대출 희망'이라는 문구가 따라다녔다.

아카사카 지점의 마지막 반년을 업무과에서 보낸 남자는 그후 도내 지점을 전전하는 은행원 생활을 보낸다.

결혼은 서른한 살 때 했다. 상대는 기치조지 지점에서 나란히 앉아 근무했던 영업과 여직원이었다. 남자의 가족 구성란에는 지금 네 명의 이름이 적혀 있다. 남자와 아내, 초등학교에 올라간 큰딸과 다섯 살이 된 아들. 집은 요요기 우에하라 사택이었고, 근처 공립 초등학교와 사립 유치원의 이름이 비고란에 기재되어 있다.

그 후 남자는 서른다섯이 되어서야 늦게나마 승진, 영업과 대리라는 직책을 얻었다. 조후 지점에서였다. 직급은 5급. 그것은 남자가 받은 마지막 발령장이었다.

대리가 된 남자는 그 뒤로 지점 두 군데를 더 돌아다녔다. 마침 은행은 거품경제기의 거액 불량 채권을 처리해야 하는 힘든 시절이었다. 공적 자금 투입을 둘러싸고 세간의 비판을 받았다. 페이 오프 해금*, 신용 불안, 예금 유출이 이어지는 가운데 대리라는 직책은 상당한 스트레스와 책임이 따랐다.

그리고 지금으로부터 3년 전 11월, 남자는 나가하라 지점 영업과 대리로 임명을 받는다. 남자가 서른아홉 살 때였다. 남자는 전임 대리의 일을 인수인계하는 형태로 이 지점의 상담 창구를 인솔하게 된다.

회식에서는 실없는 농담으로 분위기를 띄우는 타입. 이 남자에 대한 구조 가오루 지점장과 후루카와 가즈오 부지점장의 평가는 결코 높지 않았지만, 젊은 행원들 사이에서는 인기가 높았다. 실제로 부하 직원 두 명의 신뢰는 두터웠다.

사카이는 머릿속으로 그리던 남자의 인체모형에 마지막 살을 붙여 완성시키려 했다.

• 금융기관이 파산하더라도 개인 고객의 원금을 보장해주는 지급보증제(pay off)의 폐지.

하지만 그게 결코 완성될 수 없다는 것을 너무나도 잘 알고 있었다.

지금 손에 있는 이 자료는 남자에 대해 아주 많은 얘기를 하고 있어서 그를 대강은 파악할 수 있었다. 하지만 그것만으로는 결코 알 수 없는 일면이 분명 있었다. 가슴에 품고 있던 고민이랄까, 분노랄까, 혹은 절망이랄까. 결코 입 밖에 낼 수 없는, 석연치 않은 감정이 있었을 게 분명했다.

도대체 그게 뭐였을까.

도대체 이 남자의 인생은 무엇이었을까.

지금 사카이는 완성 직전이긴 하지만 아직 미완인 채 남아 있는 인체모형을 상상하면서, 고개를 기울이고 있었다.

지금부터 일주일 전인 7월 10일, 남자는 직장을 무단결근했다.

20년에 걸친 은행원 생활 중에서 남자가 은행을 쉰 건 열흘도 안 된다. 물론 무단결근 같은 건 처음 있는 일이었다. 늘 오전 8시 전에 출근해 개점 준비를 부지런히 하는 게 그의 일상이었다.

하지만 이날 남자는 출근 시간인 8시 40분이 되어도 출근하지 않았다. 아파서 결근한다거나 지각한다는 연락도 없이.

가끔 정도를 벗어난 행동을 하는 남자이긴 했다. 술집에서 진탕 마시고 주정을 부리다 잠들었을지도 모른다. 그렇게 생각한 행원도 있었을 것이다.

남자의 집과도 좀처럼 연락이 되지 않았다. 마침 그날 남자의 아내가 친정에 가는 바람에 상황 파악이 늦어지기도 했다. 그 후 같은 사택의 주부를 통해 부인한테 연락이 됐고, 서둘러 돌아온 부인은 전날 밤 남편이 귀가한 흔적이 없다는 걸 알고 실종 신고를 했다.

그 후 남자의 행방은 묘연했다.

직장 동료들에게 물어도, 가족에게 물어도, 남자가 뭘 고민했는지, 어떤 불만을 가지고 있었는지 같은 얘기는 듣지 못했다. 여자가 있는 게 아닐까 의심해봤다. 남몰래 도박에 빠진 것은 아닌가 생각해보기도 했다. 하지만 조사 결과 사카이의 지나친 우려였던 것으로 판명됐다. 어떤 사건에 휘말린 게 아닐까 하는 견해도 있있다. 하지만 결국……

그 남자, 니시키 마사히로는 어떤 조짐도 없이 갑자기 모습을 감춘 것이다.

4

니시키는 조금 전부터 아무 말 없이 술잔을 입으로 가져갔다.

상대를 불러내긴 했지만 어떻게 대처해야 할까, 그걸 생각하고 있었다. 상대는 지금 굳은 얼굴로 무뚝뚝하게 카운터의 정면을 노려보고 있었다. 아까부터 계속 그 상태였다. 하염없이 시간만 흘렀고, 니시키가 폭로하려는 비밀은 그와 비례해 무거워지는 것만 같았다.

먼저 침묵을 깬 것은 상대방이었다.

"이런 데 불러내서 할 얘기라는 게 뭡니까?"

지유가오카에 있는 바의 구석 자리였다. 이제 막 새로 카운터에 앉은 손님 때문에 바텐더가 멀어졌다.

"훔친 돈 100만 엔, 어떻게 했어?"

순간 상대가 숨을 멈췄다. 옆모습에 긴장감이 넘쳐흘렀다.

"무슨 소릴 하는 겁니까?"

"시치미 뗄 생각은 하지 마!"

니시키는 낮지만 날카롭게 말했다. "이제 와서 속일 생각은 하지 마. 다 조사했으니까. 너, 말도 안 되는 일을 했잖아. 어제 오후 상가 신용금고에 가서 네가 한 일, 그게 어떤 의미인지도 알고 있어. 증거도 있고."

"허……"

우두커니 이쪽을 노려보는 눈. 시치미를 떼는 말투였으나 그 눈은 알고 있었다. 더 이상 도망칠 곳이 없다는 것을.

"비밀로 해줄 수 없습니까?"

상대가 갑자기 은밀하게 말했다.

"그건 힘들어. 부정을 폭로할 수밖에 없어. 아니면 자수하든가."

상대의 표정에서 여유의 조각들이 하나씩 떨어져 나가는 게 보였다. 잔을 쥔 손이 아주 어색했다. 그는 마시다 만 술잔을 내려놓고는 꼼짝도 하지 못했다.

그러나 한동안 조용히 있던 상대가 천천히 자리에서 일어났다.

"도망치는 건가?"

"설마."

니시키가 팔을 잡자 상대가 우아하게 뿌리치며 말했다. "조금 늦겠다고 집에 전화하려는 겁니다."

바는 유리문이었다. 건너편에서 전화를 거는 그의 옆모습을 슬쩍 본 니시키는 앞으로 어떻게 할까 고민했다. 상대는 모든 걸 고백하고 사죄할까, 아니면 마지막까지 시치미를 뗄 셈인가. 어쨌든 니시키의 존재가 지금 상대에게 인생의 장벽이 된 것만은 틀림없다.

이째서 나는 그런 역할만 맡는 걸까.

니시키가 자조하며 잔을 기울였다. 어느새 통화를 끝낸 상대가 니시키를 물끄러미 쳐다보고 있었다. 지유가오카의 가로등을 등진 그림자에서 심상치 않은 기운이 퍼지기 시작했다.

6장

킨셀라의 계절

1

오래전, 야구는 다케모토 나오키의 전부였다.

이른바 고교야구 선수였던 다케모토는 초등학교 3학년 때부터 야구를 시작해 중학교 때 지역 리틀 리그의 유격수가 됐고, 견실한 수비와 타율로 주목받던 존재였다. 그때 꿈은 당연히 프로야구 선수가 되는 것이었다.

요코마치의 소박한 마을에서 자란 다케모토는 야구를 좋아하는 아버지를 따라 자주 '다이요 웨일즈'의 시합을 보러 갔다. 명투수였던 히라마쓰 마사지의 팬이었다. 히라마쓰의 등판일에 맞춰 시합을 보러 갔고, 그다음 날에는 동생을 앉혀놓고 변화구 연습을 했다. 다케모토가 던지는 변화구는 히라마쓰의 '면도날 변화구'까지는 아니었지만, 가끔은 회전을 먹고 오른쪽으로 휘어 동생 글러브로 빨려 들어갔다. 하지만 세 번에 한 번은 너무 힘이 들어가 땅에 맞고 튀어올랐고, 뒤쪽 나무울타리에 못이 뽑힐 정도로 세게 부딪혔다.

하지만 소년야구부터 고교야구까지 통틀어, 다케모토가 그렇게 동경했던 투수 마운드에 선 적은 한 번도 없었다.

우선, 소년야구 팀에는 부동의 에이스가 있었다. 덩치만 큰 아이였는데, 직구는 소리가 날 정도로 빠르게 포수 글러브에 빨려 들어가지만 일단 제구력이 흐트러지면 통제가 안 됐다. 순식간에 만루가 되고 1점, 2점, 밀어내기로 점수를 주고, 결국은 스트라이크를 잡겠다고 느린 공을 던지다가 상대방에게 뼈아픈 안타를 맞았다.

나라면 절대 그렇게 하지 않았을 텐데. 다케모토는 전진 수비하는 내야수를 보며 속으로 중얼거렸다. 하지만 감독은 아무리 다케모토가 투수를 원해도 시켜주지 않았다. 포지션을 주장하는 것은 자기 맘이지만 투수를 고집하면 시합에 나갈 수 없었다. 에이스는 감독이 애지중지하는 아들이었다.

다케모토는 야구를 좋아하는 것 이상으로 확실히 재능이 있었다. 그걸 인정받아 리틀 리그 팀에 들어갔고 곧바로 주전으로 자리를 잡았다. 그러나 포지션은 유격수였다.

사실은 투수가 하고 싶었다. 하지만 이 수준 높은 팀에서는 다케모토 스스로 포지션을 포기할 정도로 대단한 에이스가 있었고, 그 뒤로도 예비투수가 세 명이나 줄 서 있었다. 그 에이스는 그 후 정말로 고시엔*에 출전했고, 버팔로즈에서 활약하다가 현

• 일본 고교야구 선수권 대회.

역 은퇴한 지금도 아직 프로야구계에서 일하고 있을 것이다.

그들과 자신을 냉정하게 비교해도 야구 재능만큼은 뒤지지 않았다. 하지만 마운드 경험은 어찌 된 건지 마음대로 되지 않았다.

승리에 집착한 감독은 그대로도 충분히 우수한 유격수를 굳이 전혀 경험이 없는 투수 자리로 보내는 일 따윈 절대 하지 않았다. 실제로 다케모토는 투수를 하고 싶다는 말을 했다가 "투수를 하고 싶다면 우리 팀에서는 필요 없다"는 말까지 들었다.

중학생이 된 다케모토는 고민 끝에 꿈보다 현실을 택했다. 솔직히 굉장히 고민했지만, 문제를 해결해준 건 아마추어 야구팀에서 2루수를 맡고 있던 아버지의 한마디가 결정적이었다.

"너 말이야, 프로야구를 생각하고 있지 않니? 투수는 경기에 며칠에 한 번 나올까 말까야. 하지만 유격수는 매번 나오잖아!"

중학교를 졸업하면서 다케모토는 고향을 벗어나 야구에 강한 상고에 입학했다. 진심으로 고시엔을 목표로 한 매일이 시작된 것이다.

주전 멤버가 된 것은 2학년 때였다. 포지션은 역시 유격수. 그 해 2학년들이 주축을 이룬 팀으로 출전한 하계 대회에선 4강까지 진출했지만 간발의 차이로 고시엔 진출에 실패했다. 그리고 손꼽아 기다렸던 다음 해, 그 잊을 수 없는 여름날의 오후. 다케모토는 결승전 그라운드 위에 있었다.

1점을 앞서고 있는 9회 말, 투아웃 2, 3루였다.

앞으로 한 명만 더 잡으면 고시엔이다!

눈부신 여름 햇살을 받으며 수비에 나선 다케모토의 이마에
는 땀이 흐르고 있었다. 아지랑이가 흔들리는 그라운드 가득
히 상대편 브라스밴드의 행진곡이 울려 퍼졌다.

투수가 공을 던졌다.

볼.

와 하며 일제히 일어섰던 관중 전체가 에이, 하는 탄식을 쏟
아낸다. 마치 롤러코스터를 타고 있는 기분이다. 3루를 지키고
있는 팀 동료가 긴장한 얼굴로 등을 구부린 채 모자챙을 몇 번
이나 잡아당겼다. 다케모토도 스파이크로 발밑 모래를 찼다.

풀 카운트.

좌타자가 등장하자, 2루수가 왼쪽으로 이동한다. 주자의 움
직임에 맞춰 다케모토도 2루 쪽으로 옮긴다.

그때 포수의 사인이 보였다. 스트레이트. 미트는 바깥쪽 낮은
구석. 투수가 던지는 순간 직감적으로 3루 쪽으로 포지션을 옮
겼다.

바로 그때 금속 배트의 날카로운 소리가 울렸다. 흰 공은 다
케모토의 시야 안에서 멈춘 것으로 보였다. 다케모토의 감이
적중했다. 타자가 방망이를 늦게 휘두르는 바람에 공이 3루 사
이로 빠져나가야 하는데, 다케모토가 수비 위치를 바꾼 덕분
에 그의 앞으로 날아든 것이다. 강한 타구였다. "앞으로 하나!"
라는 관중석의 고함 소리가 와 하는 환호성으로 바뀌었다. 비

명과 환호가 교차하는 가운데 다케모토는 볼의 바운드를 정확하게 재고 있었다.

헬멧을 흔들면서 타자가 1루를 향해 전력질주하고 있었다.

교과서대로 자세를 낮추고 글러브를 내민 다케모토는 공을 잡은 뒤 송구를 하려고 정신을 집중했다. 그런데 바로 그때 믿을 수 없는 일이 일어났다.

공이 사라진 것이다.

2

인생에는 다양한 기로가 있다.

하지만 그것이 인생의 기로였다는 걸 깨닫는 것은 항상 일이 벌어지고 난 뒤다.

그때 그 불규칙 바운드는 고시엔이라는 다케모토의 꿈을 날렸을 뿐만 아니라 그 후 진로까지 180도 바꾸었다.

야구가 전부였다. 제대로만 됐다면 그걸로 밥 먹고 살 거라 생각했다. 하지만 그 꿈은 제멋대로 튀어 올라 어깨 너머로 사라진 볼과 함께 저 멀리 달아났고, 한여름의 열기 속에 멈춰버렸다.

놀라서 쩔쩔매며 부산스레 공을 쫓는 외야수의 뒷모습. 그를 비웃기라도 하듯 펜스까지 굴러가는 공을 망연자실 지켜보던

킨셀라의 계절

다케모토. 자기 팀 관중석의 비난 섞인 시선을 짊어진 채, 그는 동료들이 다가와 어깨를 두드릴 때까지 그곳에 우두커니 서 있었다.

이때 다케모토의 인생에 새로운 레일이 출현했다. 야구에 모든 걸 걸고 본선을 달리다가 지선으로 빠진 것이다. 도착할 곳은 모든 차가 멈추는 종착지였다.

프로야구라는 꿈을 포기하고 현실을 직시해야 할 때가 온 것이다.

야구에 매달리느라 학업을 내팽개치다시피 한 다케모토에게, 당시 야구 실적을 호의적으로 봐준 것이 바로 도쿄제일은행이었다. 보통 전교 3등 정도의 성적 우수자만 입사할 수 있는 곳이었으나, 은행 측에서 직접 특채를 제의해 온 것이다. 당시 도쿄제일은행은 학력만이 아니라 스포츠에서 두드러진 활약을 보인 인재도 선발해 채용했다. 다케모토는 특별히 가고 싶은 회사가 있었던 것도 아니었기 때문에 입사에 대해 그리 고민하지 않았다.

다케모토는 깊이 생각하지 않았지만, 이것은 이른바 '을 채용'이었다. 4년제 대학 졸업자를 대상으로 하는 '갑 채용'과 달리 밑바닥에서부터 차근차근 올라가야 하는 코스였다. 다케모토는 은행에 학력 차별이 있다는 얘기를 듣긴 했지만 그다지 신경 쓰지 않았다. 실력만 있으면 무엇이든 가능하다고 생각했다. 재능만 있으면 프로가 될 수 있다고 믿고 유격수 생활을 했던 소년 다케모토처럼.

첫 부임지는 아카바네 지점이었다. 1년 동안은 자금계, 다음 1년은 예금과 환전을 취급하는 영업과를 차례로 경험했다. 그후 업무과로 보내져 외근에 나섰다. 지점의 조직과 결제 흐름, 고객 접대 등을 확실히 익혔을 무렵에 전근 발령이 떨어졌다. 다음 부임지는 지가사키 지점이었다.

그 지점에서 처음으로 융자계에 배치된 다케모토는 1년간 대출 창구를 담당하고 다음 해부터 거래처를 가지게 됐다. 회사 50개, 개인 고객 100명 정도였다. 그제야 은행원이 된 것 같아 뿌듯했다. 그리고 이를 계기로 다케모토는 잠재된 실력을 발휘하기 시작했다.

스포츠맨 특유의 싹싹한 성격과 꼼꼼하고 확실한 사무 처리. 체력에 관해서는 말할 것도 없었다. 다케모토는 곧 고객의 신뢰를 얻었고 융자과장의 보물 같은 존재가 됐다.

몇 년 전까지는 해도 그는 흙투성이 스파이크를 신고 땀을 뻘뻘 흘렸다. 그런데 지금은 양복에 넥타이 차림의 은행원이다. 변하지 않은 것은 검게 그을린, 날쌔고 사나운 얼굴뿐이었다. 하지만 그런 모습에 다케모토 스스로 위화감을 가진 것은 아니었다.

모든 것을 자연스럽게, 있는 그대로 받아들이고 자신이 할 수 있는 것을 한다. 결과는 반드시 나오기 마련이다. 처음부터 평가만을 생각하고 일하지는 않는다. 이것은 야구만이 아니라

킨셀라의 계절

일에도 적용되는 철칙이었다.

역량을 인정받은 다케모토는 도심의 이케부쿠로 지점으로 옮겼다. 영전이었다. 담당은 법인 대출. 지가사키 지점에서는 개인 고객도 담당했지만, 이번에는 번듯한 법인을 상대로 대출을 담당하게 됐다. 이건 전통적으로 은행 업무의 핵심이었다. 이때까지 다케모토는 본선 레일을 달리고 있었다.

이케부쿠로 지점에 있던 2년 6개월 동안 다케모토는 그럭저럭 실적을 올렸다. 대형 지점이라 융자과 동료들 중에서 고졸 출신은 다케모토뿐이었다. 다들 이른바 유명 대학을 졸업한 사람들이었는데, 그런 그들 중에서도 다케모토는 실무와 교섭 능력이 뛰어나고 리더십을 발휘해 가장 눈에 띄는 존재였다.

그리고 사사즈카 지점으로 전근하면서 가호와 결혼했다. 고등학교 동창 소개로 만난 가호는 큰 여행사에 다니는 커리어우먼이었다.

시나가와구에 있는 방 두 개 딸린 사택에서 두 사람의 신혼 생활이 시작되었다. 이 사사즈카 지점에서도 기대만큼 실적을 올리고 있던 다케모토의 은행원 생활은 순풍에 돛을 단 것 같았다.

사사즈카 지점에서 2년째, 드디어 첫 아이가 태어났다. 사내 아이여서 이름은 다이키라고 지었다. 다케모토가 스물아홉일 때였다. 그때 너무나 기뻐했던 다케모토의 아버지는 뭔가 착각했던 것일까 일찌감치 글러브를 사 들고 왔다.

"이제 야구는 됐어요."

다케모토가 말했다.

할아버지가 된 아버지는 마치 희귀한 동물이라도 보듯 다케모토를 물끄러미 쳐다보며 말했다.

"너도 벌써 은행원이 다 됐구나."

그렇다, 나는 이미 은행원이었다. 야구의 꿈은 이미…… 잊었다.

지금 다케모토는 나가하라 지점의 자기 자리에 앉아 뭔가를 깨달았다. '나는 은행원'이라고 만족스럽게 되뇐 자신은 9회 말 2아웃 수비에서 승리를 확신하던 그때의 자신과 거의 같은 입장이었을지도 모른다는 것이었다.

확실히 그때까지는 본선 레일을 잘 달리고 있었다.

하지만 다음 순간 눈에 보이지 않는 조차장에서 선로가 바뀌었고, 인생이라는 이름의 열차는 귀청을 찢는 소리와 함께 본선에서 지선으로 빠져나왔다. 결국은 추락으로 이어지는 지선으로.

그 전환점은 서른두 살 때 찾아왔다.

은행원으로서 정점에 있던 다케모토는 능력 있는 남자란 평판을 들으며 히비야 지점으로 승진해 갔다. 다케모토 '대리'가 배속된 융자2과는 주로 중견 기업을 담당하는 곳이었다. 7명의 부하 직원을 거느리고 30개의 주요 회사를 담당하는 대리라는 직책은 그야말로 지점의 중추와 같은 존재였다.

주어진 일을 수행할 자신은 있었다. 잘 해내기만 하면 다음 번에는 과장 자리를 손에 넣을 수 있다.

그때와 모든 게 똑같았다. 그 마지막 공만 처리하면 고시엔 티켓을 거머쥘 수 있었던 바로 그때.

그런데 또다시 행운은 다케모토의 손가락 사이로 빠져나갔다. 이번 불규칙 바운드는 생각도 못 했던 횡령 사건의 발각이란 형태로 찾아왔다. 부하 직원 하나가 거래처로부터 정기예금 명목으로 모은 1억 엔을 써버린 것이다.

신문에 보도됐을 정도로 큰 사건이었다. 다케모토는 과장과 함께 직속 상사로서 관리가 안일했다는 이유로 결코 지울 수 없는 가위표를 달았다. 유명 지점이 오욕으로 얼룩지고, 지금껏 진격만 했던 다케모토가 추락하기 시작한 순간이었다.

"자네, 야구를 했다고 했나?"

인사부에서 온 질책 문서를 받아 들고 한참 낙담하고 있을 때, 당시 부지점장이 말을 걸어왔다. 홍보실 조사역이라는 특이한 전직을 가진 부지점장은 "이런 책이 있는데 읽어볼 텐가?" 하며 문고판 한 권을 건넸다. W. P. 킨셀라의 《야구 인입선》*으로, 지금은 절판된 야구 관련 단편집이었다. 킨셀라라고 하면 나중에 〈꿈의 구장〉이란 영화로 만들어진 독특한 야구 소설 《맨발의 조(Shoeless Joe)》 작가로 유명한데, 부지점장은 왜 그 대표작이 아니라 『야구 인입선』을 빌려주었는지 알 수 없었다. 하지

---

*《The Thrill of the Glass》의 일본어 번역판 제목.

만 그때 다케모토에게는 그 '인입선(引入線)*'이라는 말이 이상하리만큼 또렷하게 기억에 남았다.

덴엔토시선의 아자미노에 막 집을 샀을 때였다. 마침 고시엔 예선이 끝나고 본격적으로 본선이 시작되는 계절에, 다케모토는 통근 전철 안에서 그 책을 읽었다. 처음에는 그저 이유도 없이 책에 몰두했다.

재미있었다.

그리고 야구와 인생이 고스란히 겹치는 게 놀라웠다. 그때 9회 말 그라운드에 섰던 나는 공이라는 인생을 쫓고 있었던 걸까?

3

맙소사!

조례 직전, 구조 지점장은 다케모토에게 실종된 니시키 마사히로 대신 당분간 상담 창구를 맡아달라고 했다.

당분간이라고는 해도 융자과 복귀는 요원해질지 모른다. 어떤 형태로든 여기서 영업과로 가면, 그 경력이 다케모토의 인사 평가를 좌우하게 될 가능성도 있다. 즉, 다음 지점에서도 영업과에 배속될지 모른다는 얘기다. 이것은 도쿄제일은행에서 지점장으로 승진할 길이 막혔다는 것을 의미한다.

• 본선에서 특정한 장소까지 따로 끌어들인 선로.

또 다른 지선으로 접어들어 한층 더 종점으로 가는 길이 가까워진 것이다.

왜 하필 나일까. 그런 일은 영업과 외근 사원 중에서 돌리면 되지 않나. 아니면 영업과장인 다카시마가 당분간 니시키의 역할을 겸임하면 되는 거 아닌가.

하지만 구조 지점장은 나름 기발한 생각을 한답시고 융자과의 다케모토를 당분간 상담 창구의 대리로 두기로 결정했다. 아니, 기발하게 보일지 모르지만 사실은 업무과에 여유가 없는 건지도 모른다. 적임자는 엔도 다쿠지 정도인데, 현재 정신적인 문제로 입원 중이고 언제 복귀할지 모르는 상황이다.

뒤에서 융자과장 마쓰오카 겐조의 깊은 한숨 소리가 들려왔다.

"어쩔 수 없지. 다케모토, 열심히 해보게."

지점장 자리까지는 들리지 않을 정도로 조그만 목소리였다. 다케모토가 빠지는 만큼 융자과 업무도 늘어난다.

"어떻게든 빨리 니시키의 후임을 찾아달라고 지점장님을 통해 인사과에 신청할 테니까."

"알겠습니다. 제가 없는 동안 잘 부탁합니다."

다케모토는 가볍게 고개를 숙이고 인감과 계산기, 필기도구만을 챙겨 1층으로 통하는 안쪽 계단을 내려갔다.

고교야구 지역예선이 끝나고 이제 본선 진출 학교가 결정되는 계절. 우연일지는 모르지만, 다케모토에게 있어서 인생의 분기점은 늘 여름이었다. 킨셀라의 계절. 1층 영업과로 내려오자 7월의 끝자락에 혼잡한 사무실 너머로 이글거리는 태양빛이 내리쬐는 상점가가 보였다.

영업과장 다카시마 이사오에게 인사를 건네고 환전계에 있는 니시키의 책상으로 갔다. 창구에 있던 기타가와 아이리가 일하던 손을 멈추고 인사했다.

"죄송해요, 대리님."

아이리가 다케모토를 안쓰럽게 바라보며 말했다. 가볍게 오른손을 들어 응대한 다케모토는 니시키의 책상에 놓인 미결재함에서 전표를 한 장 꺼내 도장을 찍고 결재함으로 던져 넣었다.

"대타니, 잘 부탁해."

아이리와 그 옆 창구에서 고객을 응대하고 있던 도코로 히카루도 나란히 "잘 부탁드려요!" 하며 인사했다.

방금 뜻하지 않은 발령을 받았지만 이 두 사람을 보자 그런 생각도 순식간에 사라졌다.

샛길로 들어선 인생 열차일지도 모른다. 가장 불리한 제비를 뽑아 손해만 보는 역할일지 모른다. 하지만 결국 일이라는 것은 사람과 사람의 관계다. 어떤 일이든, 또 어떤 직책이든, 기대를 받고 있다는 게 무엇보다 중요하다.

다케모토는 가지고 온 계산기를 손에 잘 닿는 책상 오른쪽 구석에 놓고 제일 위 서랍을 열었다.

잠겨 있었다.

"책상 열쇠는 어디에 있어?"

아이리의 등에 대고 묻자 "명함 케이스 안에 있어요"라는 짧은 대답이 돌아왔다.

명함 케이스?

눈으로 찾고 있는데, 바로 앞 서랍 속이에요, 마치 등에 눈이라도 달린 것처럼 아이리의 말이 날아왔다. 열어보니 플라스틱 명함 케이스가 들어 있었다. 니시키의 명함이 반 정도 차 있었다.

서랍은 전부 세 개. 모든 지점이 똑같다. 제일 위는 문구, 두 번째는 자잘한 물건이나 서류용이고, 가장 아래는 서류철로 쓰인다.

서랍은 의외로 정리가 잘 되어 있었다.

사람은 겉으로만 봐선 모를 일이군. 니시키에게는 웬지 칠칠치 못하다는 인상밖에 없었다. 같은 지점이라고는 해도 그가 어떻게 일하는지 잘 모르기도 했다. 자리를 같이하는 건 회식 때밖에 없는데 그때 본 니시키는 잔뜩 마시고 떠드는 밝은 성격의 남자였다. 아니, 밝다기보다는 가벼운 남자처럼 보였다.

니시키를 그런 식으로 생각하는 게 다케모토만은 아닐 것이다.

회의에서도 항상 질책을 받는 타입이었다. 늘 호되게 당했다. 후루카와 부지점장은 특히 니시키에게 엄격했다. 보는 사람이 안됐다는 생각이 들 정도로.

그래서 솔직히 실종됐다는 소식을 들었을 때도 그게 이유가 아닐까 생각했다.

지점에서 받는 스트레스. 상사로부터 받는 스트레스. 첫째도 표창, 둘째도 표창. 구조 지점장도 후루카와도, 이번 분기 실적에만 신경을 쓰고 있다. 그 스트레스를 견딜 수 없어 도망간 게 아닐까.

진위 여부는 밝혀지지 않았다. 후루카와가 인사부 담당 조사역과 함께 니시키의 부인과 얘기를 나눈 것 같은데, 짚이는 데가 없다고 했다. 물론 앞에 있는 아이리와 히카루, 영업과장을 비롯한 영업과 직원 몇 명도 조사를 받았으나 이유는 밝혀지지 않았다.

하지만 한 인간이 실종되는 데 모두가 납득할 만한 특별한 이유라는 게 있을까. 매일 같은 일을 반복하고 만원 전철에서 부대끼고 직장에서 시달린다. 그러다 보면 가족으로부터도 소외되고 여자들한테도 인기 없는 형편없는 남자가 되어 있다. 그런 일상이 몇 년씩 계속되다 보면 누구나 한 번쯤 갑자기 사라져 버리고 싶지 않을까.

사실, 다케모토도 모든 걸 내버리고 사라지고 싶다고 생각한 적이 있다.

누구나 그 정도는 생각했을 것이다.

분명히 생각한 적 있을 것이다.

단지 니시키는 그걸 실행에 옮겼을 뿐 아닐까.

"그렇다면 상당히 배포가 큰 녀석일세."

다케모토는 이렇게 냉정하게 생각해본다. 하지만……

문득 서류를 집다가 다케모토는 뭔가를 발견했다. 투명한 비닐 책상 매트 아래. 가족사진이었다.

아내와 초등학생 정도로 보이는 여자아이와 유치원생 정도의 남자아이. 니시키는 그 가운데에서 은행에서는 보인 적이 없는 행복한 미소를 짓고 있었다. 여름휴가 때 찍은 사진인 걸까. 신나게 웃고 있는 남자아이가 인상적이었다. 즐거웠던 가족의 추억.

"아버지였군."

무심코 미소 짓던 다케모토가 중얼거렸다.

아무리 직장에서 깨져도 집에서는 아버지다. 아이들의 아버지.

뭐야, 행복한 가정이었잖아?

그런 생각이 들자 다케모토의 가슴에 작은 의문이 생겼다.

의문은 점점 커졌다. 이런 가족을 버린 걸까? 이렇게 귀엽고 천진난만한 두 아이를?

책상 위에 놓인 달력을 봤다. 니시키가 실종된 날이 언제였더라, 다케모토는 정확히 기억할 수 있었다. 7월 10일이었다. 다케모토가 지점에서 제일 먼저 여름휴가를 끝내고 출근한 첫날이었다. 휴가를 끝낸다는 것은 아주 우울한 일이었고 그런 상황에 일어난 소동이라 기억이 또렷했다.

오늘로 꼭 2주가 되는 건가…….

경찰에서도 실마리가 없다고 하는데, 실종인지 가출인지조차 파악이 안 된 상태이다. 사건에 휘말렸다는 증거라도 있으면 좋을 텐데, 경찰도 여유가 없었다. 또 갑자기 자취를 감춘 은행원의 행방을 진지하게 찾아볼 생각도 없는 듯했다. 니시키의 행방을 찾으려면 경찰이 아니라 우리 관계자가 직접 나서는 수밖에 없을 것이다. 물론, 지금의 다케모토는 그렇게까지 할 생각은 없다.

다케모토에게 주어진 일은 니시키 실종의 실마리를 잡는 것이 아니었고, 행방을 찾을 방법도 없었다. 그저 영업과 대리로서 충실히 직무를 수행하기만 하면 된다. 다케모토는 쓸데없는 일은 생각하지 말고 윗사람이 원하는 대로 일만 하면 된다고 자신을 타일렀다.

"자, 그럼, 니시키 대리가 제출해야 했을 서류 중에 아직 작성 안 된 게 있나?"

다케모토는 의식을 눈앞의 일로 돌리며 아이리에게 물었다.

7월 25일을 보내며, 가장 바쁜 월말을 앞두고 번거로운 일은 미리 끝내놓아야 했다.

"책상 매트 밑에 매달 제출해야 하는 서류 리스트가 있어요. 일단 서류에 숫자는 적어놓았습니다."

아이리는 자신이 대신 작성한 서류를 돌려준다. 원래 대리가 작성해야 하는 서류라 작성자 칸은 비워놓았다.

첫 번째 자료를 받고 다케모토는 계산기를 끌어당겨 거기에 기입된 신규 계좌의 계약 건수와 금액 추이표를 보기 시작했다.

4

오후 2시부터 문 닫을 때까지 은행은 분주했다. 두 사람의 창구 직원과 교대로 창구 업무를 수행하는 틈틈이 검인하랴, 전화 받으랴 정신없이 지내는 동안 시간이 순식간에 흘러갔다.

일에 집중하고 있던 다케모토는 먼 의식 속에서 어렴풋이 은행 셔터가 닫히는 소리를 들었다. 하루 일을 마치고 피곤에 전 얼굴을 들었을 때는 이미 오후 5시가 다 되어 있었다.

눈에 피로가 몰려왔다.

지점 업무는 한창 마무리 중이었다. 2층 금고실로 갈 캐비닛 몇 대가 엘리베이터를 기다리고 있었다. 중요한 서류가 들어 있는 각 부서의 캐비닛들은 매일 아침 큰 금고실에서 가지고 나왔다가 업무가 끝나면 다시 금고 안에 수납한다.

"수고하셨습니다."

업무일지를 다 적은 아이리가 다케모토의 미결재함에 넣으려다 주저했다. "결재, 내일 받을까요?"

"아니, 괜찮아. 볼 테니 넣어."

그럼 잘 부탁합니다, 하던 아이리가 문득 다케모토를 봤다.

"내 얼굴에 뭐 묻었나?"

다케모토는 농담처럼 물었다.

아이리가 조심스레 말했다. "뭔가 알아내신 게 있나 해서요. 니시키 대리님에 대해서요."

"맞아."

다케모토는 팔짱을 끼며 말했다. "뜻밖에 일은 제대로 했더군. 오래 묵혀둔 일도 없고. 뭐, 그거야, 자네 도움도 있었겠지만 말이야."

"그렇지 않아요. 니시키 대리님은 보기에는 그래도, 아! 죄송해요, 꽤 일을 잘하는 분이세요. 물론 회의 때는 늘 혼나기만 했지만 그건 저희들이 무능해서 그런 거예요. 그……."

"무슨 말 하려는지 알겠어."

다케모토가 말했다. "요컨대 왜 실종됐는지 그걸 모르겠다는 말이지?"

아이리는 고개를 끄덕였다. 그 옆에서 히카루도 부루퉁한 얼굴을 하고 있었다. 아무리 생각해도 이 자리에 있는 한 니시키의 실종과 무관하게 지낼 수는 없을 듯싶었다.

"뭐 짚이는 거라도 있나? 아니, 이런 질문은 이미 여러 사람한테 들었겠지. 질문이 안 좋았네. 그럼, 니시키라는 사람은 실종될 만한 인물이었나? 같이 일했으니까 어떤 성격인지 누구보다 잘 알고 있겠지?"

"대리님은 그럴 분이 아니에요."

단호하게 말을 꺼낸 것은 히카루였다. 아이리도 묵묵히 고개를 끄덕였다.

"자, 그럼, 왜 실종된 거지? 아니……."

다케모토는 갑자기 현실성 있는 한 가지 가능성을 깨닫고 순간 긴장했다. 어떤 사건에 연루된 게 아닐까.

"과연 이게 실종일까?"

그 말은 아이리나 히카루에게 하는 질문이라기보다 자신에게 던진 말이라는 편이 더 옳았다.

왠지 껄끄러운 일에 말려든 것 같다는 생각이 들었다.

그저 열심히 일만 처리하면 되는 게 아니라 전표 한 장, 서류한 장을 넘길 때마다 왠지 니시키의 환영을 쫓고 있는 느낌이들었다.

저녁 7시를 넘어서고 있었다.

그리 바쁜 날은 아니었기 때문에 대부분의 행원들은 집으로돌아가고, 영업과에만 몇 명 남아 있었다. 다케모토는 익숙지않은 영업과 서류를 들춰보며 깊은 숨을 들이쉬었다. 어깨가뻐근했다.

"어때? 그쪽 일은?"

바로 그때 융자과장인 마쓰오카가 전화를 걸어왔다.

"곧 끝날 것 같습니다. 마무리되면 돌아가겠습니다."

"그래, 그럼."

오늘은 그만 퇴근하라고 하지 않을까 생각했는데 아니었다.

책상을 자물쇠로 잠그고 플라스틱 명함 케이스를 꺼내 그안에 열쇠를 넣었다. 니시키가 하던 대로였다. 은행에서는 퇴근할 때 책상을 잠그는 게 철칙이다. 그러므로 명함 케이스에 열쇠를 넣어두는 건 규칙 위반이었다. 원래 열쇠는 가지고 다녀야 했다. 하지만 여기에 넣어두면 내일 아침 혹시 니시키가 아무 일 없었다는 듯 출근해도 열쇠를 곧바로 발견할 수 있겠지.

그때였다. 다케모토의 시선이 멈췄다. 케이스의 바닥, 그러니까 니시키의 명함 밑에 또 다른 열쇠가 들어 있었다.

케이스를 뒤집어 꺼냈다. 무슨 열쇠지? '9'라는 번호가 적힌 종이쪽지를 테이프로 붙여놓은 열쇠였다.

어디선가 본 적 있는 열쇠였다. 아, 사물함 열쇠다!

한동안 그걸 손에 들고 있던 다케모토는 마침내 자리에서 일어났다.

열어보자! 그런 생각이 들었다.

5

3층으로 올라간 다케모토는 손에 쥐고 있는 열쇠의 감촉을 확인하면서 탈의실 문을 열었다.

낡은 철제 사물함이 양쪽 벽에 늘어서 있었다. 오래전 지점에 엄청나게 많은 사람들이 근무했을 때의 유물로, 사물함 수는 지금 근무하는 직원 수보다 훨씬 많았다.

니시키가 사용하고 있던 9번 사물함은 오른쪽 가운데 있었다. 다른 것과 마찬가지로 폭 20센티미터 정도의 가늘고 긴 모양에 문 가운데가 조금 움푹 들어가 있었고―필시 이전 사용자 중 누군가가 누른 것 같았다 — 군데군데 붉은 녹이 슬어 있었다.

열쇠를 넣고 오른쪽으로 한 바퀴 돌리니 찰칵 소리가 나며 문이 열렸다. 문을 천천히 당기자 정면에 사람 얼굴이 나타나 순간 깜짝 놀랐다.

자신의 얼굴이었다. 야구를 그만둔 지 20년이나 지났는데도 여전히 검게 그을린 건강한 얼굴이었다.

"거울 같은 걸 붙여놓다니!"

화가 나서 툭 쏘아붙였다. 그렇지만 거울을 붙여둔 것이 니시키인지 알 수 없다. 은행원은 몇 년마다 전근을 가기 때문이다. 이 거울은 몇 명의 은행원 얼굴을 비췄을까?

사물함 안은 텅 비어 있었다. 옷걸이 두 개만 썰렁하게 걸려 있을 뿐이었다. 코트를 입는 겨울이라면 모를까, 여름철엔 사물함을 거의 이용하지 않는다. 다케모토도 자기 사물함을 몇 달째 들여다본 적이 없다. 양복 윗도리는 의자 등받이에 걸어두고 신발은 책상 밑에 둔다. 그렇기 때문에 다케모토의 사물함은 늘 빈 상태로 아무것도 들어 있지 않다.

니시키도 똑같겠지. 그렇게 생각한 다케모토가 시선을 밑으로 떨어뜨렸을 때 '어라!' 하는 생각이 들었다.

사물함 밑 부분에는 구두를 넣는 상자가 있고 그 위에는 철제 선반이 설치되어 있는데, 거기에 뭔가가 놓여 있었기 때문이다.

이건 뭐지?

몸을 숙여 주워 올렸다.

투명한 비닐. 속에는 온갖 잡동사니가 들어 있었다. 스테이플러, 클립 상자, 문고판 책, 찢어진 통장 표지, 조그마한 탁상 달력, PC에서 출력한 종이. 그리고 띠지.

"뭐지, 이건?"

니시키의 취미가 잡동사니 모으기였나?

클립 상자는 지점 어디서나 볼 수 있는 사각형 플라스틱 케이스. 책은 오래된 해외 미스터리. 탁상 달력은 다달이 바꿔 끼울 수 있는 수첩 크기만 한 것으로 6월이 꽂혀 있었고, 달력 사진은 화려하게 핀 수국이었다. 여기까지는 특별한 게 없었다.

"통장 표지에 문제가 있는 게 아닐까?"

표지 일부분이었지만 디자인을 보니 도쿄제일은행의 보통예금 통장이 분명했다.

"누구 거지?"

이름 부분이 없었다. 하지만 계좌번호 일부는 남아 있었다. '45961'이었다. 도쿄제일은행의 보통예금 계좌번호는 일곱 자리니까 앞부분 두 자리가 없는 셈이다.

한편 종이는 은행 온라인 PC에서 출력한 것이었다. 여기에는 확실하게 고객명이 찍혀 있었다. 주식회사 안자이토목. 이 근처에 있는 회사였다. 안자이토목이라면 융자과에서는 제일 말단인 다바타 요지가 담당하고 있었다. 그럼 이건 다바타의 것일 텐데.

띠지를 포함해 전부 일곱 개. 비닐 속에는 그것뿐이었다.

영문을 모르겠군.

사물함에는 여벌 열쇠가 있다. 필시 니시키가 실종되자마자 후루카와 부지점장이 이 사물함 내부도 열어서 조사했을 게 분명했다. 이 비닐이 그대로 남아 있는 걸 보니 후루카와는 여기에 큰 의미가 없다고 판단한 모양이다.

사물함 문을 닫고 난 후 2층 융자과로 가는 걸 포기하고 다시 1층에 있는 니시키 자리로 향했다.

아이리도, 히카루도 이미 퇴근했기 때문에 상담 창구에는 다케모토뿐이었다.

다케모토는 비닐 속 잡동사니를 책상 위에 펼쳐놓고 하나씩 점검해봤다. 그때 스테이플러 안쪽에 테이프로 붙인 종잇조각이 눈에 들어왔다. 행원의 인감이 찍혀 있었다. '사카시타'였다.

사카시타 야스시는 외근을 맡고 있는 업무과 젊은 사원이었다.

한동안 스테이플러를 쳐다보던 다케모토는 그것을 가지고 업무과로 갔다. 사카시타가 아직 남아 있기에 "이거, 자네 건가?" 하고 말을 건넸다. 사카시타는 눈이 휘둥그레졌다.

"이게 어디에 있었나요?"

"1층에 있었어."

다케모토는 거짓말을 했다. 니시키 사물함 운운하며 사정을 설명하자니 귀찮았다.

"1층이요?"

의아해하던 사카시타는 부루퉁한 얼굴로 "한참 찾았거든요"
하고 말했다.

"누군가 잘못 가져간 거겠지."

다케모토는 그렇게 말하며 스테이플러를 돌려줬다.

"왜 비닐 안에 들어 있는 거죠?"

"글쎄."

그때 다케모토는 순간적으로 떠오른 대로 말했다. "분실물이
었으니까 그랬겠지."

하지만 그 생각은 곧바로 사그라졌다.

"분실물? 잃어버린 게 아닙니다. 그리고 1층에서는 분실물이
생기면 비닐에 넣어두고 당사자한테 알려주지도 않나요?"

사카시타의 빈정거림에 다케모토도 수긍할 수밖에 없었다.
역시 스테이플러는 알 수 없는 물건이었다.

"이거, 잠깐만 빌려주지 않겠나? 안 되나?"

사카시타의 책상에는 이미 총무과에서 받은 새 스테이플러
가 반짝이고 있었다. 사카시타는 이유를 모르겠다는 표정이었
지만, 다케모토는 개의치 않고 비닐에 든 스테이플러를 가지고
니시키의 자리로 돌아왔다.

문고판 책의 주인은 쉽게 찾았다.

번역된 미스터리였기 때문이다. 해외 미스터리를 좋아하는
것으로 알려진 인물이 지점에 딱 한 명 있었다. 지점장을 모시

는 운전기사 히로타 신스케였다. 조금 독특한 남자였다.

히로타는 지점에 두 명뿐인 서무행원이었다. 서무행원은 일반 행원과 달리 은행 잡무를 보는 직원이다.

다케모토는 지하 1층에 있는 서무행원실로 갔다. 히로타는 이미 퇴근하고 없었다. 히로타의 책상에 붙은 비상연락망에 집 전화번호가 적혀 있는 걸 발견하고 걸어봤다. 가나가와 시외 국번으로 시작되는 번호였는데, 퇴근길에 어디에 들르지 않았다면 이미 집에 도착했을 것이다.

"어쩐 일이세요?"

히로타는 갑작스러운 전화에 놀란 눈치였다.

"아니, 별건 아니고 분실물을 정리하다 문고판 책을 발견했는데 히로타 씨 책이 아닐까 해서."

책 제목을 대자 "아! 그거 제 겁니다" 하는 대답이 바로 돌아왔다. 왜 그런 일로 전화까지 했느냐는 의문을 가졌을 게 분명하다.

"도대체 어디에 있었나요?"

"1층에 두고 갔던데."

"1층에?"

독신인 히로타는 어머니와 둘이 살고 있다는 소리를 들은 적이 있다. 전화 너머로 TV 소리가 들렸다. "이상하네요. 거기 가지고 간 적이 없는데. 잃어버렸다고 생각해서 벌써 똑같은 걸 샀고요. 일부러 전화까지 해주셔서 감사합니다."

"아니, 나야말로 이런 일로 집에 전화해서 미안하네. 그런데 이 책을 언제 잃어버렸나?"

다케모토가 물었다. 이번에야말로 이상하다고 여겼는지 한동안 말이 없었다. 하지만 왜 그런 걸 묻느냐는 질문은 없었다.

"그게, 벌써 2주는 됐을걸요?"

"니시키 씨가 실종되기 전?"

중요한 대목이었다. "네, 그렇습니다." 대답 후 또다시 침묵. 이번에야말로 히로타는 이유를 물으려고 했지만 다케모토는 틈을 주지 않고 "그럼, 이만 끊겠네" 하며 도망치듯 수화기를 내려놓았다.

"한잔하러 갈까?"

마쓰오카 과장으로부터 이런 전화가 온 것은 그 직후였다.

6

"죄송합니다. 일이 끝나자마자 2층으로 올라가려고 했는데 좀처럼 끝나질 않아서요."

다케모토의 발목을 잡은 건 일이 아니었지만 그에 대해서는 입을 다물었다.

"아니, 괜찮네. 그보다 어떤가, 니시키 대타는?"

"뭐, 그리 어려운 건 없습니다."

다른 융자과 사원들도 같이 있나 했는데 마쓰오카 혼자였다. 다케모토는 지금 상사인 과장과 독대 중인 것이다. 마쓰오카는 술을 그리 좋아하지 않아서 자신이 먼저 부하 직원에게 한잔하자는 소리를 하는 경우가 거의 없었다. 상가의 한 술집에 들어가 상사와 마주앉은 다케모토는 무거운 공기에 숨쉬기가 조금 불편했다.

마쓰오카는 소주에 더운 물을 타서 두 잔을 만들더니 그중 하나를 다케모토에게 내밀었다. 건배. 조심스럽게 잔이 부딪쳤다. 가게의 배경 음악에 묻힐 정도로 작은 소리였다.

그로부터 한동안 두 사람 사이에는 동료나 거래처 얘기 같은, 특별할 게 없는 대화가 오갔다. 마쓰오카는 다케모토와 비슷한 속도로 첫 잔을 비웠지만 두 번째 잔은 좀처럼 마시지 않았다. 그 사이 다케모토는 세 잔에서 네 잔째로 넘어갔다. 다케모토는 술이 셌다. 그 때문에 다음 날 숙취에 시달리기도 했는데, 오늘은 컨디션이 좋아 평소보다 조금 빨리 술잔을 비웠다.

하지만 마쓰오카의 잡담을 들으면서 다케모토의 마음속에는 점차 의문이 자리 잡기 시작했다. 무엇 때문에 내게 술을 마시자고 했을까. 아무 용건도 없이 먼저 술을 마시자고 할 사람이 아닌데. 혹시 니시키에 대해 물어보고 싶은 걸까?

그런데 그 예상은 빗나갔다.

꼭 한 시간 정도가 지났을 때 마쓰오카는 "실은 말이야, 자네도 알아두는 게 좋을 것 같은 얘기가 있어서" 하며 말을 꺼냈다.

"니시키 씨에 대해서입니까?"

사물함 때문에 다케모토의 머릿속은 온통 니시키 생각뿐이었다.

"무슨 소릴 하는 건가? 자네 얘기야."

"제 얘기요?"

마쓰오카의 다음 얘기에 심장이 쿵 내려앉았다.

"이제 떠날 때가 됐지."

전근이다.

"아마 니시키 건 때문에 미뤄지고 있는 것 같아. 본점 인사부에서도 지점의 사정을 고려해 발령 시기를 계산하고 있다고 하더군."

다케모토는 마쓰오카의 얼굴이 발령 그 자체인 것처럼 지그시 바라봤다.

다음도 지금과 마찬가지로 대리일까, 아니면 과장일까. 도심의 큰 지점일까, 아니면 나가하라 같은 주택가 지점일까. 은행원의 평가는 전근으로 결정된다. 부하 직원의 횡령 사건을 계기로 출세 가도에서 벗어나 작은 지점으로 가라는 발령을 받은 것과 마찬가지로.

다케모토는 이 나가하라에서 보낸 2년을 돌이켜봤다.

눈에 띌 정도로 실적을 올리지는 못했다. 하지만 과장으로 승진해도 이상하지 않을 정도로는 일했다. 부하들을 보살피고 목표 관리에 솔선수범했다. 대리로서 리더 역할도 했고, 과장

대신 과원들의 사기를 북돋우기도 했다.

하지만 그것은 어디까지나 다케모토의 희망적인 관측이 뒤섞인 것에 지나지 않는다. 냉정하게 생각하면 마이너스 요인도 없지 않았다.

예컨대 고야마 도오루 건도 그랬다. 후루카와 부지점장과 충돌한 폭력 사건이 경찰까지 불러들이는 사태로 번졌다. 입신출세를 최고로 여기는 후루카와가 뒤에서 다케모토에게 모든 책임을 전가했을지도 모른다. 다케모토가 제대로 교육시키지 않았기 때문이라고 인사부에 얘기한 게 아닐까? 다케모토에겐 부하를 제대로 통솔하지 못한 전력이 있다고 고자질하지 않았다고 어떻게 장담할 수 있을까?

이번 분기만은 어떻게든 표창을 받아야 한다고 안달복달하는 구조 지점장. 지점장과 이해관계가 일치해 무조건 결과만을 중시하는 비정한 관리자 후루카와 부지점장.

그에 비해 융자과의 성적은 늘 그저 그랬다. 그 책임을 다케모토가 짊어지게 된 건 아닐까? 중요한 해라고 강조하는 중에 전근시키는 것 자체가 다케모토가 그 모든 책임을 짊어지게 된 것을 증명하는 게 아닐까?

의심이 의심을 낳았다.

"지방일지도 모르겠네."

마쓰오카가 말했다.

"어딘가요?"

다케모토는 물끄러미 과장을 쳐다봤다. 온몸의 힘이 빠지면서 머릿속에 아내와 초등학교 4학년이 되는 다이키의 얼굴이 떠올랐다.

분명히 가호는 따라가지 않겠다고 할 것이다. 가호에게 일은 인생의 중요한 부분이었다. 집 안에 들어앉아 남편만을 바라보는 전업주부는 되고 싶지 않다고 했다. 그 역시 옳다고, 멋지다고도 생각했다. 그런 말을 할 때마다 가호는 "그렇다고 당신과 다이키를 소중하게 생각하지 않는다는 건 아니야. 그 점은 분명히 알아야 해" 하며 변명처럼 덧붙였다. 사람에게는 각자의 인생이 있다는 건 안다. 머리로는 알지만, 이런 말을 할 때 아내의 딱 부러지는 말투와 쌀쌀맞은 표정엔 다케모토에게 침범당하고 싶지 않은 성역을 지키려는 경계심이 배어 나왔다.

가능한 한 지방으로는 가고 싶지 않다. 하지만 그게 바로 은행이라는 것도 다케모토는 너무나 잘 알고 있었다. 가호도 은행원은 전근을 달고 산다는 것을 알고 결혼했을 것이다.

일단 샛길로 빠지면 다시는 본선으로 들어갈 수 없다. 정지해야 하는 막다른 골목이 있을 뿐이다. 잡초만 무성하고 정적으로 휩싸인 종점. 그곳에 도착할 때까지 나는 외야를 전전하며 흰 공을 쫓는 피에로를 연기한다. 그의 귓가에서 마침내 와아, 하며 소용돌이치는 관중석의 환호도, 열광도, 한숨도, 모두 사라질 때까지.

집에 돌아온 것은 밤 11시가 넘어서였다.

"수고했어. 차라도 타줄까?"

가호는 다케모토의 표정을 슬쩍 살피고 차를 타 왔다. 하지만 평소와 달리 말이 없는 다케모토를 보고 "무슨 일 있어?" 하며 물었다.

가호도 조금 전에 퇴근했는지 아직 정장 차림이었다. 다이키는 학교가 끝나면 학원에 갔다가 혼자 집으로 돌아와 가호가 출근 전에 준비해놓은 저녁을 데워 먹는다. 가호의 퇴근 시간은 대체로 8시 전후. 지금 식탁에는 급하게 차린 것으로 보이는 1인분의 식기가 놓여 있었다. 셋이 나란히 저녁을 먹는 경우는 매우 드물었다.

"다음은 지방일지도 몰라."

가호는 순간 말을 삼키고 다케모토의 얼굴을 응시했다.

"벌써 결정된 거야?"

가호의 눈썹은 고통을 견디고 있는 것처럼 조금 일그러졌다. 그리고 잠자코 테이블 한구석을 응시했다.

나는 안 갈 거야. 그 한마디가 금방이라도 입 밖으로 튀어나올 것만 같았다.

"아니, 가능성일 뿐이고 결정된 건 아니야. 게다가 조금 곤란한 사정도 있어서 말이야."

다케모토는 니시키 마사히로의 실종과 오늘 그 대타로 영업과에 간 사실을 얘기했다.

"왜 당신이 그렇게 된 거야?"

마치 다케모토를 꾸짖는 듯한 말투였다.

"그야 모르지. 지점장이 결정한 일이니까. 나도 좋아서 영업과 일을 돕는 게 아니야."

"그런 사람 때문에 왜 당신에게 문제가 생기는 거지? 정말……."

당신은 정말 운이 나쁘다니까. 다케모토는 가호가 삼킨 말을 떠올려봤다. 동시에 그 여름날의 흰 공이 떠올랐다.

"무책임한 사람이네, 그 니시키라는 사람."

가호가 웬일로 남편의 동료를 대놓고 나무랐다. "그 사람 때문에 우리까지……."

엉뚱한 상황에 몰린다?

다케모토의 가슴엔 부정적인 말만 떠올랐다. 아무래도 오늘 밤은 기분이 좀 그런 것 같다.

"미안해."

그렇게 말하며 다케모토는 살짝 눈을 감았다. 그때 재미있는 책이라도 읽고 있는지 옆방에서 다이키의 웃음소리가 들려왔다. 눈을 뜨자 가호의 표정이 누그러져 있었다. 조금 전까지 짓고 있던 불쾌한 표정은 마법처럼 사라져 있었다.

"요즘 쟤가 자주 웃어. 오늘은 학원을 쉬고 학교 친구들과 논

것 같아."

활발하고 누구에게나 스스럼없이 대하는 다케모토에 비해 다이키는 내성적이었다. 학교에서도 친구를 사귀지 못하고 늘 방에만 틀어박히는 성격이라 걱정이었다. 그런 점을 생각해도 지금 다이키를 전학시키는 건 좋지 않을지 모른다.

"그래? 드디어 잘돼가는군. 야구라도 시켜볼까?"

"그러면 좋겠지만 하려고 할까?"

"그러게 말이야."

다케모토는 진심으로 그렇게 말하면서 어떻게든 지방 전근은 피하고 싶다고 마음속 깊이 생각했다.

8

평소보다 30분 빨리 출근해 융자과에 얼굴을 내민 다케모토는 자기 앞의 우편물과 서류를 정리한 다음, 1층 상담 창구로 내려왔다.

그러자 일단 머릿속에서 사라졌던 의문이 다시 떠오르기 시작했다. 마치 니시키의 그림자가 등 뒤에서 어른거리는 것 같아 불안했다. 다케모토는 결국 또 그 '잡동사니'를 서랍에서 꺼냈다.

"다케모토 대리님, 어떻게 된 거예요?"

전표를 회부하는 사이에 알아차린 아이리가 물었다.

다케모토는 이 잡동사니를 발견할 때까지의 과정을 설명하고 "자네는 어떻게 생각하나?" 하고 물었다. 아이리는 손가락을 턱에 대고 생각에 빠졌다.

이윽고 그녀는 찢어진 통장 조각을 집어 들었다.

"이거 말인데요."

아이리는 말하면서 거기에 남아 있는 계좌번호를 물끄러미 쳐다봤다.

"짚이는 거라도 있나?"

"아직 새것 같지 않나요?"

지적을 받고 비로소 알아차렸다. 확실히 그랬다. 다케모토는 찢어져 있어 당연히 오래된 통장일 거라 생각했는데, 자세히 보니 아이리가 말한 대로 아주 새것이었다.

"그런데 새 통장을 왜 찢어버렸지?"

"실수를 했거나……."

"실수라고?"

"캐릭터 통장을 만들어야 하는데 실수로 일반 통장을 만든 게 아닐까요?"

"그렇군."

도쿄제일은행의 경우 두 종류의 통장이 있다. 평범한 일반 통장과 애니메이션 주인공을 인쇄한 캐릭터 통장이다. 후자가 압도적으로 인기가 많은데, 아이리의 말처럼 고객의 요구 사항을 잘못 전달해 다시 만드는 경우가 종종 있었다.

"최근에 그런 적이 있었나?"

"통장 관리 장부를 보면 알 수 있어요."

아이리는 머리 회전이 빨랐다. 곧장 자리에서 일어나 노트 한 권을 가지고 돌아왔다.

예금통장은 은행에서 각별히 조심스럽게 취급하는 것 중 하나다. 몇 개나 발행했는지를 매일 체크해 제일 큰 금고에 넣는 등 철저하게 관리하고 있다. 잘못 발행된 게 있다면 기록으로 금방 알 수 있다.

"이거 아닐까요?"

개인 고객의 이름과 계좌번호가 기록되어 있었는데, 계좌번호 마지막 다섯 개 숫자가 찢어진 통장에 적힌 숫자와 일치했다.

"틀림없군."

다케모토가 말했다. 관리 장부에는 같은 계좌번호의 통장 발행 기록이 두 개 있었고, 그중 하나는 말소를 뜻하는 선과 함께 '폐기'라는 글자가 적혀 있었다.

"폐기는 니시키 대리님이 하셨어요."

"그렇다면 니시키 씨는 이 표지만 남겨놨다는 거군. 그런데 왜 그랬을까?"

아이리는 고개를 갸웃했다. 통장 인수 칸에는 '미키 데쓰오'의 날인이 있었다. 미키에게 전화를 걸었다.

"그 통장 말입니까? 네, 그건 고객이 캐릭터 통장으로 해달라고 해서 재발행한 겁니다."

역시 통장 주인은 미키의 담당이었다.

"통장 표지요?"

대로변에 있는지 미키의 목소리에 자동차 소음이 섞여 들어와 알아듣기가 힘들었다. "왜 그런 걸 남겨놨나요? 무슨 의미라도 있나요?"

"그걸 몰라서 전화한 거야. 바쁜데 미안하네."

스테이플러와 문고판 책의 주인은 밝혀냈고 이로써 통장 표지의 출처도 판명되었다. 이제 클립 상자와 거래처 출력 자료, 6월 달력만 남았다.

우선 출력 자료. 혹시나 해서 융자과의 다바타 요지에게 보여 줬더니 곧바로 자신이 출력한 거라고 인정했다. 자료에 기록된 메모가 다바타의 필적과 일치한 것이 결정적 단서가 됐다.

게다가 달력의 주인을 알아내는 것도 그리 어렵지 않았다. 거래처 이름이 인쇄되어 있었기 때문이다. 주식회사 록키전기. 담당자는 업무과의 말단 사원 도구치 슌이었다. 도구치의 책상에 놓인 달력을 확인한 결과 열두 장 중 6월 것만 없었다. 그것은 도구치 본인도 알아차리지 못하고 있었다.

이로써 출처가 불분명한 것은 클립 상자와 띠지뿐이었다.

무엇보다 가장 알 수 없는 것은 니시키가 왜 이런 것들을 모았냐는 것이다. 더욱이 각각 비닐에까지 넣어서 말이다. 이유를 알 수 없었다. 다케모토는 책상 맨 아래 서랍을 열고 비닐 봉투를 던져 넣었다. 서랍 속에 찌그러져 있는 종이 상자를 발견한 것은 그때였다.

"응?"

서류 밑에 있어서 보지 못했던 것이었다. 하지만 끄집어내서
본 다케모토는 직감적으로 알아차렸다. 왜 니시키가 이 잡동사
니를 모았는지, 그 이유가 갑자기 떠오른 것이다.

"지문 때문에?"

다케모토가 중얼거렸다. "니시키 씨는 지문을 모은 게 아닐까?"

9

니시키의 서랍에서 발견한 것은 잡지 부록으로 나온 '지문
채취 도구' 장난감이었다. '왜 니시키가 이런 걸?' 다케모토의
이 의문은 아이리의 설명으로 풀렸다.

현금 100만 엔을 분실하고 기타가와 아이리가 의심을 받은
것까지는 다케모토도 알고 있었다. 일단 아이리의 가방에 문
제의 '띠지'를 넣은 것은 다케모토와 같은 융자과의 한다 마키
였다. 그게 이유였는지 어쨌는지는 모르지만 마키는 이달 말로
퇴직이 결정되었다.

아름답지만 왠지 가시가 느껴지는 마키의 성격을 떠올리던
다케모토는 아이리가 생각에 빠져 있음을 발견했다.

"왜 그래?" 다케모토가 물었다.

"사실은 그 현금, 아직 발견되지 않았어요."

"뭐?"

다케모토가 놀라 다시 물었다.

"다음 날엔가 나왔다고 했잖아?"

"표면적으로는 그렇게 처리됐지만 사실은 그게 아니에요."

사정을 듣고 다케모토는 신음을 내뱉었다. 분명 후루카와가 생각해낸 묘안일 것이다. 하지만 은행 내규에 위배되는 일이다.

"니시키 씨는 이 지문 채취 도구로 범인을 찾으려고 한 건가? 그러면 여기에 모아놓은 지문의 주인들이 용의자란 말인가. 그렇다면……. 그럼, 이 봉투에 들어 있는 건 한다가 주웠다는 진짜 띠지란 말인가."

"지문을 채취하겠다고 했으니 아마 그랬겠죠. 하지만 니시키 대리님이 정말 지문으로 범인을 찾아내려 했던 건 아닌 것 같아요."

"무슨 소리지?"

"지문을 조사하면 알 수 있다고 한 건 일종의 제스처였을 가능성도 있어요. 실제로 그 말 때문에 한다 씨가 자백했거든요."

"그렇군. 다른 용의자에게도 그런 식으로 넌지시 떠봤을 가능성도 있겠어."

아이리는 얼굴을 찡그렸다. 용의자 중에는 남자친구인 미키도 포함되어 있었다.

"그럼 니시키 대리님이 100만 엔을 훔친 범인의 단서를 잡은 걸까?"

아이리는 의문을 표했다. 무엇보다 이런 장난감 도구로 진범을 찾아낼 정도라면 경찰은 필요 없을 것이다. 그러나 만에 하나라는 것도 있다.

진범이라면 그 만에 하나라는 가능성에 전전긍긍하지 않았을까? 자신이 범인의 입장이라면 '그런 장난감으로 말이 되냐?'고 대수롭지 않게 여기기보다는 '만약 정말 지문으로 알아냈으면 어떻게 하지?' 하고 걱정했을 것이다.

어쨌든, 이로써 비닐에 들어 있던 것 중 하나만 빼고 모든 물품의 주인을 알아냈다.

남은 건 단 하나, 클립 상자였다. 하지만 이 클립 상자의 주인을 알아내는 것은 불가능에 가까웠다. 지점에는 생명보험 설계사들이 쉴 새 없이 드나든다. 이것은 그런 보험 설계사들이 가져다주는 생명보험회사 로고가 박힌 것이었다. 지점의 모든 책상에 넘쳐나고 있는 물건이다. 없어져도 금방 보충할 수 있거나 혹 없어진 것 자체를 알 수 없는 물건. 아무리 봐도 주인을 알아낼 수는 없었다. 다케모토의 추리는 거기서 막다른 길에 접어들었다.

그날 저녁에 다케모토는 일단 융자과로 돌아왔다. 처리해야 하는 일이 있었기 때문이다. 그게 의외로 시간을 끌어, 다시 영업과로 돌아왔을 때에는 저녁 9시가 다 되어 있었다.

다케모토는 모두 퇴근하고 아무도 없는 영업과에서 니시키의 책상에 걸터앉아 크게 한숨을 쉬었다. 그리고 서류 한 장을 들고 책상 위에 꺼내져 있던 파일을 끝내려고 서랍을 열었을 때 갑자기 손을 멈췄다.

뭔가 이상하다. 직감 같은 것이었다. 책상을 응시하던 다케모토는 그곳에 놓아두었던 비닐 봉투를 들어 올렸다.

"어?"

자신의 조그만 목소리가 아무도 없는 1층에 생생하게 울렸다.

클립 상자가 없다!

아니, 자세히 보니 없어진 건 그것만이 아니었다.

"띠지!"

낮에 보고 다시 넣는 걸 깜빡했나?

아니, 그럴 리가 없다. 분명히 이 비닐 속에 다시 넣고 잘 보관했었다. 그런데 그게 사라진 것이다.

도대체, 누가……?

아니, 이 질문의 대답은 너무나 명백하다.

100만 엔을 훔친 범인.

범인은 다케모토가 이 물건들을 발견한 것을 알고서 자신과 연관된 물건을 가지고 간 것이다. 니시키가 지문을 알아냈다는 것을 눈치챈 범인은 계속 그 단서를 찾아 헤매며, 없앨 기회를 노리고 있었던 게 분명하다.

다케모토는 비닐 속 내용물에 대해 지점 사람 몇몇에게만 말했다. 범인은 그 대화를 지켜보고 있었다. 자신이 찾던 것을 다케모토가 발견했다는 걸 알아내고는 그 증거품을 가지고 사라진 것이다.

지점은 경비 절약을 위해 오후 6시부터 냉방을 중단한다. 밀실처럼 된 영업실에서 망연자실 서 있던 다케모토의 관자놀이로 땀방울이 떨어졌다.

니시키는 현금을 훔친 범인을 추궁한 게 아닐까?

그리고…… 니시키는 실종됐다…….

관자놀이를 타고 땀이 주르륵 흘러 책상 위 서류로 떨어졌다.

아니, 실종된 게 아니야.

니시키는……, 니시키는 살해된 게 아닐까?

순간 다케모토의 등골이 서늘해졌다.

지점을 나와 집 근처 역에 내렸는데도 여전히 다케모토의 머릿속에는 니시키의 실종에 대한 수많은 생각이 들끓고 있었다.

문득 정신을 차리고 보니 주택가를 걷고 있는 자신의 구두 소리에 다른 발소리가 겹쳐 들려오고 있었다.

누군가 다케모토의 뒤를 뚜벅뚜벅 따라오고 있었다.

용기를 내어 등 뒤 어둠 속을 돌아봤다. 주택가의 희뿌연 조명 너머로 슬쩍 사람 그림자가 스쳤다. 거리가 멀어 얼굴까지는 보이지 않았다. 놈이 주택가 담장에 숨어 다케모토의 모습을 몰래 엿보고 있는 것만 같았다.

누군가 있다.

다케모토는 유령이라도 본 것처럼 팔에 소름이 돋았고 얼굴에서 핏기가 사라졌다.

누군가, 내 뒤를 밟았다. 누가……?

현금 100만 엔을 훔친 범인. 니시키에게 추궁당해 필시 그를 죽였을 누군가.

너무 지나친 생각일까?

아니, 그렇지 않다. 니시키의 가족사진을 본 자신이 납득할 수 있는 결론은 이것밖에 없다.

심장이 쿵쿵 큰 소리를 내기 시작했다. 다케모토는 뛰고 싶은 마음을 누르고 잰걸음으로 집으로 향했다. 달리기 시작하면 왠지 습격을 당할 것만 같은 공포가 엄습했기 때문이다.

너무나도 길게 느껴진 15분 거리를 걸어 집 현관까지 한걸음에 온 다케모토는 금방이라도 쓰러질 것처럼 피곤했다.

"왜 그래?"

가호가 다케모토를 보자마자 눈을 크게 떴다.

"아무것도 아니야. 조금 피곤해서 그래."

다케모토는 의아해하는 아내를 뒤로하고 문을 꼭꼭 걸어 잠갔다.

다케모토에게 히로시마 지점으로 가라는 전근 발령이 떨어진 것은 그다음 날 아침이었다. 융자과장으로 승진이 수반된 인사였다.

가호에게 곧장 전화를 걸었다.

"히로시마야."

예상했던 대로, 대답이 돌아올 때까지 조금 시간이 걸렸다.

"……그렇구나. 축하해. 그런데 나는 함께 안 갈까 해."

"알았어. 가서 제대로 해봐야지."

이번에야말로 불규칙 바운드가 없겠지. 다케모토는 마음속으로 이렇게 빌며 아내에게 말했다.

그러나 3일 동안 숨 가쁘게 인수인계 과정을 거치면서도 다케모토의 뇌리에는 니시키의 일이 한순간도 떠나지 않았다. 미행을 당한 것은 그날 밤 한 번뿐이었지만, 누군가에게 감시당하는 것 같은 불안감이 늘 따라붙었다.

마지막 날, 다케모토는 지점의 전 직원 앞에서 전근 인사를 했다.

당신들 중에 현금 도난과 니시키 실종의 비밀을 알고 있는 사람이 분명히 있어……. 그 말이 몇 번이나 목구멍까지 치올랐다. 하지만 다케모토 나오키는 결국 마지막까지 입 밖으로 내지 못한 채 나가하라 지점을 떠났다.

7장

은행 레이스

1

달력이 7월에서 8월로 막 바뀐 날, 오전 7시 40분. 도쿄제일 은행 본점 감사부의 구로다 미치하루는 나가하라 지점 출입문 앞에 섰다. 큰 키에 마른 체구의 구로다는 평소대로 검은 정장에 가는 넥타이를 맸고 빈손이었다. 서늘한 표정은 본래 가지고 있는 지성을 드러내고 있었고, 그 눈은 평범한 사람과는 다른 편벽하고 비뚤어진 성격을 고스란히 내보이고 있었다.

먼저 도착해 기다리고 있던 도지마 슌스케가 구로다를 보자 가볍게 손을 들어 올렸다. 도지마는 키가 작지만 다부진 체격에 통통하고 기름진 얼굴의 간사이 출신이었다. 별명은 저팔계.

"다른 사람들은 아직 안 왔나?"

"저기 있습니다."

도지마가 턱으로 가리킨 곳은 맥도날드였다. 그것이 신호가 됐는지 아는 얼굴들이 줄줄이 나온다. 모두 일곱 명. 조금 뒤

새로 지하철역을 빠져나온 다섯 명이 가세하면서 모든 준비가 끝났다.

"전원 집합 끝!"이라고 말한 것은 가장 어린 나카모토였다. 예전부터 '코끼리들의 무덤'이라는 야유를 받는 부서에 스스로 자원해 온 엉뚱한 녀석이다.

구로다는 이 일에 대한 의미를 찾아낸 것 같아 기쁜 마음에 회식 자리에서 "왜 감사부를 지망했나?"하고 물었다. 하지만 나카모토가 "그냥 전국을 다녀보고 싶어서요"라고 대답했을 때에는 솔직히 너무 멍청해 보여 질문한 걸 후회했다.

한여름인데도 모두 정장을 쫙 빼입고 있었다. 고즈넉한 주택가에 위치한 나가하라 지점 주변에선 당연히 이런 집단이 이상해 보일 것이다. 거리를 지나가던 사람들이 이상하다는 눈빛을 던지는 것도 당연하다. 이런 곳에서 정장을 입고 걷는 사람은 야쿠자이거나 은행원 정도밖에 없다.

"그럼 슬슬 들어가볼까요?"하며 도지마는 인터폰을 눌렀다.

"본점 감사부입니다. 열어주십시오."

"네, 감사부요?"

갑작스러운 말에 당황해하는 목소리를 들으며 구로다는 도지마와 눈을 맞췄다. 이럴 때 이 남자 눈에선 빛이 인다. 자신의 지적으로 상대의 기가 죽거나 약해지는 걸 보는 것이 세 끼 밥보다 좋다는 인물. 정말 감사부에는 평범한 인물이 하나도 없다.

구로다는 자기도 모르게 얼굴을 찌푸리고 싶었다. 하지만 감정이 드러나지 않도록 숨기고는 "가자!" 하며 지점 안으로 이어진 통로를 빠른 걸음으로 들어섰다.

"올 때가 됐다고 생각했지만 설마 오늘이라고는……."

응접실에 마주앉은 부지점장 후루카와의 태도에는 이미 초조함이 배어 나오고 있었다. 감사가 시작되자마자 중요한 과오가 두 건이나 발견됐기 때문이다. 한 건만 더 발견되면 재감사가 확실한 상황이었다. 업무가 시작되기 전, 열린 문 너머로 지점 안에 여기저기 흩어져 있는 감사관들의 모습이 보였다.

이번 감사에 따라 후루카와, 그리고 구조 지점장의 '다음'이 달라질 수도 있다.

"뭐, 그런 일이 있었으니 당연하죠."

구로다는 차를 홀짝홀짝 마시면서 점잖게 지적했다.

그런 일이라는 건 니시키 마사히로의 실종 사건이었다.

직장을 내팽개치고, 가족까지 버리고 이유도 없이 실종되는 사람이란 없다. 무슨 이유가 있는 게 분명하다. 그런데 나가하라 지점이 올린 보고서에는 '이유 불명'이라고 씌어 있었다.

구로다는 말도 안 되는 일이라고 생각했다. 지난주에 감사를 부탁했던 인사부 차장 사카이 히로시도 같은 의견이었다. 가방에서 니시키의 인사 자료를 꺼낸 구로다는 다시 물었다.

"니시키 씨는 왜 실종된 겁니까?"

은행 레이스

245

후루카와는 얼굴을 찌푸렸다.

"원래 쓸데없는 소리를 잘 하는 사람이라서……."

"쓸데없는?"

"예컨대 목표 관리 같은 것도 하지 않고, 할당된 목표에 미달해도 개의치 않았습니다."

이 후루카와라는 부지점장은 옛날 '기업 전사' 타입이다. 4월에는 융자과 직원 고야마 도오루를 때려 문제가 됐다. 그 후 직원들을 너무 닦달해 업무과 대리 엔도 다쿠지가 정신적인 스트레스로 입원하기도 했다. 아무리 생각해도 지나치다. 하지만 후루카와 자신도 그런 태도 때문에 출세 길에서 뒤처지고 있다.

보신을 위해 실적에만 매달리던 후루카와가 목표를 채우지 못한 니시키에게 어떤 태도를 취했을지는 안 봐도 뻔하다. 니시키에게는 분명 상당히 심한 압박이 됐을 것이다.

후루카와의 말이 이어졌다.

"마음에 들지 않으면 곧바로 반항적인 태도를 보였습니다. 본점 인사부 사카이 차장님께도 말씀드렸지만 직장에 불만이 많았습니다. 이렇게 말하면 뭐하지만 천하태평인 녀석이었지요. 다루기 아주 힘들었습니다."

구로다는 탄식했다. 부하의 험담이 곧 자신의 보신이군. 이런 관리직이 가장 질이 나쁘다. 그리고 이런 관리직은 은행에 수없이 많다. 아니, 은행만이 아니라 어떤 회사나 마찬가지일 것이다.

"즉, 은행에 불만이 있어서 사라졌다는 겁니까?"

"뭐, 그렇게 단언한 건 아닙니다."

확실히 후루카와의 입사 연차는 구로다보다도 2년 빨랐다. 한편 지점장 구조는 두 살 어렸다.

후루카와는 헛기침을 한 번 하고 계속했다.

"무슨 사건에 휘말렸을 가능성도 있고……."

구로다는 동의할 수 없었다. 아무리 야박한 세상이라도 우연히 사건에 휘말릴 가능성이 얼마나 될까?

"도대체 얼마나 애를 먹어야 끝날지……."

후루카와가 탄식을 섞어 말하는 순간 "아, 오랜만이네요!" 하며 구조가 들어왔다. 태연한 목소리였다. 구로다의 눈이 휘둥그레졌다.

오랜만이라고 했다. 자, 엄청 '본부통'인 체하는 이 말에 어떤 답을 해야 할까.

"우리가 어디서 만난 적이 있나요?"

구로다가 냉랭하게 말했다.

"아니, 기억 못 하십니까?"

구조가 딴청을 부렸다. 비위가 좋은 인간이다. "분명 만난 적 있는 것 같은데, 잘못 알았나?" 그러고는 구로다가 낄 새도 없이 "그럼 오늘은 좀 살살" 하고 말했다.

그 말 속에 감사부에 대한 경멸이 숨어 있는 걸 구로다는 놓치지 않았다. 감사부에 배속된 행원은 거의 출세 경쟁에서 탈락한 사람들이다. 켕기는 데가 있는 놈들이 오히려 약한 자들을 학대한다. 감사부에 대해 그런 식으로 적개심을 드러내는 사람들이 은행 안에는 적지 않았다.

"지점장님은 이제까지 충분히 괴로우셨거든요."

후루카와의 맞장구에 구로다는 실소를 금치 못했다. 지점장도 지점장이지만 부지점장도 참 대단하다. 꼭 닮은 콤비. 하지만 당신들이 언제까지 웃을 수 있을까.

감사는 오늘 하루면 끝난다. 저녁에는 당신들 얼굴이 창백해져 있으면 좋을 텐데.

구로다는 그 말을 삼키고 "저희야말로" 하며 짧게 인사하고는, 이날 하루 감사부에 배당된 3층 회의실로 올라갔다.

2

출세 '경쟁'을 하는 이상 어딘가에 승부처가 있기 마련이다. 하지만 그 승부처가 어디에서 나타나는지는 사람마다 다르다.

그때까지 남자는 성실한 인생을 올곧게 살아왔다.

아버지는 일류 기업에 근무하는 엘리트 기술자, 어머니는 고등학교 교사였다. 유전자 덕분인지 환경 덕분인지는 모르겠지만, 이런 부모 밑에서 자란 남자는 초등학교 때부터 예의 바른 우등생으로 부모와 선생들의 사랑을 한 몸에 받았다.

집은 유복했고 학구적인 분위기가 넘쳤다. 상류층은 아니지만 형편이 좋은 중산층으로, 다른 샐러리맨 가정과 비교해도 확연히 차이가 났다. 지금은 이런 도식도 무너져 버렸지만, 열심히 공부해 일류 대학을 나오고 제대로 된 회사에 들어가면 이런 생활이 가능하다는 걸 보여주는 모범 가정이었다.

남자는 주위의 기대대로 순조롭게 사립중고등학교를 졸업하고 명문 사립대학 경제학부에 진학했다. 그리고 예나 지금이나 어렵기로 소문난 도쿄제일은행의 면접을 어렵지 않게 통과하고 큰 지점인 니혼바시 지점에 배속되었다.

그야말로 순풍에 돛을 단 인생이었다.

하지만 어디까지나 표면상 이야기였고, 남자가 이런 인생에 만족했느냐 하면 그건 아니었다. 남자의 가슴에는 답답하고 개운치 않은 불만이 쌓였는데, 입사하고 몇 년이 지나자 그게 해소되기는커녕 더욱 심해졌다.

어쩐지 허전했다.

너무 평탄한 생활. 실패가 없는 인생. 일단 또래들을 제치고 일등으로 달려 일류 은행이라는 결승점에 도착했지만, 주변을 둘러보니 따분한 굴레에서 나올 생각조차 하지 않는 인간들뿐이었다. 그럴 필요가 없었다.

문득 정신을 차리고 보니 남자는 늘 뭔가를 갈망하고 있었다.

하지만 그 '뭔가'가 무엇인지 모른 채 은행 동료와 연애해 1년의 교제를 거쳐 결혼했다. 그리고 아들 하나, 딸 하나를 낳고 생각과는 정반대의 안정된 길을 걸어왔다.

이건 아닌데, 생각하면서도 순조롭게 승진해 대리가 됐다. 그러나 이대로라면 동기 중에서 제일 먼저 출세 경쟁에서 이길 수 있다고 생각한 지점에 바로 함정이 있었다.

반년 전에 부임해 온 지점장과 궁합이 안 맞아 스트레스 때문에 우울증이 생겼다. 약 한 달 동안 휴직해야만 했다.

직장에 복귀한 남자를 기다리고 있던 것은 '병가에 따른 장기 이탈은 출세에 지장을 준다'는 상식을 증명하듯 한직으로의 좌천이었다. 도심의 대형 지점에서 한순간에 오타구의 상가를 담당하는 지점으로 떨어진 것이다.

이건 아닌데, 하는 생각이 점점 더 커졌다. 말로 표현하지는 않았지만 아내도 마찬가지였던 모양이다.

아내는 남편이 스트레스로 회사를 쉬었다는 것도, 그 후 작은 지점의 영업과로 발령났다는 것도 부모에게 말하지 않았다.

아니, 말할 수 없었다는 쪽이 정확할 것이다.

엘리트 가정 출신인 것은 아내도 마찬가지였다. 장인은 모 전기회사의 임원을 역임한 실력파였다. 아내는 아무래도 자기 남편이 출세가도에서 멀어졌다는 말을 할 수 없었던 것이다.

그제야 남자는 그동안 말하지 않았지만 아내가 자신의 출세를 크게 기대하고 있었다는 걸 알게 됐다. 지점장, 혹은 임원까지 올라간 남편의 정숙한 아내 자리. 그것이 일을 버리고 가정을 택한 아내의 꿈이었던 것이다.

아내의 실망은 아이들에게 영향을 미쳤다. 지금까지 비교적 조용했던 아내가 아이들을 학원에 보내고 입만 열면 공부하라고 다그치며 치맛바람을 일으키자, 남자의 인생은 더욱 따분해져만 갔다.

은행에서는 그저 그런 대리. 이전 직장을 떠나자마자 스트레스에서 해방되어 다시 병에 걸릴 염려는 없어졌지만, 집에 돌아오면 아이들을 닦달하는 아내의 목소리에 늘 마음이 심란한 나날. 내 인생에는 뭔가가 부족하다. 진심으로 열중할 수 있고 마음을 뜨겁게 하는 무언가가……. 그런 갈망이 점차 커진 것도 그 무렵이었다.

거기에 결정적인 답을 준 것이 마키다 지로라는 지점 근처의 잡화점 주인이었다. 환전하러 자주 오면서 친해진 남자였다. 그 마키다가 남자에게 가르쳐준 답이라는 게…….

"도박이요?"

마키다가 경마하러 가지 않겠느냐고 권했을 때, 남자가 내뱉은 소심한 첫마디였다.

"당연하지! 도박하면 경마지."

마키다는 팔짱을 낀 채 점잔을 빼며 고개를 끄덕였다.

우리도 경마를 하지. 은행이라는, 한 바퀴에 30년이나 걸리는 경주를…….

남자가 이런 생각을 한 것은 마키다가 '은행 레이스'라는 말을 꺼냈을 때였다.

"예상대로 우승 후보가 이기는 견실한 레이스를 그렇게 말하지. 은행 레이스라고."

그 말이 이상하게 남자의 마음을 움직였다. 은행이 얼마나 초라한 존재인지, 뒤에서 야유하고 싶은 마음도 생겼다.

첫 레이스에서 100엔을 걸었다. 마키다에게 끌려간 가와사키 경마장에서였다.

"아마추어는 말만 봐도 스트레스가 풀린다니까."

경마 신문과 전광판의 데이터를 진지하게 비교해보던 마키다는 마치 몇 분 뒤에 벌어질 레이스 결과를 꿰뚫어보기라도 하듯 찢어진 눈으로 패덕(paddock)*의 말들을 훑어봤다. 그 모습을 반쯤 질린 표정으로 보고 있던 남자는 허둥지둥 그 자리를 떠났다가 마권을 쥐고 돌아왔다.

"오, 뭘 산 거야?"

마권을 보여주자 마키다는 끄응, 신음 소리를 내더니 "이건 우승 후보잖아. 그런 걸 은행 마권이라고 하지" 하며 다시 놀렸다.

"좋잖아요. 은행 예금보다 이율이 높은데."

"그렇긴 하지."

쓴웃음을 지은 마키다는 "마키다 씨는 어떤 말에 걸려고요?" 하고 묻는 남자에게 히히 웃고는 마권을 파는 곳으로 사라졌다.

* 경마에서 그날의 출전마를 관객에게 보이는 장소.

그로부터 20분 뒤.

스탠드에는 고개를 떨어뜨리고 있는 마키다와 빙긋 웃고 있는 남자가 있었다. 배당은 100엔에 대해 130엔. 한편 마키다는 그 한 번의 레이스로 3만 엔을 잃었다.

남자는 단지 30엔을 번 것뿐인데도 무척 기뻤다.

자기가 산 마권의 말 이름은 잊었다. 하지만 그 말이 다른 말들을 이끌고 결승점을 지날 때까지 남자의 머릿속에서 무언가가 끓어올랐다.

재미있다는 말로는 표현할 수 없는 무언가가.

"이걸로 경마 애호가가 한 명 더 생긴 것 같군."

경마 후 가진 술자리에서 진 게 아쉬운 듯 마키다는 그렇게 말했다.

3

혹시 니시키는 도박에 빠진 게 아닐까? 이건 이곳에 오기 전에 구로다가 의심했던 것 중 하나였다.

그건 그렇고…….

구로다는 지금 감사부에 할당된 회의실에 앉아, 니시키 책상에서 발견된 지문 채취 도구를 들여다보고 있었다.

현금 100만 엔 분실 미수 사건이 일어난 것은 7월. 상담직원 기타가와 아이리의 말로는 그때 범인을 찾으려고 니시키가 이 장난감을 가져왔다고 한다. 지문을 채취했다는 잡동사니들도 같이 있었다.

"이런 건 애들이나 속여먹는 물건인데."

단번에 그렇게 치부해버리는 도지마와 달리, 구로다는 이상하다고 생각했다.

100만 엔은 다음 날 찾았다. 영업과장 다카시마의 보고서에 더 자세한 내용은 없었다. 그저 '발견됐다'고만 적혀 있었다.

어디서? 누가? 이런 것에 대한 기술은 보고서에 없었다.

"아! 현금 말입니까? 그건 다음 날 다시 찾아봤더니 자금계에 있었습니다."

영업과에 가서 질문했더니, 다카시마는 이마의 땀을 닦으며 설명했다.

점점 더 이상해지는군.

"그게 몇 시쯤인가요?"

"정오가 다 됐을 때였습니다."

다카시마가 말했다. "다시 한 번 확인하려고 니시키와 둘이서 자세히 조사했더니 나왔습니다."

잠자코 다카시마의 얼굴을 봤다.

"어디에 있었습니까?"

"자금계에서 관리하는 현금이 있는데, 무슨 이유에서인지 캐시 박스 서랍 건너편에 띠지가 걸렸더군요."

역시.

그런데 잠시 후 감사관 한 명이 뜻밖의 정보를 가져왔다.

"띠지? 그걸 한다가 3층에서 주웠다고?"

구로다는 보고한 부하 직원에게 물었다. "그러면 말이 안 맞잖아?"

다카시마는 100만 엔짜리 다발이 묶인 띠지가 서랍에 걸려 있었다고 증언했다. 물론 한다 마키가 주운 띠지가 분실된 현금을 묶었던 거라는 증거는 어디에도 없다. 하지만 띠지가 휴게실에 떨어져 있었다는 것 자체가 부자연스러웠다.

"이거 뭔가 있는데."

그건 감사관의 직감 같은 거였다.

잠시 후 그는 니시키의 보통예금 명세서에 찍힌 10만 엔의 출금 기록에 관심을 기울였다. 7월 초, 갑자기 현금이 인출된 것이다. 구로다는 곧바로 지점장 이하의 명세서를 조사해 다카시마의 거짓말을 밝혀냈다. 같은 날에 구조 지점장, 후루카와 부지점장 이하 관리직 몇 명의 예금계좌에서 현금을 인출했던 것이다.

"그런 거였나."

부하 직원들이 잔뜩 긴장한 얼굴로 구로다를 에워쌌다.

"어떻게 된 겁니까?"

조금 둔한 나카모토가 멍청하게 물었다.

"현금은 여전히 분실된 상태야. 사건이 해결된 게 아니지. 이 사람들이 분실된 현금을 대신 메운 거야."

"이건 중대한 과실 아닙니까? 불상사라고요!"

도지마의 말처럼 이건 중대한 과실의 수준을 넘어선 것이다. 하지만 뜻하지 않게 꼬리를 잡은 기쁨에 한껏 부푼 감사관들 속에서 구로다만은 의문에 휩싸였다.

과연 니시키는 현금을 훔친 범인을 찾아낸 걸까? 이 지문 채취 도구를 사용해서?

"아니, 잠깐만 기다려."

구로다는 또 다른 의문이 들었다.

니시키는 '무엇'과 지문을 대조했을까? 이 잡동사니들 중에 어떤 게 범인이 남긴 지문이란 말인가?

"바쁜데 미안하네. 잠깐 물어보고 싶은 게 있어서 말이야. 니시키 대리는 지문을 조사했지? 범인이 남긴 지문은 어디에 있지?"

기타가와 아이리는 "띠지인 것 같은데요" 하고 대답했다.

"띠지?"

"한다 씨가 주운 띠지요."

"자네 가방에 넣었다는 그거?"

"네. 정확하게 말하면 문고판 책에 껴 있었죠."

"그건 지금 어디에 있지?"

전화 너머로 이상한 정적이 흘렀다.

"거기 없나요?"

수화기를 내려놓은 구로다는 다시 한 번 니시키의 잡동사니를 확인했다. 봉지에 들어 있는 건 스테이플러, 문고판 책, 통장 표지, 달력, 출력물…….

하지만…… 띠지는 아무리 찾아봐도 없었다.

"왜 없지?"

어안이 벙벙해진 구로다는 자문해봤지만 답을 찾을 순 없었다.

띠지를 도난당했다는 건 전근 간 다케모토 나오키에게 전화해서 확인했다. 하지만 그도 범인이 누군지는 짚이는 데가 없다고 했다. 전화 통화를 하는 동안 다케모토의 딱딱한 말투가 신경에 거슬렸다. 얽히고 싶지 않다, 그런 느낌이 수화기를 통해 분명하게 전해졌다.

"바쁜데 방해했군."

구로다는 수화기를 내려놨다.

4

남자가 샀던 건 언제나 은행 레이스였다.

대박을 노리는 게 아니라 그저 작은 벌이를 하려고 했던 것이다.

"운 좋은 건 처음뿐이야. 우승 후보라는 건 빗나가게 돼 있거든."

함께 경마장을 다니게 되면서부터 마키다는 자주 그렇게 말하며 웃었다. 사실 우승 후보에 걸면 이길 확률은 높지만 그래도 가끔은 잃었다.

한 경기에 30만 엔이나 잃은 적도 있었다.

절대 질 수 없는 경주에 걸었는데도 그야말로 참패였다. 은행 레이스가 아니라 일본은행 레이스라고 해도 좋을 만큼 확실한 경주였다. 하지만 순식간에 남자의 손에서 돈이 종잇조각으로 바뀌었다. 기습적으로 기준금리 인상을 당한 느낌이었다.

"그럴 수도 있지. 그러니까 경마지. 은행 인사도 그렇잖아."

오랜만에 이긴 마키다는 또 행운 얘길 했다. "경마에 연승은 없어!"

하지만 잃은 걸 계기로 남자의 경마관에 변화가 생겼다.

그때까지 남자는 은행원처럼 과거 전적과 예상 배당, 혈통을 중시했다. 그건 나름대로 옳은 기준이다. 하지만 경마는 '일과 성의 예술'이다. 승부를 거는 날 이기지 않으면 의미가 없다. 즉, 바로 그날 말의 컨디션이 안 좋으면 데이터는 아무 의미가 없다.

남자는 패덕에 매달려 말의 털 상태와 걷는 모습을 관찰하고 컨디션도 세밀하게 주시했다. 어느새 자신도 마키다와 똑같은 얼굴을 한 채 팔짱을 끼고 나란히 서 있었다. 그 덕분인지, 아니면 그저 행운인지 그 후 남자의 승률은 비약적으로 높아졌다.

근거 없는 자신감이 붙은 도박꾼은 문제가 많다.

처음 100엔을 걸었던 남자는 어느덧 3만, 5만 엔이라는 큰돈을 아무렇지도 않게 걸게 됐다. 서른아홉인 남자의 연봉은 약 800만 엔. 보너스를 슬쩍해 모아놓은 저축 공제까지 포함해 매달 온전히 자기 손에 들어오는 돈은 30만 엔 정도였다.

고액 연봉자라고는 해도 결국은 샐러리맨이다. 한 경기에 몇만 엔은 결코 적은 돈이 아니다. 게다가 경마라면 얘기가 달라진다. 이렇게 경마는 근면 성실한 DNA를 지닌 남자의 머리를 조금씩 침식해가고 있었다. 이제 가족을 제쳐놓고 경마장으로 가는 것 때문에 아내와 싸우는 일은 일상다반사가 됐다.

"당신은 우리를 어떻게 생각하고 있는 거야? 그런 큰돈을 쓸모없는 도박에 써버리다니."

"뭐가 쓸모없다는 거야?"

반박하고 나선 남자의 얼굴로 맥주 캔이 날아왔다. 초봄, 우승후보 말에 걸었다가 보기 좋게 돈을 날린 밤이었다. 어린 아들은 방구석에 틀어박혀 있고 작은딸은 불에 덴 듯 울었다. 그야말로 가족 붕괴의 서막을 보는 것 같았다.

"쓸모없는 일이 아니야!"

남자의 고함에 아내는 흐느껴 울면서 말했다.

"당신이 그런 데 돈을 써대니까 우리가 아직도 사택에서 사는 거야! 하타야마네도 모치즈키네도 집을 사서 사택을 나갔어. 우리는 언제쯤 그렇게 할 수 있는데? 경마로 허황된 꿈을 좇는 일은 이제 그만해!"

이 사람은 아무것도 모른다. 꿈을 좇는 게 아니다. 내가 좇는 건 이익이다. 배당이다.

이번엔 뜻하지 않게 잃었지만 그건 반드시 되찾을 수 있다.

남자에게는 그럴 자신이 있었다.

"더 이상 걱정하지 않아도 돼. 앞으로는 잃지 않을 테니까. 집 같은 거 살 수 있어. 당신은 정말 아무것도 몰라."

남자의 말에 아내는 와락 울음을 터뜨렸다.

"모르는 건 바로 당신이야! 경마로 집을 살 수 있다는 게 가당키나 해? 무슨 생각을 하는 거야. 우리 통장을 봐! 집 사려고 모은 돈을 전부 도박에 써버렸잖아! 도대체 왜 그러는 거야!"

벽에 붙어 이 소동을 처음부터 끝까지 지켜보고 있던 심볼리 루돌프*의 사진이 메모가 빼곡한 레이스 예정표와 함께 갈기갈기 찢겼다.

남자는 경마 캘린더가 인간 분쇄기에 의해 쓰레기통으로 사라지는 모습을 분노에 떨며 지켜봤다. 그는 아내를 무섭게 쩨려봤다. 어떤 결심이 가슴속에 또렷이 떠올랐다. 그것은 감동과도 비슷한 감정이었다.

"당신은 절대 몰라. 나를 좀 믿어줄 수 없어?"

"당신이라면 믿겠어?"

"됐어. 그만 해!"

그날 밤, 남자는 마음을 굳혔다. 이번에야말로 이긴다. 절호의 기회가 눈앞에 닥쳐왔다.

* 일본의 경주마로 전설적인 기록을 세운 명마.

5

전에 마키다가 이런 말을 한 적이 있다.

진정한 도박을 하고 싶다면 인생을 걸라고.

금요일 오후 4시 무렵, 그날 마지막 전표를 결재함에 던져 넣고 얼마 지나지 않았을 때였다. 부하 여직원이 1천만 엔짜리 돈다발 몇 개를 바구니에 담아 남자 옆을 지나갔다. 그녀는 지점 구석에 있는 작은 문 너머로 사라졌다. ATM 코너 뒤로 통하는 방의 입구였다. 금요일 저녁이면 은행에서는 ATM 기기에 현금이 떨어지는 걸 막기 위해 상당히 많은 현금을 채워둔다.

남자는 태연히 일어나 그 작은 문을 열었다. 어슴푸레한 실내에 ATM 기기 한 대의 뒷문이 열려 있었고, 조금 전 여직원이 캐시 박스를 꺼내고 있었다. 자금을 담당하고 있는 모토무라 가오리였다.

"수고하는군."

갑작스러운 목소리에 놀랐는지 모토무라가 눈을 동그랗게 뜨고 돌아봤다.

"미안하지만 지하 서고에 가서 환전 전표를 정리해줬으면 하는데. 여기는 내가 할 테니."

"아, 네. 그럼, 부탁드려요."

ATM 기기에 현금을 채우는 건 귀찮은 일이었다. 통통한 모토무라는 아무 의심 없이 오히려 잘됐다는 듯 남자를 지나쳐

갔다.

남자는 문이 완전히 닫힐 때까지 기다렸다.

바구니에 담긴 돈다발은 전부 여덟 개. 십자 띠가 둘린 다발 하나가 천만 엔이다.

먼저 남자는 ATM 기기 속 현금 잔량을 확인하고 우선 500만 엔을 채워 넣었다. 담당자가 잔고를 보면서 금액을 결정해 전표에 적어 넣으면 된다. 실내는 냉방이 잘돼 그다지 덥지 않았지만, 목구멍까지 치밀어 오르는 긴장감에 몇 번이나 침을 삼켜야만 했다.

ATM 기기는 전부 15대.

ATM 코너를 비추고 있는 모니터를 보면서, 이용자가 없으면 다음 ATM 기기의 버튼을 누르고 사용을 중지시킨다.

그 ATM 기기 속 잔고는 약 800만 엔. 남자의 눈대중으로는 천만 엔 정도면 현금 부족 사태는 일어나지 않을 것이다. 200만 엔을 보충했다. 그러나 전표를 꺼낸 남자는 채워 넣은 금액을 이렇게 적었다.

'1200만 엔.'

그런 다음 남자는 전표 상으로는 기계에 들어갔어야 할 1천만 엔짜리 돈다발을 들고 일어섰다. 손끝에서 땀이 배어 나와 돈다발이 손에 달라붙었다.

돈만 있으면 다 해결된다.

뒷문에 손을 올리고, 도쿄경마장의 들끓는 흥분이 뇌리를 스치자 온몸이 떨려왔다. 2400미터에 달하는 잔디밭. 일본 더비 전통의 흰 바탕에 검은 경주용 번호 표지를 단 말이 흑갈색 털을 휘날리며 약동하는 모습이 눈앞에 떠올랐다.

"부탁해!"

남자는 마치 그 ATM 기기가 상상 속의 말 등이라도 되는 듯 쓰다듬다가 1천만 엔짜리 현금 다발을 허둥지둥 등 뒤에 있는 선반 안쪽에 숨겼다. 그 뒤 남자가 이 작은 방에 다시 나타난 것은 저녁 8시가 지났을 때였다. 마지막까지 남아 있던 영업과 직원이 퇴근한 후였다.

숨겨놓은 현금을 가지고 나온 남자는 준비해둔 주머니에 돈을 넣고 은행 밖으로 나왔다. 기분이 너무 좋아 마치 구름 위를 걷는 것 같았다.

만사형통. 이제 따는 일만 남았다. 내일이야말로 은행 레이스다!

6

상담계에 있는 니시키의 책상을 열어봤다.

감사부 수반이 직접 그런 일을 하는 것은 아주 이례적인 일이었다. 하지만 구로다는 그런 것에 신경 쓰지 않았다.

가장 위 서랍에는 연필과 지우개 등 문구용품이 들어 있었다. 두 번째와 세 번째 서랍은 주로 서류들이 차지하고 있었다.

대부분 니시키가 관리하고 있던 예금에 관한 자료였고 개인 사물이라고 할 건 거의 없었다. 서랍 속까지 들여다본 구로다는 고개를 들고 긴 한숨을 내쉬었다.

다 틀린 건가.

책상 매트 밑에 있는 사진을 발견한 건 그때였다.

처음 보게 된 니시키의 얼굴. 부인과 어린 두 아이들. 그 행복에 겨운 미소를 보고 있자니 구로다의 가슴이 답답해졌다.

바로 그때 구로다는 문득 사진 끝에서 시선을 멈췄다.

사진 끝이 조금 떠 있었다. 투명한 비닐로 만든 책상 매트 밑의 사진을 들어 올리자 그 밑에 명세표가 한 장 있었다.

"이건 뭐지?"

그것은 ATM 기기에서 발행된 명세표였다. 이체 명세표. 즉, ATM으로 이체할 때 고객에게 발행하는 것이다.

하지만 그건 도쿄제일은행의 것이 아니었다. '조난중앙신용금고'라고 찍혀 있었다.

"기타가와 씨, 니시키 대리의 책상에서 이런 걸 발견했는데 혹시 뭔지 아나?"

기타가와 아이리는 구로다로부터 건네받은 명세표를 유심히 바라보다 고개를 갸웃했다. "이 신용금고라면 상가 밖에 출장소가 있어요. 아주 꼬깃꼬깃 접혀 있네요."

기타가와의 말대로 명세표는 잔뜩 구겨져 있었다. 마치 누가 버린 걸 주워서 펴놓은 것처럼.

"어! 이 회사, 저희 거래처인데요. 에지마공업."

"거래처?"

기타가와의 지적에, 구로다는 니시키가 마지막으로 조회했던 게 이 에지마공업이었다는 사실을 떠올렸다. 그의 조회 기록은 컴퓨터 상에 모두 남아 있었다.

"이 명세표를 보니까 우리 은행에 송금한 거네요."

얘기를 듣고 보니 정말 그랬다. 조난중앙신용금고 나가하라 출장소의 ATM 기기를 이용해 도쿄제일은행 나가하라 지점에서 개설한 에지마공업의 보통예금 계좌로 돈을 이체한 것이다. 금액은 10만 엔. 보낸 사람은 '본인'이었다. 그렇다면 에지마공업의 경리 담당자나 다른 누군가가 자기 회사 계좌에 이체했다는 소리다.

"떨어뜨린 건지도 모르겠네요."

그럴지도 모르겠다고 생각했다. 하지만 "왜 조난중앙일까?" 하는 기타가와의 말에 구로다는 고개를 들었다.

"왜지?"

"이거, 현금 이체잖아요."

기타가와가 말했다. "우리 지점에서 하면 수수료도 안 들 텐데. 이체하는 계좌가 우리 지점 거니까요."

정확한 지적이었다.

"이 회사 사람, 은행에 자주 나오나?"

"아뇨."

기타가와는 고개를 저었다. "신규 고객인 데다 사무실이 조금 떨어져 있어서요. 융자과 담당자에게 부탁하면 전해줄 겁니다. 담당자에게 건네 놓을까요?"

부탁한다고 말하자, 기타가와는 살짝 웃고 자리로 돌아갔다. 활기차게 일하는 모습이 보기 좋았다. 현금 분실 사건에서 니시키가 왜 기타가와의 누명을 벗기려고 애썼는지 충분히 이해가 갔다.

그런데 기타가와가 갑자기 손을 멈추더니 다시 이쪽을 돌아봤다.

"왜 그러지?"

"아뇨. 방금 니시키 대리님의 조회 기록에 대해 말씀하셨잖아요. 제가 이런 걸 여쭙는 게 좀 이상하지만, 감사부에서는 니시키 대리님의 카드 키만 조사하셨나요?"

"아, 그랬지. 왜 그러지?"

구로다가 질문한 의도를 파악하지 못하고서 다시 물었다.

"실은 카드 키는 그냥 꽂아놓곤 해서요."

"그게 무슨 소리지?"

기타가와는 난처한 표정을 지었다.

"죄송합니다. 감사부 분들한테 이런 얘기를 해도 되는지 모르겠습니다만, 매번 암호를 입력하고 잠금장치를 해제하는 게 귀찮아서 카드를 그대로 꽂아두곤 하거든요. 그럼 다른 사람의 카드로 작업하는 경우도 생기니까……."

구로다는 마침내 기타가와가 무슨 얘기를 하려는지 알아차렸다.

"요컨대 자네들 카드 키의 조회 기록도 조사해야 한다는 말인가?"

"네."

역시 정확한 지적이었다.

"고맙네. 조사해보지. 그리고 지금 한 말은 못 들은 걸로 하지."

기타가와는 안심했다는 듯 미소를 지었다.

"네. 부탁드려요."

니시키는 꽤 괜찮은 부하를 두고 있었던 듯하다. 하지만 손목시계를 본 구로다는 얼굴을 찡그렸다. 오후 4시 반. 감사 종료 시간이 다가오고 있었다. 유감스럽게도 그것까지 조사할 시간은 부족했다. 결국 니시키의 실종과 관련된 단서는 잡지 못한 채 감사는 종료 시간을 맞이하고 있었다.

하지만 분명한 것도 있다. 겉보기에는 평온해 보이는 이 지점 어딘가에 현금 100만 엔을 훔치고 시치미를 떼고 있는 자가 있는 것이다. 그자는 니시키의 실종과 관련 있을 가능성이 높다.

구로다는 니시키의 책상에 놓인 전화로 시스템부에 새로운 조회기록을 요청하고 일어났다. 그때 ATM 기기의 조사가 끝났는지 감사관 한 명이 결과를 보고하러 왔다.

7

남자는 도쿄경마장 관중석에서 마권을 움켜쥐고 있었다.

꾸물꾸물 흐린 날씨. 문제는 어제 내린 비였다. 코스는 눈에 띌 정도로 푸르렀다. 그러나 잔디는 무겁다.

조금 전 본마장에 입장 후 다시 말의 최종 확인을 끝낸 남자에게 더 이상의 망설임은 없었다.

이번 승부에 모든 걸 건다.

남자가 건 승부마는 가장 인기가 많은 경주마여서 배당은 두 배였다. 부모의 혈통도 좋고 기수는 다케 유타카였다.

이기면 건 돈의 두 배. 하지만 지면⋯⋯. 그때 잃는 것은 이겼을 때와는 비교할 수 없다. 남자가 건 것은 그야말로 인생 자체였다.

경마장이 떠들썩해지면서 말들이 차례로 등장했다. 머릿속이 하얘지면서 신물이 올라왔다. 사람들로 가득 찬 관중석이 흔들릴 정도로 큰 환호성이 팡파르 소리에 묻히는 순간, 남자에게는 어떤 소리도 빛도 느껴지지 않았다. 그의 눈에 들어온 것은 달릴 채비를 끝낸 자신의 말뿐이었다.

전혀 불안하지 않은 건 아니었다. 지난번 경주에서는 라이벌에게 밀리면서 3등으로 들어왔기 때문이다.

호흡이 빨라지며 쇠망치처럼 무거워진 심장이 쿵쿵 뛰기 시작했다. 마권을 쥔 손에 힘이 들어가면서 몇 번이나 거기에 적힌 번호를 확인했다. 긴장감이 극도로 높아졌을 때 철컹 하는 소리와 함께 게이트가 열렸다.

일제히 출발한 말들은 첫 코너에서 한 무리가 됐고 코너를 돌면서 한 줄로 길게 늘어섰다. 선두는? 내 말은? 헤엄치듯 말들 사이를 떠돈 끝에 자신의 말을 찾았다. 거의 뒤쪽에 모습을 숨기고 있는 것처럼 보였다.

남자의 이마에서 굵은 땀방울이 떨어졌다. 과연 이건 기수의 작전일까, 아니면 예상보다 무거운 잔디 때문에 고전하고 있는 걸까. 알 수 없었다.

지난 경기의 악몽이 뇌리를 스치는 순간 관중석의 환호성이 커졌다. 뒤쪽 말 무리가 갈라지면서 갈색마 한 마리가 박차고 나왔다.

"됐어!"

남자는 자기도 모르게 벌떡 일어나 주먹을 불끈 쥐었다.

"달려! 달려! 달려!"

그 성원에 힘을 얻은 듯 말은 내달렸다. 마치 우주를 나는 비행선 같은 속도에, 절규에 가까운 엄청난 환호성이 관중석을 메웠다. 그때까지 선두를 달리고 있던 말이 속도가 뒤처지며 무리 사이로 사라지는 것에 개의치 않고, 드디어 갈색마가 선두에서 질주하기 시작했다.

그런 일이 가능하리라고는 생각지도 못했다.

5번을 단 그 말은 그대로 다섯 마리 말 만큼의 차이를 벌리며 압승했다. 그 순간 남자는 제정신이 아니었다.

다음 월요일. 평소보다 한 시간 빨리 집을 나선 남자가 지점에 도착한 것은 오전 7시 20분. 영업과 직원은 아직 아무도 오지 않았을 시간이었다.

곧장 ATM 뒤쪽의 작은 방으로 들어가 금요일에 현금을 빼낸 기계의 뒷문을 열고, 자신이 가져온 1천만 엔을 넣기 시작했다. 100만 엔씩 묶인 것들을 풀어 떨리는 손으로 기계 안 박스에 넣었다. 지금 누가 이 순간을 본다면 뭐라고 설명할까. 그런 생각이 들자 초조한 마음에 잘 되지 않았다.

터무니없이 길게 느껴졌지만 불과 몇 분이었다. 기계 뒷문을 닫은 남자는 등을 기대고 안도의 한숨을 내쉬었다. 하지만 다음 순간, 갑자기 울린 인터폰 소리에 깜짝 놀랐다.

뒷문이다. 직원들은 전용 출입구를 이용한다. 뒷문으로 출근할 리 없었다.

"설마!"

황급히 ATM 방을 뛰어나온 남자는 인터폰 수화기를 들었다. 상대를 확인한 순간 너무나 놀라 심장이 뛰어나올 것처럼 놀라 허둥지둥 뛰어나갔다.

주차장으로 통하는 문에 남자 몇 명이 서 있었다. 한 사람이 앞으로 나왔다.

"오늘부터 감사입니다."

"ATM을 살피고 있었던 것뿐입니까?"

이렇게 물은 것은 무리 중에서 유일하게 어린 자기 또래의 남자였다.

올 것이 왔다…….

내면의 동요를 숨긴 채 남자는 그 젊은이를 데리고 ATM 뒷방으로 갔다.

"아, 여기군요?"

그는 한가롭게 말하며 어슴푸레하고 세로로 긴 실내를 둘러보다가 "응?" 하며 시선을 멈췄다.

그 시선 끝을 따라가던 남자의 몸이 얼어붙었다.

들켰다! 그렇게 생각했을 때에는 이미 늦었다.

돈을 쌌던 띠지였다. 은행에 있을 리가 없는 JRA(일본경마협회) 도장이 찍힌 띠지였다.

전부 치웠다고 생각했는데 급히 나오다가 그만 하나를 떨어뜨린 모양이다. 하지만 때는 이미 늦었다…….

"어라, 이건 뭐죠?"

그는 띠지를 주워 올려 이상하다는 듯 쳐다봤다. 그러고는 천천히 접어 자기 주머니에 넣고는 남자를 돌아보며 말했다.

"쓰레기는 잘 버려주세요."

멍청한 놈 덕분에 살았다. 남자의 다리에서 힘이 빠졌다.

8

오후 5시. 예정보다 30분 늦게 평가가 시작되었다.

감사부 수석인 구로다가 구조와 후루카와에게 감사 결과를 보고하고 의견을 물었다.

"어떻습니까? 무슨 단서가 나왔나요?"

구로다가 니시키의 책상을 조사한 걸 알고 있는 후루카와가 빈정거리는 말투로 물었다.

"아직 없습니다. 뭐, 이런저런 걸 알아내긴 했지만 말입니다."

팔짱을 끼고 있던 구조의 미간이 꿈틀댔다. 인사부 사카이는 구조가 유능하긴 하나 이상할 정도로 출세욕이 강하다고 했다. 출세를 위해서라면 무슨 일이든 하는 질 나쁜 엘리트라고 미리 귀띔했다.

"니시키가 얼마나 쓸데없는 짓을 했는지 아시지 않았습니까?"

후루카와가 또 부하를 폄하하고 나섰다. 그런 놈이니까 실종된 거라는 말투다. 후루카와의 혹평이 끝나길 기다렸다가 구로다가 말했다.

"은행이라는 데는 참 얄궂은 곳이네요. 아무리 일을 잘해도 그걸 평가하는 쪽이 얼간이라면 제대로 평가해줄 수 없으니까요."

표면적으로나마 우호적이었던 분위기가 산사태처럼 무너졌다.

"그건 무슨 소립니까?"

구조의 눈에서 서서히 분노의 불꽃이 타오르기 시작했다.

"말 그대로입니다."

구로다는 연하의 지점장에게 냉정하게 쏘아붙였다.

"니시키 대리는 현금 분실 사건이 일어났을 때 기타가와 아이리를 보호했습니다. 기타가와 씨와는 아까 이야기해봤는데, 그녀는 그런 일을 할 사람이 아닙니다. 후루카와 씨, 당신은 아무나 의심하는 모양이군요. 제 경험에 따르면 부하 직원을 나쁘게 얘기하는 상사들은 대체로 형편없는 사람들이죠."

말문을 굳게 닫은 후루카와 대신 구조가 입을 열었다.

"저희를 우롱하시는 겁니까? 구로다 차장."

"사실을 말하는 겁니다. 아무래도 납득하지 못할 테니까 당신들이 얼마나 형편없는지 설명해드리죠. 감사 결과, 중요 과실이 세 건 발견됐습니다."

후루카와의 낯빛이 변했다.

"저기…… 두 건 아닙니까?"

"아뇨, 세 건입니다. 게다가 그중 한 건은 과실 수준이 아닙니다. 당신들 경영 태도 자체가 의심되는 내용입니다."

구조의 무언의 추궁에 후루카와는 영문을 모르겠다는 듯 고개를 절레절레 흔들고는 휘둥그레진 눈으로 구로다를 봤다.

"7월 초, 현금 분실 사건이 있었습니다. 당신들의 보고서에 따르면 현금은 사건 다음 날 발견됐다고 했습니다. 다카시마 영업과장에게 물었더니 자금계에서 발견됐다고 하더군요. 맞습니까?"

"무, 물론입니다."

그렇게 대답했지만 후루카와의 안색은 이미 변해 있었다. 품위 없고 연기가 서투른 배우. 그 옆에서 구조는 무엇이든 태워버릴 것 같은 뜨거운 시선으로 구로다를 보고 있었다.

구로다는 바인더에 끼운 자료를 테이블 위에 올려놨다. 구조, 후루카와, 다카시마, 니시키의 출입금 명세서였다.

"여러분이 인출한 현금이 전부 얼마인지는 계산 안 해도 되겠죠."

"무, 무슨 말을 하고 싶은 겁니까?"

후루카와가 낭패스러운 표정으로 말했다. 이때 구조가 후루카와를 차가운 시선으로 막고 나섰다. 구조는 여전히 입을 굳게 다문 채였다.

"이제 와서 이런 일을 설명할 필요도 없을지 모르겠군요. 하지만 설명해드리죠. 은행이라는 조직에서는 현금이 부족할 때 직원들이 사재를 터는 걸 금하고 있습니다. 이유는 간단합니다. 그것은 현금을 훔치는 행위를 돕는 것이기 때문입니다. 현금이 분실된 다음 날, 여러분들의 계좌에서 인출된 총 100만 엔. 이게 뭘 의미하는 걸까요? 더 이상 설명할 필요는 없겠죠? 아니면 아직도 시치미를 뗄 생각입니까?"

무거운 침묵 끝에 후루카와가 갑자기 매달렸다.

"이해 좀 해주시죠. 당신이 저희 입장이었다고 해도 똑같았을 겁니다."

구로다는 비웃었다.

"아뇨. 그보다 범인을 철저하게 찾았을 겁니다. 그 점에 있어서도 당신들은 안일했습니다. 겉수습에만 몰두한 나머지 가장 중요한 범인 찾기를 방기한 거죠. 이러고도 관리자라고 하시겠습니까? 구조 지점장, 내가 당신을 우롱한다고 했죠? 맞습니다. 난 당신들을 우롱하고 있어요. 당신 같은 사람은 지점장을 맡을 자격이 없습니다."

지긋이 노려보던 구조의 눈에서 분노의 불꽃이 터져 나왔다.

"이 건은 인사부에 보고하겠습니다. 그러면 당신들한테도 상응하는 처분이 내려질 테니 각오해두십시오. 자업자득입니다."

"한 번만 봐주시면 안 됩니까? 부탁합니다, 구로다 차장!"

후루카와는 계속 매달렸다.

"그럴 순 없습니다."

구로다가 딱 잘라 거절하는 순간 "구로다 차장과 단둘이 얘기하고 싶네" 하며 구조가 천천히 말문을 열었다. 조금 전까지의 분노가 사그라든 그의 표정에는 또 다른 생각이 또렷하게 드러나 있었다.

"부지점장, 비켜주지 않겠나? 어서!"

"아, 네."

후루카와가 의아한 표정으로 응접실을 나갔다.

"무슨 생각을 하고 있는 겁니까, 지점장?"

구로다가 두 손 들었다는 듯 말하자 구조는 "거래"라고 답했다.

"거래? 온당치 않습니다. 내가 그런 걸 받아들일 거라고 생각합니까?"

"받아들이지 않으면 곤란할 텐데."

구조는 소문대로 강했다.

"그런 말도 안 되는!"

이때, 구로다는 구조의 한마디에 몸을 움츠렸다.

"구로다 차장, 당신에게는 감사관 자격이 있소?"

"무슨 소리요?"

사람들을 물리치고 싸움이라도 할 작정인가? 그렇다면 받아들여주지. 그런 생각을 하고 있는데 "정말 나를 기억하지 못하나?" 하고 구조가 말했다.

구로다는 물끄러미 상대의 얼굴을 쳐다봤다.

1만 5천 명의 직원을 거느리고 있는 도쿄제일은행에서 실제로 안면이 있는 사람과 없는 사람을 고르라면 후자가 압도적으로 많다.

"언제 만났던가요?"

구로다는 아침에도 같은 말을 물었다. 그때 구조는 애매하게 얼버무렸는데 지금은 분명하게 이렇게 답했다.

"8년 전 6월 8일. 당신이 가마타 지점의 영업과 대리였을 때."

"6월……?"

구로다의 온몸에서 피가 거꾸로 솟았다.

그럴 리가……!

구조는 오랫동안 본점 사무부 분야에서 경력을 쌓은 인물이었다.

"당시 사무부에 지점들을 점검하는 팀이 있었지. 목적은 ATM 관리의 실태 조사였고, 발족 당시 감사부를 대동하는 게 일반적이었소. 그때 그 팀에 내가 있었지. 기억 안 나나? 당신이 나를 ATM으로 안내했는데."

구로다는 눈을 크게 떴다. 그의 뇌리에 당시의 일이 생생하게 되살아났다. 젊은 감사관 직원이 주워 든 일본경마협회 띠지. 그 순간 온몸이 얼어붙은 듯 모든 움직임이 정지했다.

"이건 내 추측이지만."

구조는 그렇게 전제하고 계속했다. "당신은 금요일 밤 ATM 기기에서 현금을 빼낸 거 아니오? 그리고 월요일 아침, 우리가 오기 직전에 되돌려 놓았고."

"뭐요? 말도 안 되는 소리!"

신음하듯 내뱉은 구로다에게 구조가 말했다.

"띠지가 떨어져 있었지. 일본경마협회 것. 그걸 보고는 바로 알아차렸지. 당신이 훔친 돈을 경마에 썼다는 걸. 그리고 땄다고."

"경마?"

시치미 떼는 구로다에게 구조가 "일본 더비" 하고 못을 박았다.

"특별 주간에 다케라는 기수가 출전했던 경주 말이오. 배당은 두 배 정도였지. 당신은 아마 거기에 걸었고 두 배를 벌어서 가져갔던 돈을 ATM에 돌려놨을 거요. 실은 그때 당신의 예금

계좌도 조사했지. 틀림없더군. 천만 엔 정도 잔고가 늘어 있었으니까. 당신은 아버지로부터 생전 증여를 받은 거라고 설명했지만, 내가 조사한 바로는 그런 사실은 없었소."

구로다는 어안이 벙벙한 상태로 구조를 쳐다볼 수밖에 없었다.

"잊을 수도 있어요, 구로다 씨. 공표하면 당신은 필시 징계면직이오. 은행에 공소시효란 건 없지. 그리고 나는 아직도 그 띠지를 가지고 있고."

"그게 당신의 거래요?"

구조는 대답 대신 도전적인 시선을 보냈다.

구로다는 잠자코 있다 물었다.

"왜 그때 고발하지 않았소?"

구조는 천천히 담뱃갑에서 담배를 꺼내 불을 붙였다.

"고발할 필요가 있었을까? 잠자코 있으면 언젠가 이용 가치가 생길지도 모르는데. 예를 들어 바로 이럴 때 말이지."

아니! 이런 놈도 있군! 놀라서 어쩔 줄 몰라 하는 구로다에게 구조가 계속 말했다.

"게다가 좀 부럽기도 했지. 실은 나도 그 경주에 걸고 싶었거든."

"특별 주간 말이오?"

구로다는 무심코 질문을 던졌는데 구조는 고개를 가로저었다.

"아니. 하지만 그 경주에서 2번이나 3번 기수가 인기를 끌었다면 했을지도 모르지. 그렇게 배당이 낮지 않았다면 말이오. 가장 인기 있는 우승 후보는 내 취미가 아니었거든. '은행 레이스'는 싫었소. 하지만 당신은 그 말에 모든 걸 걸었지. 나는 거기에 경의를 표한 거요. 그게 진짜 도박이니까."

구조가 마키다와 똑같은 말을 했다.

8장

서민촌 신기루

1

회의실은 음울한 검은 구름으로 덮여 있었다.

감사 결과는 최악이었다. 긴급 소집된 전체 회의에서 후루카와의 분노가 격렬하고 또 유난해서, 지점 전체의 공기가 위축되었다. 원래대로라면 이렇게 끝나지 않았을 거라는 구조의 한마디가 무겁기만 했다.

감사를 이끌었던 구로다 차장과 구조 사이에 어떤 말이 오갔는지는 아무도 모른다. 다만 막다른 곳에서 발휘된 구조의 교섭 능력 덕분에 나가하라 지점은 재감사라는 오명을 덮어쓰지는 않았다.

융자과의 신참 다바타 요지는 차가운 시선으로 이 회의를 지켜보고 있었다. 중요 과실이 나와 죄인 취급인 융자과와 영업과에 대한 후루카와의 질책은 예사롭지 않았다. "제대로 하고 있는 건가?" "너무 느슨해져 있어." "자세가 불량해." 다바타가

서민촌 신기루

후루카와의 표적이 되어 모진 소리를 들었지만, 후루카와가 무슨 말을 해도 다른 사람 일처럼 여겨졌다.

융자과에서 관리하고 있는 여행자 수표의 잔고를 잘못 파악한 건 분명 다바타의 책임이었다. 하지만 그건 관리 대장에 숫자를 잘못 기록한 것일 뿐, '이중장부를 만들었다'거나 '다른 주머니를 찼다'는 얘기를 들을 정도는 아니었다.

"다바타, 반성하고 있는 건가! 도대체 지점장님한테 어디까지 폐를 끼칠 셈이야!"

후루카와의 호통에 다바타는 여전히 냉랭한 시선으로 응했다.

"바보 같은 소리 하고 있네."

들리지 않게 중얼거릴 생각이었는데 마쓰오카 겐조 융자과장이 휙 돌아봤다. 그 눈에 화가 치미는 게 보여 시선을 피했다.

당연히 회의가 끝난 후에 마쓰오카에게 호출당했다.

"다바타, 잠깐 이리 와."

모두 일어나 돌아가는 걸 확인한 마쓰오카는 "어쩔 셈이야?" 하며 화를 냈다.

"자네, 맡고 있는 일의 중요성을 알고 있나? 자네가 저지른 건 큰 실수야. 지점의 평가가 깎였는데 그래도 괜찮나?"

"그건 부주의로 생긴 실수였습니다."

쯧, 혀차는 소리와 함께 송곳 같은 시선이 다바타에게 꽂혔다.

"그런 변명이 어디 있나! 부지점장님의 질책을 대체 뭐라고 생각하는 거야?"

홍, 여보란 듯 다바타가 내뱉었다.

"부지점장님은 그런 말을 할 자격이 없다고 생각합니다."

"뭐라고?"

올해 마흔셋이 된 마쓰오카는 오랫동안 융자 쪽에서 경력을 쌓아온 베테랑이었다. 하지만 다바타의 입장에서 보면 그저 노회한 은행원일 뿐이었다. 이상한 걸 이상하다고 말하지 못하는 이런 조직에 수십 년씩 아무렇지도 않게 지내는 그 무신경함을 이해할 수 없었다.

"현금 분실을 은폐한 건 중대 과실 아닙니까?"

"뭐?"

마쓰오카가 크게 당황했다.

내가 모르고 있다고 생각했나? 다바타는 그런 생각을 하며 노려봤다. 만만한 상대에게는 비난을 쏟아 부으면서 스스로의 부정은 숨긴다. 그런 후루카와의 말에는 무게가 없다.

"다바타, 하고 싶은 말이 있으면 그 자리에서 후루카와 부지점장님한테 하지 그랬나?"

'그런 배짱도 없는 주제에'라는 소린가.

다바타는 비웃으며 "말해도 됐을까요?" 하고 빈정거렸다.

"저는 그나마 신경을 쓴 건데요. 지점에도 위계질서라는 게 필요하니까요. 과장님, 별로 두렵진 않았습니다. 양해해주시면 앞으로는 하고 싶은 말은 제대로 하겠습니다."

"거기 서! 다바타!"

마쓰오카가 다바타의 팔을 움켜잡았다. 그러나 다바타는 그 손을 뿌리쳤다.

앞으로는 전쟁이다. 이런 조직, 언제든 그만두면 된다. 다바타의 입장에서 보면 이미 '때려치우겠다'고 결심한 조직이었다. 그렇게 결정하고 나면 상사의 눈치를 살필 필요도, 장래를 생각해 아부할 필요도 없다.

이렇게 다바타가 기세등등한 데는 이유가 있었다.

어제 지원한 외국계 금융기관 면접에서 입사가 거의 내정된 상태였기 때문이다.

일본에서는 메가뱅크라고 한껏 뽐내도, 도쿄제일은행 정도는 세계적으로 보면 지역 은행일 뿐이다.

대학을 우수한 성적으로 졸업한 다바타는 고등학교 때 유학을 다녀온 경험이 있어서 외국어 실력이 뛰어났다. 약간 마니아적인 분위기도 있는 호리호리한 장신의 다바타는 중학교 시험부터 시작된 경쟁을 이겨낸 최고 엘리트의 자부심이 가득했다.

취직을 결정할 때도 일본은행에 갈까 여기 올까 고민했을 정도였는데 막상 입사하고 보니 첫해는 술자리 뒤치다꺼리뿐이었다. 변변한 일은 맡지도 못하다가 결국 융자과에 오긴 했으나, 조직에 너무 적응한 나머지 뇌신경까지 마비된 상사들이 말도 안 되는 목표를 할당하고 있었다.

이건 얘기가 다르다. 다바타는 최고의 은행가가 되고 싶었다.

하지만 이 은행에 있는 한 그 꿈은 그저 꿈일 뿐이었다. 참고

지낸다고 원하는 부서에 갈 수 있는 조직도 아니었으니 귀중한 시간만 낭비한 꼴이었다.

"왜 그러시죠? 아직도 무슨 용건이 있으세요?"

되묻는 다바타에게 이번에는 마쓰오카가 비굴한 웃음을 흘렸다.

"다바타, 이제 좀 어른이 돼야지. 고야마처럼 되고 싶나?"

고야마 도오루. 올해 4월, 후루카와와 충돌해 결국 은행을 그만뒀다. 은행 여론은 고야마의 태도가 나빴기 때문이었다며 후루카와 편을 들어줬지만 다바타의 생각은 달랐다.

잘못한 건 후루카와였다.

고야마는 다바타의 1년 선배로 대학에서 전공은 주식시장이었다. 한편 다바타는 금융 마케팅이라는 다소 특수한 분야를 가지고 졸업논문을 썼다. 그 견지에서 보면 고객이 원하지 않는, 혹은 고객에게 이득이 없는 상품을 맘대로 파는 것은 말이 안 됐다. 그런 상황을 보고 고야마가 이래도 되는 거냐고 물은 건 너무나 당연한 일이었다.

하지만 후루카와도 다른 관리자도 고야마의 반론을 진지하게 대하지 않았다. 아니, 진지하게 대할 수 없었다. 그러한 일의 본질을 생각하지도 않고 그저 상사에게 대들었으니 나쁘단다. 그렇다면 군대와 다를 게 뭐가 있나. 고야마는 지금 아버지가 운영하는 회계사무소에 들어가 회계사를 목표로 공부 중이라고 한다.

"고야마 선배처럼이라니, 무슨 소리죠?"

"여기 있기 힘들게 된다는 소리지."

어차피 관둘 꺼니까요. 이 말이 목구멍까지 올라왔으나 참았다.

"과장님, 말 돌리지 마십시오."

다바타가 날카롭게 반문했다. "분실한 돈을 지점장님 이하 몇 분이 나눠서 충당했다는 거, 알고 계셨죠? 그래도 되는 겁니까?"

마쓰오카는 순간 말문이 막혀 "이봐, 그건" 하며 얼버무렸다.

"지금 와서 그런 말 해봤자 소용없어. 자네가 그런 말을 어디서 들었는지는 모르겠지만, 쓸데없는 소리 좀 작작하게. 이거나 지켜."

그는 입술 위에 검지를 세웠다.

"이미 늦었습니다. 그건 공공연한 비밀이니까요."

다바타는 얼굴을 찡그린 마쓰오카에게 이렇게 내뱉고 2층에 있는 자기 자리로 돌아왔다. 창구 제일 앞줄에 있는 책상에는 회람 자료가 산더미처럼 쌓여 있었다. 말단인 다바타의 일 중 절반은 이런 잡무였다.

작은 한숨을 흘리고 자료를 집어 든 다바타는 가장 밑에 깔린 봉투를 발견하고는 손을 멈췄다.

봉투에는 노란 메모지가 붙어 있었는데 거기에는 기타가와 아이리의 도장과 짧은 글이 적혀 있었다.

에지마공업에 전해주세요. 부탁할게요.

에지마공업의 담당은 다키노 마코토 대리였고, 다바타는 서류
나 처리하는 사람이었다. 거래처 사람들과는 일면식도 없었다.
"이거야, 참! 그래도 한번 들러볼까."
아이리의 사랑스러운 미소를 떠올리며 다바타는 이날 처음
으로 웃음을 지었다.

2

주차장으로 나오자 8월의 따가운 직사광선이 얼굴에 쏟아졌
다. 뜨거운 물을 뒤집어쓴 듯한 하늘을 원망스럽게 올려다보며
업무용 자동차 문을 열었다. 와락 달려드는 열기를 피해 시동
을 걸고 에어컨을 최고로 올린 다음, 잠시 기다렸다.
"덥다, 더워!"
문을 연 채 담배를 피우고 있는 다바타를 보고 쇼핑백을 손
에 들고 지나가던 네모토 노부유키가 말을 걸어왔다.
"정말 비참하군. 나도 업무용 차가 필요하다고."
"어이! 지점장 후보!"
서무행원인 네모토의 놀림에 다바타는 쓴웃음을 지었다.
지점의 이런 인간관계가 싫은 건 아니었다. 희한하게도 출세

나 승진 같은 것과 관련이 없는 사람일수록 매력적이고 따뜻했다. 은행이란 곳은 이상한 곳이었다. 다바타는 철썩 달라붙는 비닐 시트에 몸을 기대고 주차장을 나왔다.

상가에서 나가하라 가도로 나와 고탄다 방면으로 향했다. 한여름 낮 시간. 도로는 비어 있어서 쾌적하기까지 했다. 시나가와구에 있는 거래처에 들러 새로운 대출 건을 마무리 짓는 게 오늘 일이었다.

다바타가 방문하면 사장은 몸을 납작 낮추고 접대한다. 이럴 땐 우월감을 느꼈고 자긍심이 높아졌다. 세계에서는 지역 은행일지라도 일본 내에서는 대형 은행 중에서도 간판급이다. 도쿄 제일은행의 이름값은 최고였다. 전직을 고려 중인 다바타도 이런 대단한 간판을 짊어지고 비즈니스를 하는 게 싫지 않았다.

그 때문인지 좀 오래 머물렀다. 사무실을 나왔을 때는 맑았던 하늘이 별안간 흐려지더니 거대한 구름이 낮게 깔리기 시작했다. 자동차 앞 유리에 굵은 빗방울이 떨어지기 시작한 것은 첫 번째 신호를 기다리고 있을 때였다.

"한바탕 쏟아지려나."

그렇게 중얼거리고 몇 분 지나기 전에 굵은 빗방울이 보닛을 때리기 시작하더니, 순식간에 장대비가 쏟아졌다.

폭포 같은 비와 앞차가 튀기고 가는 물보라를 와이퍼가 쫓아가지 못할 정도로 심한 비였다. 거래처 한 군데를 더 들를까 했는데 빨리 돌아가는 게 나을 것 같았다. 바로 그때 기타가와 아이리가 부탁했던 봉투가 떠올랐다.

이것만 전해줘야겠다.

나가하라 가도에서 오오이 방면으로 가기 위해 교차로에서 왼쪽 깜빡이를 켰다. 한동안 달리다 자동차를 갓길에 세우고, 거래처의 정확한 위치를 알아내기 위해 지도를 펼쳤다.

에지마공업은 이 근처에 있었다. 눈앞에 있는 골목으로 들어가면 될 듯싶었다. 하지만 다바타는 그 골목 입구에서 진입 금지 표시를 발견하고 시동을 껐다.

장대비가 쏟아지는 빗속을 걸었다. 주택과 상가가 섞인 상업 지역은 금세 비에 흐려 보이고, 조금 뒤에는 걸을 수 없을 정도로 바지가 젖어버렸다.

검은 은행 가방을 안고 기도라도 드리는 것처럼 앞으로 구부린 채 우산을 쥐고 있던 다바타는 주소가 표시된 전봇대 앞에 섰다.

"이 근처인데."

바로 근처에 붉은색 오피스텔이 있었다. 여기저기 칠이 벗겨져 콘크리트가 그대로 드러나 있는 낡은 건물이었다. 올려다보는 얼굴에 굵은 빗발울이 떨어졌다. '코프 하타노다이'라는 팻말이 현관 옆에 붙어 있었다.

"어? 여기라고?"

다바타는 이상하다고 생각하면서 입구 안쪽에서 우산을 접고 물방울을 털었다.

갑작스러운 비 때문인지 땅에서 먼지와 곰팡이 냄새가 올라왔다. 그 냄새를 맡으면서 다바타는 콘크리트가 떨어져 나간 계단을 천천히 올라갔다.

3층까지 걸어 올라가 곧장 동쪽에 있는 문 앞에 섰다. 하타노다이 외곽의 혼잡한 상가가 보였다. 301호 앞에 선 다바타는 인터폰으로 손을 뻗으며 조금 망설였다.

문패가 없었기 때문이었다.

과감히 눌러봤다.

안에서 초인종 울리는 소리가 어렴풋하게나마 들려왔는데 인기척은 없었다.

다바타의 가슴에 이상한 느낌이 몰려왔다.

에지마공업은 업무과의 다키노 마코토가 따낸 우량 기업이었다. 또렷하게 기억나는 건 아니었지만 매출 수십억 엔의 중견 기업이라고 들었다. 그만한 규모라면 직원 수도 상당할 텐데, 이런 작은 오피스텔에 입주해 있을 리가 없었다.

셔츠 주머니에서 휴대폰을 꺼내 지점으로 전화를 걸었다.

"바쁜데 미안합니다. 에지마공업 전화번호가 어떻게 되죠?"

잠깐 기다리라는 아이리의 말에 이어 통화 대기 멜로디가 흘렀다. 그리고 아이리가 불러준 번호를 외웠다가 통화 버튼을 눌렀다.

분명 뭔가 착오가 있었을 것이다. 301호를 뒤로 하고, 오피스텔 중앙에 있는 계단을 향해 걷던 다바타는 발길을 멈췄다.

다바타는 어정쩡한 표정으로 등 뒤의 크림색 페인트가 두텁게 칠해진 문을 바라봤다. 창백한 얼굴에 가벼운 놀라움이 퍼졌다.

빗소리에 섞여 전화벨이 울렸던 것이다.

문 안에서.

"어! 정말, 여기가?"

아무도 받지 않았다. 종료 버튼을 눌렀다. 안에서 울리던 벨소리도 끊어졌다…….

"저기…… 이거, 전하지 못했어요."

결국 지점에 봉투를 가지고 돌아올 수밖에 없었던 다바타는 상담 창구의 아이리에게 갔다.

사정을 들은 아이리도 고개를 갸웃하며 이해하기 어렵다는 표정을 지었다.

"우편함에 넣어둘까 생각했는데 문패도 없고. 혹 잘못되면 큰일일 것 같아서요. 어떡하죠?"

"담당인 다키노 대리님께 물어보죠."

아이리는 손목시계를 봤다.

오후 4시. 다키노는 늘 6시가 넘어야 돌아온다.

"최근 주소가 바뀌었어. 하타노다이가 본사가 됐고."

"본사? 아무리 봐도 그렇게는 보이지 않던데요. 낡아빠진 오피스텔이에요. 사람도 없었고요."

다바타의 말에 아이리는 생각에 빠졌다.

"왜 그럴까?"

아이리가 혼잣말을 했다. 8월의 한산한 저녁, 하루 업무를 정리하느라 은행은 번잡했다.

3

"다키노 대리님."

오후 7시가 다 되어 다키노가 외근에서 돌아오자, 다바타가 말을 걸었다.

업무과의 다키노는 대학 시절 농구로 단련된 장신의 몸을 아무렇게나 의자에 내던지고 담배를 피우던 중이었다.

"왜?"

그는 담배를 입에 물고 다리를 꼬고서 비스듬하게 앉아 책상 위에 놓인 자료를 보며 물었다.

"에지마공업 말인데요."

"에지마?"

"오늘 들렀는데 좀 이상해서요. 주소가 하타노다이 맞나요?"

다키노는 다바타의 말이 이해되지 않는다는 표정이었다.

"아! 오피스텔이었지. 아주 낡은."

"네, 맞아요. 그런데 괜찮은 건가요? 아무도 없는 것 같던데."

"당연하지. 지금 사옥을 다시 짓느라 잠시 빌린 거야. 돈도 많은데 좀 괜찮은 곳을 빌리지……. 그런데 자네가 무슨 일로?"

아이리가 부탁한 봉투에 대해 말하자 다키노는 한심하다는 듯 말했다.

"참 한가하군. 전해줄 게 있으면 내가 전달하지."

"기타가와 선배가 우편으로 부친다고 하던데요."

"아, 그래."

다키노가 흥미를 보이지 않자 다바타는 김이 빠졌다.

하지만…….

자기 자리로 돌아간 다바타는 에지마공업의 신용 정보 파일을 꺼내 보았다.

업종은 전자 부품 기획 판매, 창업은 거품경제가 한창이었던 1992년. 대규모 전기회사의 기술자였던 에지마 무네히로가 독립해 창업한 IT 관련 기업이다.

"매출이 80억 엔이나 되네!"

그런데 문패도 전화 받는 사람도 없다고? 세상에 별 희한한 회사가 다 있군. 이때 "회의 시작하죠!" 하는 마쓰오카의 목소리가 들려왔다.

"……그런 이유로 융자과가 고전 중입니다."

마쓰오카는 미간에 주름을 잔뜩 잡고 너무나 죄송하다는 표정으로 보고했다.

은행에서 과장 자리에 있으려면 상당한 연기력이 필요하군, 다바타는 야유를 담아 그렇게 생각했다.

"그렇게 축 늘어져 있지 마! 이게 너희들 본업이야! 그런데 이렇게 형편없는 성적으로 뭘 어쩌겠다는 건가!"

후루카와의 질책에 융자과 소속 직원들은 일제히 고개를 숙였다.

"특히 다바타!"

다바타는 자기 이름이 거명되자 차갑게 후루카와를 봤다. 그게 마음에 들지 않았는지 후루카와의 표정에 분노가 가득했다.

"언제까지 신입사원처럼 행동할 건가! 대출을 반년이나 담당해놓고 실적다운 실적을 하나도 올리지 못했잖아! 우리는 공밥을 먹여줄 만한 여유가 없어. 감사에서는 걸림돌이 되기나 하고, 어쩔 셈이야."

예전에는 고야마, 지금은 다바타…….

후루카와의 질책은 심하다 싶을 정도로 계속됐고, 이는 할 마음은 모조리 사라지게 하고 다바타의 반감만 키웠다.

경기가 어떻든 중소영세기업이 득실대는 이 오타구 외곽에서 적극적으로 대출해줄 우량 기업을 찾는 게 그리 쉬운 일은 아니었다. 무엇보다 영업을 하려고 해도 경쟁력 있는 상품이 하나도 없었다. 다른 은행과 비교해 금리도 대출 조건도 동일했다. 다른 은행들도 눈에 불을 켜고 거래처를 찾고 있는데 말이다.

"이봐, 다바타!"

정신을 차리고 보니 마쓰오카가 무서운 얼굴로 노려보고 있었다.

"죄송합니다."

너무나 화가 나 분을 다스리지 못하게 된 후루카와에게 다바타는 감정을 담지 않은 목소리로 사과했다.

지금 내가 무슨 짓을 하고 있나?

자신이 처한 입장을 알 수 없었다. 머릿속의 방위 자석이 자성을 잃고 빙글빙글 돌기 시작했다.

"그만 됐네. 업무과!"

이어서 일어난 업무과장 가시마 노보루는 마쓰오카와는 대조적으로 득의양양했다.

"업무과는 다키노 대리의 활약으로 이번 달 대출 확보 예정액 5억 엔, 목표 달성률 120퍼센트가 될 전망입니다."

구조와 후루카와가 크게 끄덕임과 동시에, 넋이 나간 융자과원들의 한숨이 새어 나왔다.

엔도 다쿠지가 병으로 요양 중이라 현재 나가하라 지점의 신규 유치는 다키노 혼자 감당하고 있었다. 다키노는 그 중책을 멋지게 처리하고 있었다.

"좋아, 업무과! 자세히 얘기해보게."

융자과를 대할 때와는 달리 부드러운 표정이 된 후루카와에게 "다키노 대리가 하겠습니다" 하며 가시마가 바통을 넘겼다.

"그럼 이번 달 성과에 대해 발표하겠습니다."

그리고 다키노는 과원 하나하나의 대출 예상 거래처와 금액을 읽기 시작했다.

늠름한 목소리. 자신만만한 표정. 근육질의 강인함에는 일종의 아름다움까지 배어 나오는 것 같았다. 그야말로 명실상부한 나가하라 지점의 에이스다운 풍모였다.

발표하는 방식도 아주 능숙했다.

저 남자라면 어떤 회사에서도 통할 거야.

그것은 다바타도 인정할 수밖에 없는 사실이었다. 적어도 이 나가하라 지점에 다키노를 능가할 만한 인재는 없다.

"이번 달의 대출 실행 예정을 말씀드리겠습니다. 마루큐상점, 5천만 엔, 도미오카철강, 1억 2천만 엔……."

아니 이렇게까지? 놀라운 내용에 다바타는 별종을 보는 기분으로 다키노를 쳐다봤다. 그의 실적은 아무리 생각해도 같은 지역을 담당하고 있다고는 믿기지 않을 정도로 뛰어났다.

"다키노 대리, 에지마공업은 어떻게 돼가나?"

그때, 대강의 발표를 듣고 만족스러운 표정을 짓고 있는 후루카와의 옆에서 구조가 질문을 던졌다.

"업무일지에는 오늘 오후에 방문했다고 되어 있던데, 오늘 결정되는 건가?"

다키노가 슬쩍 다바타를 보는 듯한 느낌이 들었다.

"2억 엔짜리 대출 얘기가 진행되고 있습니다. 하지만 오늘 결정되기는 어려울 것 같습니다. 조금 시간이 걸리지 않겠습니까?"

"자네를 믿겠네!"

힘이 실린 구조의 말을 끝으로 다키노의 발표가 끝났다. 다바타의 마음에 작은 파문을 남기고.

오늘 오후, 에지마공업엔 분명히 아무도 없었다.

이상하다……. 파문은 서서히 커져갔다.

4

다음 날, 다바타는 정신없이 바빴다. 아침에 제일 먼저 지점을 나서자마자 업무용 차를 몰고 거래처를 세 군데나 돌았고, 오전 11시 전에 시나가와구 오오이에 있는 네 번째 거래처에서 나왔다.

어제와 같은 불볕더위였다. 에어컨을 세게 틀었는데도 미지근한 바람만 나왔다. 운전만 해도 머리가 멍해질 정도로 강한 햇살이 시야를 가득 채웠고, 작고 흰 보닛에 반사된 빛에 눈이 부셨다.

시나가와의 좁디좁은 공업지역에서 휑뎅그렁한 산업도로에 있는 다이닌케이힌 국도로 나온 다바타는 고탄다 방면으로 첫 신호에서 좌회전했다.

나직하니 신통치 않은 배기음이 울리는 소형차 운전석에서 다바타는 깊은 한숨을 쉬었다. 기대했던 대출 건은 네 군데 모두 허탕이었다. 그렇다고 손을 털고 돌아갈 수도 없어, 어딘가 예정하지 않았던 거래처라도 갈까 망설였다.

꼭 그럴 때만 차가 막혔다. 하루라도 빨리 이런 일과 연을 끊고 싶었지만, 외국계 은행으로부터는 아직 연락이 없었다. 순조롭게 면접이 진행된 날로부터 벌써 열흘이나 지나자 '너무 늦어지는 거 아닌가?' 하는 불안이 순간순간 스쳤다.

"아니야, 괜찮을 거야." 자신을 타이른 다바타는 언 발에 오줌 누기 격인 햇빛 가리개를 내리고, 라디오 스위치를 켰다.

오후의 라디오 프로그램이 흘러나오는 자동차 안에서 앞차를 따라 느릿느릿 전진했다. 그때 문득 어제 이 길을 지나갔던 걸 깨달았다. 에지마공업을 찾아왔을 때였다. 동시에 회의 때 든 의문이 다시 떠올라, 창문 너머 그 낡은 오피스텔 쪽으로 시선을 던졌다.

곧 어딘가 어정쩡한 기분이 들어 다바타는 자동차를 갓길에 세웠다. 어제 장대비 속에서 걸었던 골목. 하늘에 떠 있는 뜨거운 태양이 눈앞의 풍경을 달구고 있었다. 크게 심호흡을 한 다음 천천히 문을 열고 나와 걷기 시작했다. 기온은 35도에 가까울 것이다. 하지만 마음에 걸리는 게 있으면 반드시 해결해야 직성이 풀렸다.

좁은 골목은 어제 풍경과 조금 다르게 보였다. 어디선가 아이 우는 소리가 났다. 자전거 짐칸에 음식 재료를 가득 실은 주부가 스쳐 지나갔다. 특별활동을 끝내고 돌아오는 검게 그을린 중학생 한 무리가 스쳐가는, 그런 서민촌의 일면이 눈에 들어왔다.

목적지인 오피스텔은 한낮의 도회지 구석에 덩그러니 서 있었다. 새하얗게 태양 광선이 반사되는 거리를 걸어 어두침침한 입구로 들어섰다. 눈에 익숙해질 때까지 시간이 걸렸다. 계단을 올라 어제와 마찬가지로 301호 앞에 선 다바타는 주변의 기척을 살폈다. 만에 하나 다키노와 마주치면 뭐라고 해야 할까. 그런 생각을 하니 왠지 나쁜 일을 하고 있는 것 같았다. 그렇게 인터폰을 누를까 말까 고민하고 있는데 "누구세요?" 하고 등 뒤에서 누군가 말을 걸어왔다.

당황해 돌아본 다바타가 너무 심하게 놀란 표정을 짓고 있었는지, 상대가 의아하다는 표정을 지었다. 예순이 다 된, 체구가 작은 남자였다. 푸른색 노타이셔츠와 리넨 바지 차림, 샌들을 신고 있었다.

"아, 저기, 도쿄제일은행에서 왔는데요."

"은행?"

남자는 다바타의 검은 가방을 슬쩍 보고서야 이해한 모양이었다. "거기는 아무도 없어요."

"없어요?"

멍해진 다바타에게 남자는, "그래요. 없다고요. 오래됐는데" 하고 말했다.

"자, 잠깐만요. 하지만 여기는 에지마공업이라는 회사인데요."

"에지마? 아닌데."

남자는 미간을 찌푸렸다.

"아니라고요?"

"뭐, 내가 할 말은 아니지만."

"아, 실례합니다. 근데 누구시죠?"

"나? 나는 여기 관리인인데."

멍하게 서 있는 다바타에게 그가 "건물을 잘못 알고 온 거 아니오?" 하고 물었다.

"아뇨. 그럴 리가 없습니다. 이 근처에 에지마공업이라는 회사 없습니까?"

관리인이 고개를 갸웃했다.

"글쎄, 그런 회사는 모르겠는데. 뭔가 잘못된 것 같네요. 무슨 용건인지는 모르겠지만 다시 한 번 잘 알아보고 오구려."

다바타는 확실히 하기 위해 휴대전화를 꺼내 통화 기록을 뒤졌다. 그리고 에지마공업의 전화번호로 걸어봤다. 어제는 장대비 속에서, 그리고 지금은 한낮의 정적 속에서 벨 소리가 울리기 시작했다. 그것은 마치 머나먼 혹성에서 도착한 파장처럼 다바타의 뇌리에 꽂혔다.

정신을 차리고 보니 관리인이 이상하다는 표정으로 서 있었다.

자동차까지 잰걸음으로 돌아온 다바타는 열기가 가득한 운전석으로 미끄러져 들어가 시동을 걸었다.

담배 연기를 에어컨 바람에 날리면서 아이리에게 전화를 걸었다.

"지금 에지마공업에 와 있어요."

"수고가 많네. 주소는 맞아요?"

아이리는 가벼운 목소리로 물었다.

"아뇨. 그게 아주 이상해요."

다바타는 당황스러운 심정을 드러냈다.

"이상하다니?"

"여기에 에지마공업이라는 회사는 없어요."

"없어?"

전화 너머로 정적이 흐르면서 지점의 소란스러움이 희미하게 전해졌다. "잘 찾아본 거야?"

"네. 틀림없습니다. 그런 회사는 여기에 없어요."

다바타는 호소라도 하듯 말했다. 아이리로부터 대답이 없었다.

틀림없어. 내가 틀린 게 아니야.

내가 아닌 다른 뭔가가 잘못된 거야.

5

다바타는 저녁 8시가 넘어 에지마공업의 신용 정보가 담긴 파일과 대형 마닐라 봉투를 안고 영업과로 내려갔다. 행원들이 거의 다 퇴근해 조용했고, 1층에는 아이리 혼자였다.

비좁은 책상 위에 보고서 같은 것들이 널려 있었다.

다바타는 자료를 옆 책상에 놓고 의자를 끌어당겼다.

"에지마공업은 다키노 선배가 유치해 온 신규 고객이고 올해 2월에 5억 엔의 대출이 이루어졌습니다. 어제 회의에서 또 2억 엔의 대출을 교섭 중이라고 했습니다. 여기 우량 기업이거든요."

"보여줘."

아이리는 파일을 열어 거래처 상황을 살펴봤다.

"에지마라는 사장, 만나본 적 있어?"

"아뇨. 다키노 선배 혼자 접촉하고, 우리는 업무 처리만 해요."

"그럼 다키노 씨 말고는 아무도 만나지 않는다고?"

"네. 하지만 신규 대출을 했을 때는 적어도 지점장이나 과장 정도는 만났을 텐데요. 대출 상대니까요."

"그러면 전에 대형 투자신탁도 팔았나?"

그랬다. 4월, 투자신탁 판매 캠페인이 한창일 때 다키노가 친 깨끗한 안타였다.

"잠깐 이거 봐."

그렇게 말하고 아이리는 자기 책상에 놓인 자료를 다바타에게 보여줬다. 컴퓨터 조회 기록이었다.

"이거, 본점 감사부의 구로다 차장이 확인해보라고 보내준 거야. 봐, 이 계좌번호. 현금 100만 엔이 분실되자마자 빈번하게 나오는 번호가 있어. 실은 이거, 히카루의 카드 키로 검색한 조작 기록인데, 히카루는 짚이는 데가 없다고 하더라고."

자료에서 아이리는 번호 하나를 가리켰다.

"정말 여러 번 나오네요. 잔고 조회, 출입금 명세서……. 정말 많군요. 누구 거예요?"

"다키노 씨."

아이리가 말했다.

"이건 다키노 씨가 가지고 있는 보통예금 계좌번호야."

"다키노 선배의?"

"그래. 니시키 선배는 다키노 씨에 대해 조사했어."

다바타가 고개를 들었다.

"아니 왜?"

"왜라고 생각해? 그 이유를 찾는 게 우리가 할 일일지도 몰라."

아이리는 그렇게 말하고 전날 저녁 다바타가 돌려준 에지마 공업 앞으로 보내려던 봉투에서 내용을 꺼내 보여줬다.

내용물은 다른 은행에서 부친 이체 명세표였다.

"이건 니시키 선배의 책상 매트 밑에 있던 거야."

"니시키 대리님이요? 어떻게?"

아이리는 고개를 약간 기울였다.

"감사부의 구로다 차장한테 그 말을 들었을 때 이상하다고 생각했어. 다른 은행의 명세표였던 데다 잔뜩 구겨져 있어서. 하지만 일단 당사자한테 보내야겠다고 생각해서 다바타 씨에게 부탁한 거야. 그런데 혹시 이 명세표 자체에 다른 의미가 있을지도 모르겠어."

다바타는 아이리의 손끝에서 흔들리고 있는 명세표를 물끄러미 쳐다봤다.

"다른 의미?"

"그걸 지금부터 조사해야 돼. 약정 서류 가지고 있어?"

다바타는 가지고 온 봉투를 열어 노란 파일을 꺼냈다.

지금은 대형 금고가 폐쇄된 상태라서 원래 거기에 들어 있어야 할 약정 서류를 가지고 나온 걸 알면 큰일날 것이다. 혹시 감사에서 발각되면 이것도 중요 과실이 된다.

그걸 말했더니, "의외로 사소한 데 신경을 쓰네"라며 아이리가 한마디했다. 그 말이 다바타의 가슴을 찔렀다.

"벼, 별로 신경 쓰진 않아요."

정색한 다바타 앞에서 아이리는 재빨리 서류를 훑어보기 시작했다. 모두 영구 보존이 의무화되어 있는 중요한 서류들이었다.

한 장 한 장 열심히 들여다보며 서명과 날인을 조회하던 아이리는 문득 회사의 인감증명서에서 갑자기 동작을 멈췄다.

장식이 없는 가늘고 예쁜 손가락이 그 표면을 더듬었다. 긴장한 탓인지 그 모습이 이상하게도 관능적으로 보여, 다바타는 침을 삼켰다. 손 때문에 형광등 빛에 그늘진 아이리의 표정을 보고 있는데 갑자기 험악한 눈빛과 마주쳤다.

"왜, 왜 그러세요?" 다바타가 놀라 물었다.

아이리는 대답 없이 자리에서 일어나 벽 쪽에 놓인 복사기로 걸어갔다.

"뭘 하시려는 거예요?'

"잠자코 봐."

인감증명서를 놓고 복사 버튼을 눌렀다.

배출구에서 나온 복사본을 들고 본다.

하나도 이상하지 않을 텐데. 복사본이 하나 생겼을 뿐.

"이게 뭐 어쨌다고요?"

"다바타는 융자과원으로는 실격이네." 아이리가 말했다.

"이 인감증명서는 위조된 거야."

"네? 어떻게 그런 걸 아세요?" 다바타가 놀라 물었다.

"진짜 인감증명서에는 위조방지용 '표시'가 들어 있어. 복사하면 'COPY' 혹은 '복사'라는 글자가 나오지. 하지만 이 복사본에는 그런 게 없잖아."

"아, 그렇군요."

감탄과 놀라움의 시선을 동시에 보내는 다바타 앞에서 아이리는 다른 인감증명서를 꺼내 왔다.

에지마 무네히로 사장의 것이었다.

똑같이 복사해본다.

"이것도⋯⋯ 가짜네⋯⋯."

다바타의 중얼거림이 정적에 휩싸인 은행에 생생하게 울렸다.

아이리와 함께 지점을 나왔다. 이케가미선으로 고탄다까지

가서 거기서 야마노테선으로 갈아탄다. 행선지는 요요기였다.

요요기역에서 야마노테 대로 방향으로 걸어서 약 10분. 에지마 무네히로의 주소는 3층짜리 연립주택으로 되어 있었다. 에지마의 집은 그곳 210호였다.

공동현관도 그 무엇도 없는 보통의 연립주택이었다.

"우량 기업의 사장 집치고는 너무 허접하네요."

다바타의 농담을 흘려들으며 아이리는 계단 옆에 있는 우편함을 들여다봤다.

"이름이 없어."

"진짜네."

나란히 서서 우편함에 얼굴을 가까이 해 들여다보니, 바닥에 뭔가 떨어져 있는 게 보였다. 다바타는 주위를 살피고 우편함 속으로 손을 뻗었다.

"잠깐, 뭐 하는 거야?"

"망 좀 봐주세요."

아무리 손을 뻗어도 바닥에 닿지 않았다.

가방에서 샤프를 꺼내 뚜껑을 벗기고 지우개를 뺐다. 그리고 우편함 바닥을 훑어 바닥에서 엽서를 꺼냈다.

"다바타, 의외로 악동 기질이 있네."

눈을 크게 든 아이리가 질렸다는 듯 말했다.

"기지가 번뜩이지 않나요? 그런데 이건 뭐지?"

비디오 대여점에서 카드 유효기간 만료를 알리는 안내문이었다. 다른 하나는 전기 요금 고지서였다.

둘 다 주소는 같은데 이름은 에지마 무네히로가 아니었다.

이시모토 고이치였다.

누구지?

다바타는 셔츠 주머니에서 휴대전화를 꺼내 우편물의 주인 이름을 꺼내 촬영한 후 다시 우편함에 넣었다.

"가죠."

아이리를 재촉해 빠른 걸음으로 그곳을 떠났다.

아무래도 일이 이상하게 되어가고 있었다. 역까지 돌아가는 길에 다바타는 그 의미를 계속 생각했다. 아이리도 그런 듯 언짢은 표정으로 입을 굳게 다물고 있었다.

"있지, 밥 먹을래?"

야마노테선 전철이 고가 밑을 지나가는 소음을 들으며 아이리는 무언가를 떨쳐내려는 듯 말했다.

"아! 꽤, 괜찮으시겠어요?"

다바타는 조금 당황해 물었다.

"뭐가?"

"미키 선배하고, 어, 그러니까……."

"상관없어. 서로 그런 사소한 데까지 신경 쓸 여유 같은 거 없어. 그리고 이 일에 대해 좀 더 얘기하고 싶은데."

미키와 아이리의 관계는 현금 분실 사건 이후 공인된 상태였다. 그전까진 아이리가 봉 잡았다며 상당한 질투를 받았지만 미키의 집이 어려워졌다는 사실이 알려지면서 차가운 시선도 사라졌다.

"그런가요."

마지막 한마디에 다바타가 낙담할 새도 없이 선술집 간판이 나타났다.

"선술집이라도 괜찮을까요?"

"그쪽만 괜찮으면 나도 괜찮아."

기타가와 아이리라는 사람은 꾸밈이 없다. 스타일 같은 것에 개의치 않는다. 무뚝뚝하기도 했지만, 이만큼 허영이 없는 사람은 처음이었다.

쩌렁쩌렁한 인사 소리와 함께 벽 쪽으로 안내되었다. 평일 늦은 시간이라 가게는 비어 있어서 긴요한 얘기를 하기에 안성맞춤이었다.

"지금까지의 일을 정리해보자."

주문을 끝내고 아이리가 말했다.

"먼저 니시키 선배가 실종되는 사건이 일어났어. 개인적으로 선배는 실종될 이유가 없었어. 그런 상황에서 에지마공업이라는 회사의 실체에 대해 다바타가 의문을 가지게 됐고. 이 회사는 다키노 씨가 신규 고객으로 유치한 회사였어. 니시키 선배가 다키노 대리의 예금명세서를 조사했다는 것도 밝혀졌고. 그리고 지금, 에지마공업이 제출한 서류가 위조됐고, 사장의 주소에도 다른 사람이 살고 있다는 사실을 알아냈지……."

"또 있어요."

다바타가 보충했다. "아마 다키노 선배는 이 회사에 대해 알고 있을 겁니다. 아마 서류가 위조됐다는 사실도요. 어제 회의에서 선배는 에지마공업을 방문했다고 했지만 그거 거짓말이에요. 이건 제 생각인데 선배는 이 사건과 어떤 관계가 있는 것같아요."

"문제는 그 사건이라는 게 뭐냐는 거야."

혼잣말을 하듯 아이리가 말했다.

"아마 나랑 똑같이 생각하고 있을 것 같은데."

"그렇죠! 그럼 말할게요. 이 건에서 의심하는 건 그러니까……."

거드름을 피우는 다바타보다 먼저 아이리가 시원하게 입을 열었다.

"가짜 대출이지!"

6

에지마공업이라는 회사는 처음부터 없었다.

그것이 아이리와 함께 도달한 결론이었다.

에지마 무네히로라는 사장도 애초에 존재하지 않았다. 존재하는 것은 이시모토 고이치라는 부동산회사의 사장뿐이었다.

이시모토가 아카사카에서 부동산회사를 운영하고 있다는

걸 알아낸 것은 다음 날이었다.

은행 정보 단말기에 '이시모토 고이치'를 입력해 검색했더니, 이름과 주소가 일치하는 사람이 딱 한 명이었다.

"아카사카 지점의 거래처였나……."

은행 온라인으로 모든 지점을 조회하면 어떤 지점에서 어떤 거래를 하는지 바로 알 수 있다.

실마리라도 잡으면 좋은데.

다바타는 컴퓨터 단말기를 두드려 10분 정도 되는 짧은 시간에 이시모토에 관한 다양한 정보를 얻었다. 계좌번호부터 공과금 인출, 예금 명세……. 당하는 입장이 되면 소름 끼치지만 은행은 상대를 발가벗길 수 있는 정보를 가지고 있다. 어떤 의미에서는 수십 년씩 사귀어온 친구보다 그 사람에 대해 더 자세히 알 수 있는 것이다.

이시모토는 아카사카 지점에 예금계좌를 가지고 아카사카 부동산이라는 회사를 경영하고 있다. 이 회사에 대해 도쿄제일은행은 총액 20억 엔 정도를 대출하고 있었다. 그러나 지금, 그것은 2개월째 연체된 상태로 불량 채권이 되기 일보 직전이었다. 아카사카부동산은 마지막 숨을 헐떡이는 도산 직전의 회사였다.

"이시모토라는 사람, 자금 문제로 곤란을 겪는 게 분명해."

다바타가 출력한 명세표를 본 아이리는 한숨을 내쉬었다.

"그뿐 아니라 사장과 다키노 씨와의 관계가 그려지네."

다키노는 나가하라 지점에 오기 전, 아카사카 지점에서 근무했기 때문이다.

"아카사카 지점 시절에 담당자와 거래처 관계였겠지요?"

"아마도."

"그럼, 유착 관계인가?"

아이리는 의자를 빙글 돌리고 "자, 이제 어쩌지?" 하며 시원스레, 그러면서도 어딘가 지친 기색으로 물었다.

"다바타가 말할 거야? 아니면 내가?"

"아무래도 제가."

아이리가 살짝 고개를 끄덕였다.

"나도 그러는 게 낫다고 생각해. 다바타는 에지마공업의 담당자니까. 만약 내가 말하면 본인이 부정을 발견하지 못했다고 혼날지도 모르잖아. 은행이란 게 그런 조직이야."

아이리의 말이 맞는다.

"과장님, 지금 시간 되세요?"

그날 오후 4시가 지났을 무렵이었다. 마지막 처리 전표에 도장을 찍은 마쓰오카가 피곤한 표정으로 의자에 몸을 기댔다.

"에지마공업에 관한 겁니다."

다바타는 그 회사의 품의 자료가 담긴 신용 보고서를 책상에 놓았다. "이 회사를 방문하신 적 있으세요?"

"있네."

이 한마디를 던진 마쓰오카는 그래서 왜? 하는 표정을 지었다. 지난번 질책을 들은 후 마쓰오카와 진지하게 얘기를 나누는 건 이번이 처음이었다. 그런 쓸데없는 얘기를 하기 전에 나한테 사과부터 해야 하는 거 아니냐고 생각하고 있다는 것을, 다바타를 올려다보는 불쾌한 그의 눈빛이 증명하고 있었다. 하지만 사죄할 마음이 없는 다바타는 그런 마쓰오카의 감정을 모르는 척했다.

"그때 사장이 누구인지 확인하셨어요?"

대답 대신 지긋지긋하다는 한숨이 터져 나왔다. 이번에는 또 무슨 말을 하는 거냐는 얼굴로.

"아니. 그는 다키노의 신규 고객이잖아."

마쓰오카가 말했다. 거기에 왜 트집을 잡느냐는 투로.

신규 고객. 인사차 나가서 상대를 조사하겠다고 나서면 실례라며 화를 부를 수도 있다. 다키노의 계획은 은행의 그런 맹점을 이용한 것이었다.

게다가 다키노는 특별한 존재다. 마쓰오카만이 아니라 지점장 구조도, 업무과장 가시마도, 다키노를 높이 평가하고 있다. 부지점장 후루카와는 거의 숭배에 가까울 지경이다.

다바타는 겨드랑이에 끼고 있던 약정 서류 파일을 마쓰오카의 책상에 내려놓았다.

"하지만 과장님, 이거, 모두 위조된 겁니다."

마쓰오카의 입이 떡 벌어졌다.

7

"다키노 대리님, 지금 이런 거 가져오시면 곤란해요."

다바타는 놀라 그 자리에 멈춰 섰다.

저녁 7시 무렵. 1층으로 내려가 영업과 입구까지 왔을 때였다. 아이리의 목소리가 들렸다. 1층 입구에서 슬쩍 들여다보니 다키노와 대치하고 있는 아이리의 모습이 보였다.

다바타가 보고한 사실은 곧바로 후루카와에게 전해졌다. 곧이어 외근에서 돌아온 업무과장 가시마가 호출돼 세 사람은 지점장실로 들어갔고, 마침내 구조가 여기에 가세했다.

그로부터 세 시간 뒤, 가시마가 지점장실에서 나와 "다키노는 아직 안 왔나?" 하고 물었다. 그는 다키노가 없다는 것을 확인하고 다시 방으로 들어갔다. 그런 일이 몇 번이나 되풀이되었다.

이런 일이 벌어지고 있다는 걸 까맣게 모른 채 다키노는 평소대로 늦게까지 외근하고 돌아왔다.

"왜 이렇게 늦은 시간에 전표를 주세요? 규칙을 지켜주세요!"

이미 금고가 닫힌 상태였다. 은행 금고란 일단 폐쇄되면 정해진 시간까지 열리지 않는다. 그런데 다키노가 새 전표를 가지고 온 듯했다.

"규칙, 규칙 하는데 그런 거 다 지키면서 일을 어떻게 하나?"

다키노가 조바심을 냈다.

"그럼 지금 금고를 열어주시겠어요?" 그녀도 물러서지 않았다.

"일단 처리만 하고 영업과 야간 금고에 넣어두면 되잖아?"

"대리님, 전표 회부 시간에는 정해진 규칙이 있지 않나요?"

그러고 보니 전에도 이런 비슷한 광경을 본 적 있었다.

지금까지 다키노와 실랑이를 벌였던 건 언제나 니시키의 몫이었다. 지점의 규칙을 지키라는 니시키와 실적 제일주의를 주장하는 다키노의 대결. 니시키가 지키고자 했던 것은 부하 직원들이었고 또 지점의 질서였지만, 구조도 후루카와도 그런 니시키를 평가해주지 않았고 오히려 무능하다고 치부해버렸다.

지금 그 니시키가 사라지자 아이리가 그 역할을 맡고 나섰다.

"나는 우리 지점을 위해 발바닥에 땀나게 뛰는데, 그 태도는 뭐지!"

"지점을 위해? 착각하지 마세요. 이건 폐가 될 뿐이에요. 이게 정말 지점을 위한 겁니까?"

아이리의 말은 다키노의 가슴을 예리하게 찔렀다. 화가 난 다키노는 아이리를 노려봤다.

"그럼 투자신탁을 팔지 말라는 소리야?"

"네. 안 파셨으면 좋겠네요. 정말 존재하는지조차 의심스러운 이런 회사한테는 말이에요."

이런!

그렇게 생각했을 때에는 이미 늦었다.

그 순간 다키노의 얼굴에서 표정이 사라졌다. 대신 텅 비어버린 그의 눈이 아이리를 향했다.

"무슨 소리지?"

다키노의 목소리에서 갑자기 낮은 소리가 흘러나왔다.

"이제 모두 알고 있어요, 대리님. 도대체 뒤에서 무슨 일을 하고 다니시는 건가요? 에지마공업의 5억 엔, 어디에 쓰셨나요?"

"자네하고는 관계없는 일이야!"

"관계있어요!"

아이리가 투자신탁 신청서를 힘껏 내던졌다. 서류가 다키노의 얼굴에 부딪히며 흩어졌다. 한동안 꿈쩍도 못 하던 다키노는 씩씩대고 있는 아이리를 마주했다.

하지만 이미 그 눈에는 아이리도, 이 영업과의 광경도 보이지 않으리라, 다바타는 생각했다.

다키노는 지금 허수아비처럼 그저 멍하니 서 있는 것이다.

"다키노 선배."

다바타가 다가가 말을 걸었다.

지점의 에이스는 한 박자 늦게 천천히 돌아봤다. 마치 다키노 주위에만 시간이 천천히 흐르는 것처럼 느껴졌다. 흐리멍덩한 눈빛이었다.

"지점장실에 들어가보세요. 가시마 과장님이 아까부터 찾고 계세요."

그때 다키노의 입에서 깊은 한숨이 새어 나왔다.

"정말 피곤하군."

피식 웃음을 흘린 다키노는 천천히 몸을 돌려 다바타의 바로 옆을 지나쳤다. 바닥에 흩어져 있는 서류에 시선도 주지 않고. 사실 다키노에게 그것은 더 이상 아무 의미 없는 서류였다.

다바타는 솟아오르는 안타까움에 가슴이 아파왔다.

그 자리에 있던 누구 하나 미동도 하지 않았다. 입술을 깨물고 있던 아이리가 바닥에 떨어진 서류를 줍기 시작했다. 뺨으로 흘러내리는 눈물을 닦을 생각도 못한 채······.

그날 밤 회의에서 어떤 결정이 났는지 다바타는 알 수 없었다.

하지만 그 회의에 다키노의 모습은 없었다. 영업과를 나간 다키노는 그대로 지점에서 모습을 감추었기 때문이다.

그 후 밤 10시 가까이 회의가 이어졌다. 이윽고 지점장실에서 얼굴을 내민 마쓰오카가 "모두 퇴근해!" 하고 지시하자, 다바타도 은행을 떠났다.

알고 싶지도 않았다.

더 이상 나와는 관계없다.

"이봐, 다바타. 어떻게 된 건가? 자넨 뭔가 알고 있는 거 아냐?"

사람들은 아직 지금 이 지점에서 일어나고 있는 사건에 대해 모른다. 이번 분기의 실적 고과 표창을 포기하진 않을 것이다.

하지만 그것은 이제 사막의 신기루처럼 실체가 없는 꿈으로 변했다.

"글쎄요. 뭔가 있겠죠."

한 선배가 궁금증이 가득한 얼굴로 다바타를 봤지만, 이런 말단이 뭘 알겠나 싶었는지 더 이상 따지진 않았다.

다카다노바바에 있는 독신자 기숙사로 돌아온 다바타는 피곤에 지쳐 구두를 벗었다. 그대로 식당으로 가 식은 저녁밥을 먹었다.

긴장이 풀린 다바타는 기숙사의 자기 방으로 가다가 현관 옆 우편함 앞에서 발걸음을 멈췄다.

편지가 와 있었다. 그러고 보니 기숙사로 돌아올 때 우편함을 들여다보는 것을 잊고 있었다.

뉴욕은행에서 온 것이었다.

　　다바타 요지 님.

　　이번에 저희 은행의 직원 모집에 응해주셔서 진심으로 감사드립니다.

　　지난번 면접 내용에 대해 신중히 검토한 결과, 유감스럽게도 이번에는 귀하의 희망에 부응하지 못하게 되었습니다.

　　저희 은행에는 응모하신 부문 이외에도 많은 직군이 있습니다. 다음 기회에 귀하와 또 만나길 기대하겠습니다.

　　앞으로도 뉴욕은행에 많은 관심 부탁드립니다.

외국계 은행답달까. 편지 말미에 인사담당자의 사인이 들쭉날쭉했다.

다바타의 머리에 불꽃이 일었다. 아무 생각도 할 수 없었다.

꿈에 그리던 롯폰기의 멋진 사무실은 사라지고, 그 자리를 촌스러운 나가하라 지점의 네모반듯한 건물이 메웠다.

나도 역시 신기루를 보고 있었구나.

다바타의 손끝에서 불합격 통지서가 살포시 떨어져 내렸다.

9장

영웅의 식탁

1

"오늘 저녁은 카레야?"

현관문을 열자마자 매콤한 냄새가 따뜻하게 코끝을 맴돌아, 다키노는 자기도 모르게 광고 대사 같은 말을 툭 던졌다.

"어머! 일찍 왔네."

달려 나온 아내 나오코가 눈을 동그랗게 뜨고는 상대의 반응을 기대하듯 "비프커틀릿카레야!"하고 말했다.

"어, 그래! 잘됐네."

활짝 미소를 지은 나오코는 다키노에게 양복 윗도리를 받아 양손으로 안고 거실 옆방으로 재빨리 걸어갔다.

돈가스카레는 다키노가 좋아하는 음식이었다. 어릴 때 어머니가 자주 해주셨다. 복잡한 골목이 이어진 서민촌의 한 주택. 매일 학교에서 돌아오면 해가 저물 때까지 친구들과 놀았다. 시골 마을이라 학원 같은 것도 없었다. 석양이 골목을 오렌지 빛

영웅의 식탁

으로 물들일 때까지 한 학년 위의 골목대장인 기요와 그 동생 고우, 동갑인 다키와 사부로, 그렇게 친구들과 깡통 차기를 하거나 둔치 공터에서 야구를 하다가 주린 배를 움켜쥐고 집으로 달려왔다. 친구들은 모두 비슷한 처지의 아이들이라 매일 아침 학교에 가는 것도, 불꽃놀이가 벌어지는 날에 밤거리를 돌아다니는 것도, 노는 것도, 싸움도, 뭐든 늘 같이 했다.

골목의 기억은 지금도 생생하다. 복잡하기 그지없는, 나무 담장이 이어진 완만한 길. 비가 내리면 순식간에 진창이 되는 그 길은 어른이 두 팔을 벌리면 꽉 찰 정도였다. 늘 썰렁했고 푸른 이끼가 듬성듬성 끼어 있었고 흙냄새가 났다.

다키노의 추억 속에서 고향은 언제나 여름이었다. 흰색 반팔 셔츠에 반바지, 빼빼 마른 다리에 샌들 차림. 새까맣게 그을린 소년 다키노는 이웃집 마당에서 시끄럽게 울어대는 쓰르라미에 쫓기듯 서둘러 집으로 가곤 했다.

탁탁, 샌들 소리를 내며 쏜살같이 어머니와 할머니가 기다리는 집으로 달려간다. 마침내 집이 눈에 보이기 시작한다. 골목에 면한 곳에 네모난 창이 있는 집. 황혼이 질 때 그 창문은 늘 열려 있었고 부드러운 우윳빛 등불이 어렴풋이 땅을 비추고 있었다.

다키노의 집에서는 무슨 일이 있으면 언제나 카레였다.

생일에도 카레. 크리스마스에도 케이크와 카레와 선물. 그중에서도 다키노는 돈가스카레를 제일 좋아했다. 다키노의 어머니는 낮에 근처 조립공장에서 일했기 때문에, 돈가스라고 해봤자 거의 반찬가게에서 돈가스를 사서 밥 위에 놓고 그 위에 카레를 붓는 식이었다. 카레는 인스턴트 바몬드카레였다. 지금 생각해보니 상당히 날림으로 만든 돈가스카레였는데도 소년 다키노에게는 한 번도 먹어본 적이 없는 맛처럼 느껴졌다.

지금, 다키노의 집 카레는 최고라고는 할 수 없지만 그래도 꽤 손이 많이 간 카레였다.

우선 카레는 중간 매운맛 두 종류를 섞는다. 튀김 고기도 소고기로, 집에서 직접 튀김옷을 입혀 튀긴 비프커틀릿이다. 사먹는 것보다도 입에 착 붙는 매운맛이 난다.

"고생했네. 정말 행복하다. 이렇게 카레를 먹을 수 있어서."

오늘 아빠가 좀 이상하네, 무슨 바람이 불었는지, 하며 나오코가 웃는다. 평소의 다키노는 그다지 활기찬 편이 아니기 때문이다. 생각하는 게 있어도 담아두는 타입이다. 평소에 과묵한 그가 행복하다는 둥 그런 말을 하니 나오코가 이상하게 생각할 만도 했다.

다키노는 냉장고에서 350밀리리터 캔 맥주를 꺼내고는 나오코가 내민 빈 컵에 부어 꿀꺽꿀꺽 들이켰다.

"카! 시원하다!"

그러곤 숟가락으로 장아찌를 가득 퍼서 그릇에 가득 담긴 밥 옆에 놓았다. 숟가락 위에 밥과 카레가 잘 배분되도록 올려놓은 다음 입을 크게 벌리고 먹었다.

"정말 맛있게 먹네."

나오코는 감탄하며 평소 생각했던 말을 꺼냈다. "아이들이 카레를 좋아하는 경우는 많지만 어른이 돼서까지 이렇게 카레를 좋아하는 건 정말 드문 일이야. 그렇지?"

나오코는 아들 쇼에게 말을 걸었다. 쇼는 다키노의 외동아들로, 올해 초등학교 4학년이다. 다키노의 어린 시절과 비슷하게 말라깽이에 명랑한 쇼는 너무 오냐오냐하며 기른 탓에 다른 애들에 비해 더 응석받이였다.

나오코는 요리를 잘했다. 고급 재료를 사용해서도 아니었고 시간을 오래 들여서도 아니었다. 그런데도 늘 다키노가 만족스럽게 입맛을 다시는 음식을 만들어주었다.

너무 진하지도 달지도 않은 카레는 다키노의 혀끝에서 밥맛과 골고루 섞이며 녹아내렸다.

"아, 맛있다! 엄마 카레는 정말 맛있어. 그치, 쇼?"

"그래, 오늘은 어때?"

나오코가 숟가락을 내려놓으며 웃었다.

"당연히 맛있지, 엄마!"

쇼가 말하고는 다키노에게 물었다. "자, 문제! 이 카레에는 내가 엄마를 도운 게 들어 있어. 그게 뭘까요?"

"좋아! 잠깐만 기다려."

다키노는 카레 소스를 숟가락으로 저었다. 카레의 내용물은 간단했다. 카레 하면 당연히 들어가는 당근, 감자, 양파. 하지만 양파는 냄비 안에서 다 녹아버렸다. 그리고 비프커틀릿.

"알았다! 당근."

"딩동댕! 그거 말고는?"

쇼는 재미있어 어쩔 줄 몰라 하며 손으로 입을 막고 킥킥 웃었다. 장난이 잘 통하기를 바라는 아이처럼.

"엄마, 말하면 안 돼."

"그래? 당근은 엄마가 자른 거랑 모양이 달라서 금방 알았는데. 그거 말고도 엄마를 도운 게 있다고? 그렇구나. 양파를 썰었구나."

"땡, 틀렸습니다! 답은 비프커틀릿이에요. 그렇지, 엄마?"

"쇼가 튀긴 거야?"

놀란 다키노가 되물었다.

"내가 두들기고 옷을 입혔지요!"

쇼는 의기양양하게 말했다.

"그래! 대단하구나."

다키노는 짐짓 감탄한 척했다.

"다음에는 내가 튀길 거니까 맡겨줘. 엄마 비법을 받았으니까. 그렇지, 엄마?"

엄마와 아들이 동시에 웃음을 터뜨렸다. 다키노는 재롱을 떠는 아들에게 미소를 지었으나 그 표정은 곧 미묘하게 일그러졌다.

그가 지금 안간힘을 다해 짓고 있는 미소는 슬픔과 후회의 반증이었다.

그렇게 늘 엄마를 지켜주렴, 아들아. 부탁한다. 그리고 또 언젠가 아빠와 카레를 먹자. 만약 그때 쇼가 이 아빠를 용서해준다면 말이다.

"쇼, 오늘 뭐 하고 놀았니?"

다키노가 물었다.

"마쓰오네 놀러갔어. 처음 갔는데 집이 무진장 크더라. 할아버지랑 할머니도 같이 살아."

"그래? 참 부럽구나."

다키노가 단독주택을 산 것은 다마센터 근처의 새 주택가였다. 이곳은 조부모 대부터 살고 있는 주민과 새로 유입된 샐러리맨 핵가족 세대가 섞여 사는 지역이었다.

"나도 할머니랑 같이 살고 싶어. 이 집이 더 크면 시골에 사는 할머니랑 함께 살 수 있을 텐데."

다키노는 애매한 미소를 지었다.

다키노의 고향은 구라시키였다. 농가의 장남이었던 아버지는 현지 고등학교를 졸업하고 구라시키 시내의 한 회사에서 37년간 근무한 샐러리맨이었다.

농가라고 해도 원래 소작이었고 대단한 재산이 있었던 것도 아니었다. "앞으로는 농사만 지어선 먹고살 수 없다"는 할아버지의 한마디에 다키노의 아버지는 가업을 잇지 않고 현지 기업의 샐러리맨으로 사는 길을 택한 것이다.

그 당시, 다키노 집안은 할아버지가 농업, 아버지가 샐러리맨인 겸업 농가였다. 하지만 할아버지의 건강이 나빠지자 의료비를 마련하기 위해 땅과 집을 처분하고 회사와 비교적 가까운 서민 마을의 공동주택을 사서 이사했다. 그 집은 지금도 있다. 여름방학이 되면 쇼가 놀러가길 손꼽아 기다리는, 쇼의 할머니, 그러니까 다키노의 어머니가 기다리는 집이다.

다키노의 아버지는 서른셋에 같은 회사에 근무하던 어머니와 결혼했고, 2년 후 다키노가 태어났다. 같은 해 할아버지가 세상을 떠났다. 다키노의 기억에 남아 있는 것은 아담한 마당에서 웅크리고 앉은 할머니와 바쁘게 가사를 돌보는 어머니의 모습이었다. 옛날 공동주택답게 봉당(封堂)이 딸려 있고 장지문으로 나뉘는 방과 별채가 있는 집은 당시에도 그랬지만 지금도 시간이 천천히 흐르고 있었다.

"나, 할머니랑 같이 살아보고 싶어. 할아버지도 살아계셨으면 좋았을 텐데."

두 세대가 모여 사는 친구네 집을 보고 온 탓인지 쇼는 그런 말을 했다.

"할아버지, 맞다. 살아계셨으면 좋을 텐데."

다키노는 그렇게 말하고 문득 3년 전 세상을 떠난 아버지를 떠올렸다.

아버지를 좋아하지 않았다.

아버지는 늘 불만을 안고 살았다. 지방 도시, 게다가 반쯤은 농촌인 곳에서 농부의 아들로 태어난 것을 억울하게 여겼다.

아버지 말에 따르면, 초등학교부터 고등학교까지 공립학교에 진학했고 한 치의 의심도 없이 친구들과 같이 취직했는데, 바로 그게 실패의 시작이었다는 것이다. 자신의 능력이라면 도쿄의 좋은 대학에 가서 좋은 회사에 취직해 지금보다 훨씬 풍요롭게 살 수 있었을 거라는 주장이었다. 아버지는 그런 길이 있다는 걸 주위의 누구 하나, 선생님조차 가르쳐주지 않은 것에 쉰을 넘긴 나이에도 화를 냈던 남자였다.

아버지의 직장은 대기업의 구라시키 지사였다. 현지 채용이었기 때문에 전근은 없었다. 전근이 없는 대신 아무리 노력해도 출세에는 한계가 있었다. 애초에 현지 상고에서 이 회사에 취직할 수 있었다는 것 자체가 우등생이었다는 증거였지만, 그 기업 입장에서 보면 아버지는 수많은 사원 중 하나에 불과했다. 현지 채용한 사원은 대체로 대리, 아무리 출세해도 과장으로 끝이었다.

이건 어머니에게서 들은 얘기다. 처음 만났을 때 아버지는 출세 같은 걸 입 밖에 내는 남자가 아니었으며 구김이 없는 밝은 사람이었다고 한다. 변화는 서른다섯에 찾아왔다. 당시 '팀장'이라는 직함으로 불렸던 아버지의 회사로 본점에서 동갑내기 과장이 전근해왔기 때문이다.

과장과 팀장 사이에는 대리라는 직함이 있었는데 아버지는 거기에조차 도달하지 못했다. 본인 말로는, 능력은 있는데 오로지 현지 상고 출신이라는 것 때문이었다고 했다.

아버지는 패배자였다. 패배자는 처음부터 패배자였던 게 아니라 스스로를 패배자로 인식하는 순간부터 패배자가 되는 것이다.

아버지는 샐러리맨은 출세를 못 하면 끝장이라고 입버릇처럼 말했다. 어머니는 분명히 회사에서 안 좋은 일이 있었을 거라고 말했지만 사실은 알 수 없었다. 탐욕스럽고, 일을 달성하려면 '약간의 문제'쯤은 묵인해도 된다는 말을 하는 사람이 됐다. 소박했던 농가의 장남은 고도 성장기의 이른바 기업전사라고 불리는 사풍에 물들어 완벽하게 세뇌돼버렸다. 샐러리맨 사회의 질서와 규칙이 순진무구한 머리에 들어가면서 아버지는 완전히 다른 인격의 인간으로 변한 것이다.

아버지는 결과가 좋지 않으면 아무리 노력해도 의미가 없다고 했다. 결과만이 전부가 아니라고 생각했던 다키노는 아버지와 몇 차례 말다툼을 했고, 대학 수험을 앞두고 신경이 날카로워진 무렵에는 주먹다짐 직전까지 간 적도 있다. 다키노가 전력을 다했던 시험에서 생각만큼 결과가 나오지 않자, 아버지가 그것을 따지고 들었기 때문이다.

어머니와 할머니의 중재로 그 자리는 대충 수습됐지만 이 무렵부터 다키노와 아버지 사이에는 메워지지 않는 틈이 생겼다.

아버지는 막무가내로 자기 뜻을 굽히지 않았다. 피해의식과 자기부정에서 시작된 패자의 논리에 지배당하고 있었다.

물론 아버지에 대한 좋은 추억도 있다.

다키노가 초등학생일 때 아버지는 그를 전에 살던 집으로 데려간 적이 있다. 한여름이었다. 논밭 가운데로 맑은 물이 흘렀고 철탑이 서 있는 계곡에는 계단식 논이 촘촘했다. 물이 고인 논에 쾌청한 하늘이 비치고 있었고 나무 그늘은 마치 어둠을 품고 있는 듯 캄캄했다. 한가롭고 명암 대비가 극명한 전원 풍경은 지금도 다키노의 기억 밑바닥에 숨 쉬고 있다.

"어렸을 때 여기서 종종 거북이를 잡고 놀았지."

흰 셔츠에 밀짚모자를 쓴 아버지의 얼굴은 밖에서 일한 것도 아닌데 햇볕에 시커멓게 그을려 있었다. 다키노의 눈에는 새카맣게 칠을 한 것처럼 보였다. 하얀 이가 눈부셨다.

다시 시간을 되돌릴 수 있다면 그때로 돌아가고 싶다. 가능하다면 쇼도 데리고 가서, 지금은 아버지가 된 자신의 원점이 과연 어디에 있는지 가르쳐주고 싶었다.

하지만 그것도 이제 옛날 이야기가 됐다. 결코 돌아갈 수 없는 옛날 이야기.

그 여름의 오후에서 무려 20년이란 시간이 흐른 오늘 밤, 다키노는 다시는 돌이킬 수 없는 곳까지 와 있었다.

구라시키가 아니라 도쿄의 새 주택가에 마련한 평화로운 가정에서, 나무 울타리나 흙냄새 나는 골목도 없는 이 낯선 땅에서, 지금 다키노의 가슴에 차오르고 있는 것은 회한이었다.

쇼, 미안해.

나오코, 정말 미안해.

그런 말들이 두서없이, 그리고 느닷없이, 몇 번이나 다키노의 가슴에 차올랐다가 자신이 짓고 있는 웃음에 막혔고, 구김 없이 웃고 있는 쇼 앞에서 시들어버렸다.

갑자기 아버지의 또 다른 표정이 떠올랐다. 은행에 취직했다는 사실을 알렸을 때였다.

"그래! 장하네. 잘됐어."

아버지는 허심탄회하게 기쁨을 토해냈다. 시시한 샐러리맨이었던 아버지에게 일류 은행은 엘리트 코스의 상징이었다. 배송 과장으로 정년을 맞은 아버지의 눈에는 작업 틈틈이 운전사 딸린 자동차로 종종 사무소를 찾아오던 은행 지점장의 모습이 각인되어 있었던 듯하다. 당시 거품경제가 무너지며 은행은 불량 채권 처리에 참담한 지경이었지만, 아버지는 은행이라면 아무 문제가 없다고 맹목적으로 믿고 있었다.

"이제 나는 지금 죽어도 여한이 없구나."

도쿄에서 취직에 성공한 후 구라시키로 돌아온 다키노에게 아버지는 그렇게 말하며 조용히 술을 들이켰다.

다키노가 졸업하기 2년 전에 정년퇴직한 아버지는 근처 중소기업에서 계약직으로 일하고 있었다. 오랜만에 마주한 아버지는 손등의 검버섯과 야윈 목 때문인지 눈에 띄게 늙어 보였다. 어느새 나이 든 아버지에게서 오래전 여름날 오후 밀짚모자를 쓰고 웃던 다부진 남자의 잔상을 떠올리는 건 불가능했다. "은행에 들어갔으니 무슨 수를 써서라도 출세해라"라는 그 말만은 헷갈리지 않는 아버지의 것이었다.

"출세하려고 은행에 들어온 게 아니에요."

그때도 다키노는 가볍게 아버지를 나무랐다.

"출세를 못 하면 은행에 들어갔다 해도 아무 소용 없다."

"그런 게 아니에요. 은행에는 여러 가지 일이 있어요. 나한테 맞는 일을 찾아 좋아하는 일을 계속할 수 있으면 그것으로 행복한 거예요."

아버지는 표정에 불만을 드러냈다. 하지만 그 이상 토론을 하기에는 아버지의 나이가 너무 많았고, 다키노도 너무 커버렸다. 결국 애매한 상태 그대로 맥주의 쓴맛과 함께 흘러 넘겼다. 다키노가 당시의 대화를 떠올린 것은 아버지가 옳았다고 인정할 수밖에 없었기 때문이다.

처음 부임한 마치다 지점에서는 나이 어린 과장에게 괴롭힘을 당하던 대리가 교외의 작은 지점으로 좌천당했다. 다키노는 그 말로를 직접 보고, 이 조직에서 평탄하게 살기 위해서는 출세해야 한다는 것을 깨달았다. 좌천된 대리는 다키노가 업무과에 배속됐을 때 교육을 맡았던 친절한 남자였다. 성격 좋고 온화하며 이성적이었던 그 사람은 잔인하고 빈틈이 없는 데다 실적을 위해서라면 고객을 속이는 일도 마다하지 않는 상사 앞에서 폐기 처분되었다.

"다키노, 꼭 출세해라. 은행에서는 잘나가는 것 외에는 방법이 없어. 나처럼 되지 마라."

송별회가 끝난 뒤 둘이 가진 술자리에서 다키노가 그동안 돌봐줘서 고마웠다고 하자, 그 사람은 조용히 그렇게 말했다.

불공정한 인사에 누구 하나 도와주지 않았고 하물며 괴롭힘을 지탄하는 목소리도 없었다. 실적을 올리는 것만이 지상 과제였다. 이를 위해서는 수단과 방법을 가리지 않아 능력 있는 남자로 평가받고 있는 과장은 쓸모없는 존재를 확실히 버렸다. 그런 과장의 실적에 의존하고 있는 지점장은 과장의 말대로 인사를 했고, 실격 낙인이 찍힌 사람을 무자비하게 버렸다.

하지만 다키노는 인정받았다. 실적을 올렸기 때문이다. 처음에는 매일 좌절했지만 실적을 올리기 위해서는 고객을 생각해선 안 된다는 걸 깨닫고부터는 성적이 나아졌다.

어느새 '내 실적이 걸려 있다'며 고객 앞에서 울며불며 매달리고 있었다. 상품의 위험성은 드러나지 않게 설명하고 장점만을 소리 높여 선전한다. 기가 약한 고객에게는 이래도 되나 싶을 정도로 위험한 상품을 팔았고, 상대가 금리에 대해 잘 모르는 것 같으면 일반적인 기준보다 훨씬 높은 금리로 대출해 거침없이 벌어들였다.

다키노는 그런 더러운 비즈니스에 익숙해져갔다. 하지만 그게 더럽다는 사실을 아는 것도 자신뿐이었다. 위험 부담을 안는 것은 고객이지 내가 아니다. 다키노는 점차 능력을 발휘해 마침내 신입으로서는 눈부신 활약을 보였고 윗사람 눈에 들었다.

사생활에서도 최고였다. 마치다 지점에서 동기였던 나오코와 전근을 계기로 결혼했고, 이윽고 외동아들 쇼를 얻었다.

어느 지점에서나 다키노는 에이스였다. 그가 지나간 자리에는 풀 한 포기 안 난다는 얘기가 오갈 정도였다. 저돌적으로 출세 가도를 쏜살같이 달려가는 남자의 장래에는 구름 한 점 없었다.

평가라는 것이 다키노의 세일즈에 박차를 가했다. 그렇게 반발하고 싫어했으면서도 무슨 수를 써서든 출세하라는 아버지의 말을 어느새 따르고 있었다.

처음에는 자신에게 위화감을 느끼기도 했다. 그러나 그 위화감은 평가를 받고 칭찬을 받을 때마다 희미해졌다. 그리고 입사 8년째 드디어 다키노가 동기 중에서 가장 빨리 대리가 된 순간, 마음속 어딘가에 남아 있던 위화감은 마지막 한 조각까지 깨끗이 사라졌다.

은행이란 곳은 출세를 못 하면 끝장이다.

이 조직은 밑에서 올려다보는 풍경과 위에서 내려다보는 풍경이 전혀 다르다.

그 사실을 알고 있는 것은 위에 선 인간뿐이다.

다키노는 그 계단을 누구보다 빨리 오르고 있었다.

다키노가 아카사카 지점으로 전근했을 때였다.

융자과에 배속된 다키노가 각 과를 돌며 인사를 하는데, 외환과의 캐비닛 옆에 이런 게 붙어 있었다.

안일함이 유착 구조를 부른다.

"이 표어는 누가 생각한 겁니까?"

손을 든 것은 입사 2년 차였던 요시하라였다. 국립대학 교수 아버지를 둔 좋은 집안 출신의 그는 아카사카 지점을 거쳐 곧바로 본점 조사부로 갔고 그 후 MIT로 유학 갔다가 지금은 미주 본점에 있다.

아주 재미있는 표어라고 생각했다. 설마 자신이 그 표어처럼 되리라고는 그 당시 꿈에도 생각하지 못한 채.

하지만 이 아카사카 지점에서 다키노는 이시모토 고이치라는 남자를 만나 1천만 엔의 뒷돈을 받았다. 그가 경영하는 부동산회사에 10억 엔의 거액을 대출해준 대가였다.

"사례야." 이시모토는 그렇게 말하고는 "앞으로도 신세질 테니까"라는 말도 덧붙였다.

당시 이시모토의 회사가 입주해 있던 오피스 빌딩 5층, 귀가 따가울 정도로 에어컨 소리가 크게 들리고 눅눅한 담배 냄새가 나는 응접실에서였다. 테이블 위에 놓인 1천만 엔짜리 수표 앞에서, 마치 거기에 '멈춤' 표시가 있는 것처럼 다키노의 사고는 일시 정지했다.

"괜찮을까요?"

다키노가 놀란 표정으로 그 수표에 손을 댔을 때, 어쩌면 바로 그때 다키노의 은행원 인생은 끝난 것일지도 모른다.

유착 구조란 일단 걸려들고 보니 유쾌한 구조였다. 이 물밑 관계는 아주 괜찮은 결과를 가져왔다. '중개자'로 나선 이시모토가 부동산 거래를 활성화시켜 다키노에게 대출 건을 가져다주었기 때문이다. 단순한 부동산 매매에 그치지 않고 여러 기업이 참가한 프로젝트 자금과 더 나아가 동료 부동산업자들 것까지 물고 왔기 때문에, 다키노의 실적은 전체 지점에서도 눈에 띌 정도였다. 그 결과 다키노는 빛나는 실적을 올리며 동기 중 제일 먼저 승진해 나가하라 지점에 대리로 영전했던 것이다.

이시모토에게 자금 상황이 악화됐다는 이야기를 들은 것은 그로부터 얼마 되지 않아서였다.

"대출을 좀 해주지 않겠나?"

이시모토는 전화로 대출에 대해 말했다.

다키노는 웃으며 "무슨 소릴 하시는 겁니까?" 하고 점잖게 거절했다.

"저는 이제 아카사카 지점에 있는 게 아니잖아요. 그건 무리입니다. 후임에게 말해보세요."

하지만 이시모토는 물러서지 않았다.

"자네 후임은 너무 뻣뻣해서 얘기가 통하는 물건이 아니야. 좀 곤란한 일이 생겼어."

이시모토는 거액의 부동산을 비싼 값에 잡았는데, 지금은 팔고 싶어도 팔리지 않는 상황이라고 했다. 지금 팔면 수억 엔의 손실이 발생한다는 것이다. 무엇보다 그에겐 그 구멍을 메울 만한 자금이 없었다.

"그거 참 안됐네요."

이용할 수 있을 만큼 이용하고 냉정하게 버리는 게 다키노의 방식이었지만 이번만은 통하지 않았다. 균형을 이루고 있던 유착의 시소가 천천히 기울면서 균형이 무너졌다. 안일함이 초래하는 게 유착이라면 유착이 초래하는 건 무엇일까? 그 대답은 하나, 부정이다.

"심정은 알겠는데 그건 좀 힘들겠어요, 이시모토 씨."

거절하려는 다키노에게 이시모토는 격의 없는 말투로 말했다.

"얘기 정도는 들어줘야지. 곤란할 땐 서로 도와야 하지 않겠어?"

다음 날 이시모토는 에지마공업이라는 회사의 등기부 등본을 가져왔다. 고탄다에 본사가 있고 사장 이름은 에지마 무네히로라고 했다. 결산 보고서도 있었다. 매출 80억 엔, 이익 5억 엔의 중견 기업이었다.

"이 회사에 5억 엔만 빌려줘."

"이시모토 씨, 이 회사는 뭐예요?"

생각지 못했던 이야기에 다키노가 물었다.

"괜찮은 회사잖아? 이 정도면 5억 엔 정도는 문제없겠지."

대답할 말이 없어 침묵을 지키고 있는 다키노에게 이시모토의 말이 이어졌다. "어때, 사장을 만나고 싶나? 대출에 성공하면 자네 실적이야. 새 지점에서는 성적이 좋나?"

다키노는 입을 굳게 다물었다. 솔직히 고전하고 있었기 때문이다. 실적은 애가 탈 정도로 절실했다. 그게 어떤 것이더라도. 예컨대 이시모토가 들고 온 게 특별한 사정이 있는 것일지라도 대출만 가능하다면 옳고 그름은 다음 문제였다.

"사장을 만나게 해주실 수 있나요?"

"아, 그거야 물론이지."

이시모토가 셔츠 주머니에서 명함 한 장을 내밀었다. 주식회사 에지마공업 대표이사 에지마 무네히로라고 적혀 있었다.

"아시는 분이세요?"

그렇게 묻는 다키노에게 상대는 한심하다는 눈빛을 보냈다.

"내가 사장이야."

처음에는 이시모토가 농담하는 줄 알았다.

"에지마공업은 작년에 실질적으로 파산한 회사야. 그때까지는 상황이 괜찮았는데 대형 거래처가 갑자기 도산하는 바람에 그렇게 됐지. 빚은 겨우 갚았는데 사장이 실종돼버렸어. 내가 인감이나 자료들을 맡아 가지고 있었지. 신용조사회사에도 버젓이 등록된 회사인데 아직 파산한 사실은 표면적으로 알려져 있지 않아. 어때, 꽤 쓸모가 있겠지?"

"그러면 이 서류들은 모두 위조?"

"'조작'이라고 해두지."

다키노의 질문을 막으려는 듯 이시모토가 계속 말했다. "반 년이면 되니까 5억 엔만 빌려줘. 그 사이에 큰 부동산 거래가 있어. 그걸로 갚을 테니까."

천하의 다키노도 대답이 궁했다.

이시모토가 얘기한 내용은 명백한 범죄였다. 유령 회사의 실태를 알고도 은행 대출을 빼내면 그건 중대한 배임이자 더할 나위 없는 사기 행위이다.

다키노가 망설이자 이시모토가 귓가에 대고 속삭였다.

"자네가 안 된다고 하면 자네 후임한테 천만 엔짜리 수표를 건네며 부탁해볼까? 다키노 선배는 받았다고 하면 태도를 바꿀지도."

"이시모토 씨, 그만하세요!"

다키노는 억지로 웃음을 지었다. 이시모토는 성난 얼굴로 다키노를 바라봤다.

"그러니까 해줘. 우린 벌써 그렇고 그런 사이야. 내가 파산하면 자네도 곤란해져. 천만 엔을 받았으니 은행에서 잘리는 건 시간문제야. 출세 못 한 은행원은 아무것도 아니라는 게 자네

지론이지?"

다키노는 발끝만 응시했다.

품의서를 작성할 수밖에 없다.

회사의 실체가 없는 건 이전 준비 중이기 때문이라고 속이고, 고탄다의 임대 사무실을 한 달만 빌려서 이시모토가 데려온 아르바이트 직원을 배치했다. 이건 다키노의 아이디어였다. 우선 가시마 과장을 속이고 융자과 마쓰오카의 마음에 들 수 있게 사전 공작을 펼쳤다. 마지막으로 구조 지점장을 데려가 감쪽같이 속인 날 저녁, 어처구니없을 정도로 간단하게 대출 결재가 떨어졌다. 무슨 일이 있더라도 실적을 올려야만 하는 지점의 사정이 크게 한몫했다는 건 말할 필요도 없었다.

얼마 후 계좌로 이체된 5억 엔은 당분간 이자로 나갈 약간의 돈을 남기고 이시모토의 회사 결제 자금으로 사라졌다.

"이왕 이렇게 된 거, 이용할 수 있을 만큼 이용하면 되지."

이시모토가 말했다.

결국 남은 예금 잔고를 이리저리 둘러대 사장 명의로 투자신탁을 팔고 점수를 따는 것까지는 좋았다. 다키노는 다키노대로 최선을 다해 이 상황을 이용했다. 사례금 같은 거라고 자신을 설득시키면서. 결과를 얻기 위해서는 수단과 방법을 가리지 말아야 한다, 그런 다키노의 태도는 부정을 저지르는 와중에도 건재했다.

하지만 그것도 잘될 것이라는 전망이 있었기 때문이다.

이시모토는 상환금을 구하기 위해 대규모 부동산 매매를 추진했고, 얼마 후 시나리오는 최종 단계를 맞이할 것으로 보였다. 5억 엔이 투입된 단계에서 에지마공업은 빚을 갚는다. 그후 회사를 청산할 계획이다. 그러면 증거는 흔적도 없이 사라진다.

하지만 7월. 이시모토에게서 걸려 온 한 통의 전화로 모든 것이 어긋났다. 기대하고 있던 부동산 거래가 깨졌다는 것이다.

3

"자기야, 이번 일요일 기억하고 있어?"

나오코가 물었다.

"일요일? 무슨 일 있어?"

그렇게 물으면서 다키노는 벽에 걸린 달력으로 시선을 옮겼다. 갑자기 누군가 자기 심장을 움켜쥐는 것 같은 느낌이었다. 학교 참관일이었다.

"쇼, 뭘 할지 아빠한테 말씀드리렴."

나오코의 말에 쇼는 득의양양하게 웃었다.

"있잖아, 나 말이야, 모두 앞에서 연구 발표할 거야."

"그래! 대단하네."

다키노는 자기 목소리가 경직되어 있다는 걸 알면서도 어쩔 수 없었다. "무슨 연구니?"

"그건 비밀!"

"어이, 왜 그래, 가르쳐줘."

어떻게 할까, 쇼는 나오코를 봤다. 나오코는 즐거운 듯 남편과 아이의 모습을 보다가 "아빠도 마음의 준비가 필요할지 모르니까 가르쳐드리렴" 하고 말했다.

마음의 준비?

"어쩜 그럴지도. 사실은, 나, 아빠에 대해 발표해."

그 순간 카레를 푸던 숟가락의 움직임이 멈췄다. 다키노는 아들을 물끄러미 쳐다봤다.

"……아빠에 대해?"

"응, 아빠의 하루를 발표하는 거야."

그러고 보니 쇼는 최근 은행에 대해 꼬치꼬치 캐묻곤 했다. 어떤 일을 하는지, 하루에 몇 개 회사나 돌아다니는지, 식사는 몇 시에 하는지, 어떤 메뉴인지, 직원들은 몇 명인지.

"그러니까 아빠, 꼭 와야 해. 영웅이 될 테니까."

영웅이라. 그 말이 가슴을 깊게 찔렀다.

이시모토의 부동산 거래는 실패로 끝났고 그 결과 에지마공업은 이자조차 내지 못할 상황에 몰렸다. 원래는 반년 정도만 빌릴 거라고 했지만, 구조와 후루카와를 비롯한 경영자들의 혹하는 성격 덕에 원금 상환 없이 대출 기간 1년이라는 조건으로 대출이 결정된 게 불행 중 다행이었다. 그렇게 하는 편이 은행 입장에서는 더 많이 벌 수 있기 때문이었다. 하지만 이자 납부가 중단되면 거짓 대출은 금방 발각된다. 이자는 한 달에 100만 엔씩이다.

지금은 그만한 돈이 없다고 이시모토가 말했다. 이자만이라도 넣어달라고 부탁했을 때였다.

"자네가 대신 넣어주면 안 될까? 나중에 생기면 줄 테니까. 100만 엔 정도는 있을 거 아냐."

돈이 없는 건 아니었다. 하지만 만약 8월에도 안 되면? 9월은 괜찮을까? 그러는 동안에 다키노의 예금은 금세 바닥을 드러낼 것이다. 어떻게든 이 구멍을 메울 수만 있다면.

다키노가 100만 엔을 훔친 건 그 때문이었다. 점심시간에는 사람이 적어서, 다키노가 100만 엔짜리 돈다발을 업무용 가방에 슬쩍 숨기는 것을 본 사람은 아무도 없었다.

현금은 근처 신용금고로 가져가 에지마공업 계좌로 보냈고, 가지고 돌아온 띠지는 3층 휴게실에 버렸다. 직원의 소행으로 보이게끔 하기 위해서였다.

하지만 그것이 모든 비밀을 푸는 열쇠가 되리라고는 생각하지 못했다. 그 띠지는 돌고 돌아 니시키의 손으로 건너갔다.

니시키는 어느새 다키노의 행동을 조사해 100만 엔 도난 사건뿐만 아니라 에지마공업에 대한 거짓 대출까지 알아냈다. 이자 지불을 위해 돈을 변통할 때마다 다키노는 그 돈을 에지마공업 계좌로 이체했다. 그러던 어느 날, 에지마공업의 예금계좌로 몰래 송금한 후 니시키와 맞닥뜨렸다. 상가에 있는 신용금고 출장소 앞에서였다. 그때는 그저 우연일 거라고 생각했으나, 니시키는 그때 이미 모든 걸 간파하고 있었던 게 분명했다.

다키노는 천천히 숟가락을 놓았다. 아직 카레도 밥도 조금씩 남아 있었지만, 식욕이 완전히 사라졌다.

"쇼, 잠깐만, 이리 와."

"왜 그래? 오늘 정말 이상하네."

어이없는 표정을 짓는 나오코의 말을 흘려들으며 다키노는 쇼를 안아 올렸다.

"아이고, 꽤 무거워졌구나, 우리 쇼."

"27킬로그램이야. 반에서는 가벼운 편인데."

"그래? 목말 태워줄까?"

"응!"

쇼는 마치 나무에 기어오르듯 다키노의 팔에서 어깨로 올라갔다.

다키노는 그대로 형광등 불빛이 내리쬐는 식탁 주위를 걷기 시작했다.

"자기도 와."

"도대체 왜 그래?"

나오코는 당황한 듯 미소를 지으며 일어섰다. 다키노는 그 손을 잡고 걸었다.

"가족이라는 거, 좋잖아."

또다시 그 여름날 올려다보았던, 밀짚모자를 쓴 아버지의 표정이 떠올랐다. 쇼가 수십 년이 지난 뒤에 떠올리게 될 다키노의 표정은 어떤 것일까. 그러나 다키노가 가슴에 새긴 외동아들과의 추억은 지금 이 풍경이 될 것이다.

비프커틀릿카레를 먹던 날 밤, 아들을 목말 태우고 맛보았던 잠깐의 행복.

쇼, 이렇게 따뜻해서 고맙다. 나오코, 앞으로 쇼를 잘 부탁해. 두 사람 덕분에, 적어도 이 집에 있을 때만은 늘 행복했어.

10장

하루코의 여름

1

"다녀올게, 나중에 봐."

그게 아키히코의 마지막 말이었다. 3년 전 8월. 말일을 앞둔 30일 아침이었다.

나중에 봐.

별 이상한 말을 다 하네, 그렇게 생각했다. 그래서 기억에 남아 있다. 나중에 봐…….

남편의 죽음을 알리는 전화가 걸려 온 것은 밤 9시가 넘어서였다.

마침 즐겨 보던 드라마가 시작되던 터라 "뭐야, 이런 시간에" 라고 투덜댔던 것도 떠올랐다. 세심한 성격의 가와노 하루코는 소소한 걸 잘 기억했다. 게다가 그 대부분은 자신도 질릴 정도의 것들이었다.

전화를 건 것은 무사시노 경찰서 형사였고, 남편 아키히코가 하행선 급행열차에 뛰어들었다고 알렸다.

"유감스럽게도……."

그다음부터는 어떤 말을 들었는지 기억이 나지 않는다.

장례식에서 외동딸 마유는 아버지의 관에서 한시도 떨어지려고 하지 않았다.

"아빠는 천국에 가셨어."

"아니야, 아빠는 여기에 있어."

아직 네 살이었던 마유는 그렇게 말하고는 계속해서 아빠에게 말을 걸었다. 화장터의 뜨거운 불길 속으로 들어갈 때는 아이 나름대로 헤아리고는 엉엉 울었다. 친족을 대표해 점화 스위치를 누른 건 시아버지였다.

마유를 안고 넋이 나간 채 그 광경을 지켜보던 하루코의 마음속에서 그때 또 다른 스위치가 켜졌다.

내가 힘을 내야 해. 마유를 제대로 키워야 해.

하루코는 마유를 안은 팔에 힘을 주며 스스로를 다독였다.

그로부터 벌써 3년이 흘렀다.

마유도 벌써 초등학교 1학년이 됐다. 자전거도 잘 타게 되어, 학교에서 돌아오면 자전거를 타고 친구네 집에 놀러 가기도 한다.

남편은 그런 마유의 모습을 분명히 보고 있을 것이다.

하루코가 남편에게 희미한 분노를 느끼는 건 바로 이런 때였다.

도대체 왜 죽었지?

처음에는 그저 슬프기만 했다. 그런데 조금 진정하고 나니 화가 났다. 눈을 감으면 그 사람이 사근사근 미소를 지으며 손을 흔드는 모습이 떠올랐다.

나중에 봐, 하루코.

나중에 봐, 마유.

좋겠어, 혼자 떠나서. 어디에 가야 당신을 만날 수 있지? 혹 그런 곳이 있으면 가르쳐줘. 나도 마유도, 당신에게 할 말이 많거든……. 이제는 대답 없는 영정에 말을 걸곤 했다. 당신 목소리를 듣고 싶어. 당신이 직접 마유에게 얘기해줘. 그 아이에게서 당신에 대한 소중한 기억이 사라지기 전에.

남편이 죽은 후, 은행 직원들이 찾아와 그 사람의 업무가 얼마나 힘들었는지 말해주었다.

본점 근무를 하던 남편은 마침 은행 간 합병 문제에 쫓겨 매일 막차로 퇴근하던 참이었다.

바쁜 건 알고 있었다. 하지만 정신적으로 쫓기고 있다는 걸 하루코는 몰랐다. 남편이 일 얘기를 거의 하지 않았기 때문이다. 늘 온화하고 느긋한 성격의 사람이었다. 그래서 은행처럼 살벌한 직장에서도 잘 버틸 거라고만 생각했다. 그건 하루코도 예전에 은행에서 일했기 때문에 잘 알고 있다고 여겼다.

그리고 오늘.

나가하라 지점을 나선 하루코는 지점 바로 앞에 있는 역 개찰구를 빠져나와 고탄다 방면 플랫폼으로 내려갔다.

열차 시간표를 확인한 하루코는 열차 진행 방향으로 걸어가 비어 있는 의자에 앉았다.

은행 계열의 파견 회사에서 지급한 유니폼을 입고 평범한 낮은 구두에 조금 눈에 띄는 분홍색 스카프를 두른 하루코는 큰 종이봉투를 옆에 놓았다. 그 짐은 몸집이 작고 가냘픈 하루코가 들고 있으니 너무 커서 어울리지 않았다.

내용물은 니시키의 개인 사물과 영업과에서 준 위로금이었다.

조금 전에 영업과장 다카시마 가오루가 와서 이걸 니시키 마사히로의 가족에게 전해주라고 했다. 하지만 솔직히 내키지 않았다.

파트타임 직원이라면 얼마든지 있었다. 니시키가 근무했던 상담계의 와다 씨도 있는데 왜 하필 나지? 석연치 않은 느낌이었다.

내가 남편을 여의어서?

그 점에 대해 다카시마는 한마디도 하지 않았지만 왠지 서글퍼졌다. 파트타임 직원 중에는 다양한 사람이 있다. 모두 사는 보람을 찾기 위해 일하는데 하루코는 살기 위해 일한다. 같은 일을 해도, 보람을 느끼며 일하는 것과 살기 위해 일하는 건 전혀 다르다.

집이 가까운 걸로 얘기하자면 산구바시 사택에 사는 부지점장 후루카와가 가장 가깝다.

하지만 후루카와가 니시키를 위해 무슨 일을 하리라고는 생

각할 수 없었다. 아니, 이제는 후루카와를 비롯해 지점장 구조
도 큰 사건이 발각되는 바람에 그럴 정신이 없었다.

다키노 마코토가 가짜 대출과 니시키의 살해를 자백한 것은
지난주 수요일이었다. 주택가 조그만 점포에 불과한 나가하라
지점에 벌집을 쑤셔놓은 듯 큰 소동이 일어났고, 연일 경찰과
본점 담당자가 들락거렸다.

그때까지 삶의 목표라도 되는 듯 매일 부르짖던 실적도, 표창
도 날아갔다. 구조의 보신도, 후루카와의 야심도 철저히 부서
져 이제 두 사람에게 미래란 없었다. 가시마 업무과장을 포함
해 이 범죄를 막지 못했던 관리자들의 은행원 인생이 완전히
끝난 것이다.

사람들을 들볶던 후루카와는 완전히 넋이 나간 채 방문객
들을 기계적으로 응대하는 게 고작이었다. 입만 열면 사정없이
부하를 질책하며 번뜩이던 남자가 지금은 힘없는 눈, 무거운 발
걸음에 말수도 줄었다.

모두가 인정했던 지점의 에이스 다키노. 그 엄청난 스캔들은
거대한 운석이 충돌한 것과 같은 충격을 지점에 안겨줬다.

허탈, 무기력. 달랠 길 없는 분노를 드러내거나 입을 굳게 다
무는 사람. 행원들의 다양한 반응이 교차하는 가운데 지점은
점차 통제력을 잃었고, 지금은 그저 흐름에 맡긴 채 표류하기
에 이르렀다.

그래도 은행의 사회적 역할에는 아무런 변화가 없었다. 사건

하루코의 여름

이 신문 사회면에 대대적으로 보도된 후에 고객들은 호기심에 가득 찬 시선을 보내면서도 전과 다름없이 창구를 찾아와 은행 업무를 보거나 대출을 의뢰했다.

어떤 불상사가 일어나도 상관없이 은행이라는 조직은 사회의 톱니바퀴 중 하나로 돌아간단 사실을 너무나 실감할 수 있는 한 주였다.

귀청을 찢는 듯한 브레이크 소리가 들리면서 은색 차량이 플랫폼으로 미끄러져 들어왔다.

텅 빈 전철에 앉은 하루코는 어깨에 메고 있던 가방을 열어 책을 꺼내 펼쳤다.

하루코는 책을 좋아했다. 연애소설을 중심으로 국내외를 불문하고 다양한 작가의 소설을 읽었다. 하지만 남편을 잃은 뒤부터 연애소설은 읽지 않았다. 읽지 않았다기보다는 읽을 수 없었다. 지금 읽는 것은 새로운 책이었다. 가능하면 하루코가 있는 현실과는 동떨어진, 전혀 이질적인 세계를 들려주는 책이 좋았다.《보르네오 탐험기》나《아프리카의 식탁》,《자동차 디자인 연구》같은 책들. 지금은《파리 역사의 뒷이야기》를 펼쳐놓고 있는데 정신을 차리고 보면 계속 똑같은 줄을 읽고 있었다.

늘 새로운 지식을 말해주고 들려주는 활자들이 침묵한 대신, 하루코의 가슴에는 작은 망설임을 동반한 긴장감이 몰려왔다.

이케가미선이 오타구에서 시나가와구의 밀집된 주택가를 헤치며 달리더니 이윽고 고탄다역 직전의 고가에 도착한다. 눈

아래로 펼쳐진 메구로강을 본 순간, 하루코는 결국 포기하고 책을 다시 가방에 넣었다.

솔직히 하루코는 무서웠다. 니시키의 가족을 만나 뭐라고 해야 좋을지 생각해봤지만, 지금 가장 두려운 건 3년 전의 일을 떠올리는 것이었다.

그 슬픔과 동요를 니시키의 가족을 통해 또 겪어야만 하다니.

"역시 거절했어야 했어."

하루코의 깊은 한숨을 내쉬었을 때 차내 방송이 고탄다역에 도착했음을 알렸다.

2

니시키가 사는 사택은 요요기 우에하라에 있었다. 하라주쿠에서 야마노테선을 지요다선으로 갈아타고 두 번째 정거장. 개찰구를 빠져나온 하루코는 오야마 일대의 호화 주택가를 10분 정도 걸었다.

야구장이 있는 오야마 공원과 마주한 사택은 상당히 낡아, 지은 지 30년은 되어 보였다. 그러고 보니 전에 남편이 사택인지 일반 아파트인지는 구석방의 창 배치를 보면 확실히 알 수 있다는 얘기를 해준 적이 있다. 일반 아파트의 구석방은 벽 쪽에 창이 있다. 하지만 사택은 모든 집에 공평성을 기하기 위해 구석방 벽에도 창을 내지 않았다. 그 말 그대로 지어진 건물을 올려다본 하루코의 등 뒤로 오야마 공원에서 야구에 열중하고 있는 아이들의 환호성이 들려왔다.

메모해 온 니시키의 주소는 B동, 즉 나란히 선 세 건물의 정 가운데였다. 콘크리트 계단을 올라 2층으로 가니, 옆으로 긴 사택 가운데에 찾고 있던 호수가 적힌 문이 있었다. 갈색 페인트를 두텁게 칠한 낡은 철문 중앙에 나무 팻말이 걸려 있었다. 손으로 직접 쓴 '니시키'라는 이름 옆에 분명 아이가 그린 듯한 꽃 그림이 있었다. 아빠와 꼬마의 합작품. 니시키의 독특한 필체는 인상적이어서 그걸 보고 있자니 가슴이 찡했다.

인터폰 대신 문 옆에 벨이 있었다. 그걸 누르기 전에 하루코는 일단 옷매무새를 매만지고 조그맣게 심호흡을 했다.

체포된 다키노의 진술에 따라, 니시키는 공범자인 이시모토의 손에 살해된 것으로 밝혀졌다.

그날, 다키노는 니시키의 호출을 받고 지유가오카의 한 술집에서 니시키를 만났다. 다키노로부터 얘기를 들은 이시모토는 오야마에 먼저 와 있다가 니시키를 공원에서 살해하고 자동차로 운반해 어딘가에 숨겼다고 한다. 살해한 이유는 가짜 대출을 알아낸 니시키의 입을 막기 위해서였다. 하지만 다키노 본인은 범행에 가담하지 않아서 니시키의 시체를 숨긴 장소는 모른다고 했다. 이시모토가 도주했기 때문에 니시키의 사체는 아직 발견되지 않았다. 나중에 안 일이었지만 이시모토는 5억 엔을 대출받은 뒤 인출한 돈으로 빚을 갚은 흔적이 없었다. 요컨대 다키노도 속은 것이다.

사랑하는 가족이 누군가에게 살해됐다는 소식을 들으면 어떤 기분일까. 시체가 발견될 때까지 만에 하나의 가능성을 믿고 마음 졸이며 기다리는 초조함과 공포는 상상을 초월하는 것일 게다. 그에 비하면 전화 한 통으로 순식간에 남편의 죽음을 알게 된 자신이 더 나은 편인지 모르겠다.

그런 생각에 문 앞에 우두커니 서 있던 하루코는 점점 더 침울해졌지만 용기를 내서 현관 벨에 손을 뻗었다.

조용한 여름 오후에 또렷한 음이 실내에 울려 퍼졌다.

대답이 없었다.

다시 한 번 눌러봤다. 하지만 결과는 마찬가지였다.

"안 계신가 봐. 큰일이네."

오후에 짐을 전하러 가겠다고 알렸으니 급한 용무가 생겨 잠깐 외출했을지도 모르겠다. 어디 가서 잠깐 기다려볼까 생각하고 있을 때 휴대전화가 울렸다.

"다카시마입니다. 수고하시네요. 다름 아니라 지금 막 니시키 씨 부인한테 전화가 왔어요. 아무래도 시간에 못 맞춰 가겠다고요."

"못 온다니요? 무슨 소리예요?"

"요즘 친정에 있다는군요. 오늘은 이 일 때문에 일부러 사택에 오려고 했는데 몸이 좋지 않은가 봐요."

"그렇군요."

기분이 상하기보단 안심이 됐다. 하루코는 들고 있는 종이봉투를 내려다봤다.

"그래서 같은 사택의 다카하시라는 분한테 짐을 맡겨 달라고 하는군요. 그렇게 해주시겠어요?"

다카하시라는 사람의 집 주소를 듣고 전화를 끊었다. 니시키의 아내를 만났다면 마음이 무거웠을 것이다. 하지만 이렇게 되고 보니 왠지 이리저리 휘둘리는 것 같아 조금 언짢아졌다. 특별히 내가 아니었어도 괜찮았을 것 같은데, 하루코는 또 같은 생각을 했다.

다카하시의 집은 같은 B동의 제일 안쪽이었다. 벨을 누르자 하루코와 또래인, 30대 초반으로 보이는 귀여운 여자가 나왔다.

"아! 죄송합니다!" 그녀는 마치 자기 일처럼 얘기했다.

"아니에요. 일단 개인 사물은 이게 다인데 잘 부탁드려요. 그리고 이건 위로금입니다. 함께 전해주시겠어요?"

"알겠습니다. 잘 전해드릴게요."

짐을 건네받은 다카하시는 "더우셨죠? 들어오세요. 시원한 차라도 드릴까요?" 하며 하루코를 초대했다.

하루코는 조금 망설였지만 "이것저것 여쭙고 싶은 게 많으니까 어서요" 하는 다카하시의 말에 "그럼 잠깐 실례할게요" 하며 집으로 들어섰다.

"니시키 씨, 인사 발령은 났나요?"

냉장고에서 차가운 보리차 병을 꺼내며 다카하시가 물었다.

좁은 사택이었다. 인테리어는 상당히 손을 봤는지 외관보다는 예뻤다. 그래도 물 사용이 어려운 건 어쩔 수 없었던 듯, 부엌에는 아직도 급탕기가 있었다. 장지문 하나로 나뉜 안쪽 일본식 방에는 어린아이의 조그만 이불이 보였다. 에어컨이 있고, 닫힌 창밖에는 풍경이 달려 있었는데 바람이 전혀 불지 않아 꼼짝도 안 했다.

"네, 그렇습니다. 본인이 없는 상태에서 어제 발령이 났습니다."

유감이네요, 그런 말 한마디쯤은 할 거라 생각했는데 다카하시는 아무 말도 하지 않았다. 푸른 수초가 그려진 컵을 두 개 꺼내 그중 하나는 하루코에게 내놨다. 얼음을 띄운 차가운 차가 목으로 넘어가는 감촉이 좋았다.

"그렇게 됐으니 당연하겠죠."

다카하시는 그렇게 말하고는 갑자기 생각에 잠겼다.

한동안 침묵이 흐른 뒤에 하루코가 물었다. "니시키 씨와는 친하게 지내셨나요?"

"아뇨. 그렇게 친하진 않았어요. 그쪽은 아이도 훨씬 커서."

그러곤 슬쩍 하루코가 가져온 짐을 돌아보며 덧붙였다. "어쨌든 제가 이 동의 반장이라."

"그랬군요. 죄송하게 됐네요."

예의상 그렇게 말한 하루코는 이어진 다카하시의 대답에 적

잖이 당황했다.

"괜찮아요. 니시키 씨와 특별히 친했던 분은 없었으니까요."

"이 근처에서 자주 어울리던 사람이 없었나 보네요?"

"글쎄요, 최근에는 거의 여기에 안 계셨거든요."

다카하시의 말투에는 묘한 뉘앙스가 담겨 있었다. 조금 의미심장하게 뜸 들이는 게 '사택'이라는 느낌이다.

"니시키 씨 부인도 일을 했나요?"

예전에는 전근이 많은 은행원 아내의 경우 거의 전업주부였는데 지금은 맞벌이가 많아졌다. 니시키의 아내도 그런 경우였나, 하루코는 그렇게 생각했는데 다카하시의 대답은 뜻밖이었다.

"지금이니까 하는 얘기인데요, 실은 니시키 씨 부부, 1년 전부터 별거 중이었어요."

"별거?"

하루코는 깜짝 놀라며 말했다. "죄송합니다. 처음 듣는 말이라서. 그럼 이 사택에는……."

"남편 분만 살고 부인과 아이들은 친정에 가 있는 것 같아요. 미타카라고 했나. 그쪽 초등학교로 전학한 거 같아요. 하지만 호적은 아직 그대로인 것 같던데요. 이렇게 사택에 살고 있는 걸 보면 분명히 그렇겠죠."

"잘 모르겠네요……."

하루코는 망연자실해서 중얼거렸다.

하루코가 알고 있는 니시키는 조금 지나치다 싶을 정도로 밝은 남자였다. 지점에서는 매우 익살스러웠다. 하지만 일만은 꼼꼼하게 처리했고 실수도 거의 없었다. 그것은 영업과 행원이라면 누구나 다 아는 사실었다. 이번 사건에 휘말리기 직전에는 부하 직원인 기타가와 아이리를 감싸고 후루카와와 맞섰다는 얘기도 들었다. 사생활이 그랬는지는 아무도 몰랐고 또 그런 소문도 없었다.

하지만 책상 위에는 행복에 겨워 보이는 사진이 있지 않았나. 하루코는 지금 다카하시네 부엌 벽에 기대어 있는 종이봉투를 슬쩍 봤다. 저 안에는 그 가족사진도 분명히 들어 있을 것이다. 니시키와 아내, 그리고 즐거운 듯 웃고 있는 귀여운 아이들.

"별거 이유는 뭐였나요?"

하루코가 물었다. 물을 필요는 없었다.

다카하시는 얘기가 조금 지나쳤다고 생각했는지 신중한 척 말을 돌렸다. "확실한 건 아니지만, 니시키 씨가 형이 운영하는 회사에 연대보증을 섰대요. 그 회사가 줄곧 위험했고 결국 도산을 했는데, 그 부채를 짊어지게 됐나 봐요. 그것도 엄청난 액수를."

"엄청난 액수라면, 얼마나요?"

하루코가 흥미를 보였다.

"글쎄요. 다른 사람한테 얻어들은 거라 잘 모르겠어요. 하지만 그분도 얼마인지는 듣지 못한 것 같아요."

늘 밝았던 남자의 어두운 내면이 지금 밝혀지고 있었다. 어릿광대의 정체는 어긋난 인생의 수레바퀴에 치여 가장 사랑하는 가족을 잃어버린 비극의 주인공이었던 것이다.

바보 같은 사람. 은행원이 연대보증이라니.

"친형제가 부탁한 거라 어쩔 수 없었대요."

다카하시가 마치 하루코의 심정을 들여다본 것처럼 말하고는 뼈아픈 사실을 덧붙였다. "부인도 부인이지, 엄청난 위자료를 청구했다고 들었어요."

하루코는 가슴이 아파 고개를 숙였다.

기타가와 아이리를 감싸면서 니시키는 "너를 믿는다"라고 단언했다고 한다.

오히려 니시키는 "믿고 싶다"고 했던 게 아닐까. 믿었지만 지독하게 배신당한 탓에 사람을 믿는 데 굶주려 그 소중함을 갈망한 게 아닐까. 무턱대고 누군가를 믿음으로써 잃어버린 뭔가를 되찾으려 했던 건 아닐까.

니시키의 책상에는 늘 그 사진이 있었다.

언젠가 다시 행복했던 그 시절로 돌아가고 싶다고, 반드시 돌아갈 것이라고 니시키는 믿고 싶었던 게 분명하다.

아주 사소한 것 때문에 인생이 어긋나버린 거야. 맞아, 하루코는 그렇게 생각했다.

믿음과 행복을 잃고 결국에는 꿈과 미래까지도 잃었다. 그런 생각을 하던 끝에 길이 사라지고, 올라가던 사다리에서도 떨어

지고, 든든한 받침이 됐던 가족의 애정조차 손끝으로 빠져나
갔다.

도대체 니시키에게 인생이란 무엇이었을까.

은행원으로서, 가장으로서, 니시키에게 남은 건 가혹한 현실
과 공허하기 그지없는 쓸쓸함뿐이었을까.

"빨리 발견되면 좋겠는데, 니시키 씨."

하루코는 진심으로 말했다.

3

사택을 나온 하루코는 강한 석양이 쏟아지자 오른손을 들어
얼굴을 가렸다.

다카하시의 말은 하루코를 혼란스럽게 했고 심란하게 만들
었다.

숨쉬기가 힘들어졌고 가슴이 조여왔다. 이 바보 같은 한여름
의 무더위에 화가 났다. 굽 낮은 신발 끝을 보고 있는 얼굴에
땀이 흘렀다. 기분이 울적했다.

"수고하셨습니다. 미안하게 됐네요, 헛걸음하게 해서."

다카시마 과장은 지점으로 돌아온 하루코에게 말을 건네며
"그건 그렇고, 어때요? 뭔가 특별한 건 없었나요?" 하고 물었다.

그 말에 호기심이 섞여 있는 걸 느낀 하루코는 "아뇨, 별로"

라고 대답했다. 다카하시에게 들은 말을 그대로 전할 맘이 들지 않았다.

"그래요."

다카시마는 잠시 생각한 후 "어쨌든 수고하셨습니다" 하고는 폐점 시간이 다 되어 한창 바빠진 업무로 돌아갔다.

2월과 8월은 은행이 가장 한산한 시기라고 할 수 있다. 8월의 은행은 손님이 적어 로비는 한산하고 업무에 한가해진다. 하지만 보름을 넘어 월말이 다가오면 평소와 마찬가지로 손님도 많아지고 눈코 뜰 새 없이 바빠진다.

마침 녹슨 셔터가 소리를 내며 닫히기 시작했다. 앞으로 한 시간이 가장 바쁘다. 하루코는 환전 창구에 있는 자기 자리로 돌아와 쌓인 전표를 정리하기 시작했다.

"가와노 씨, 오늘은 전표가 상당히 많아요." 같은 파트타임 직원인 나카시타가 말을 걸어왔다. 파트타임이 종료되는 4시까지, 하루코는 답답한 기분을 떨치고 사택에서 들은 말도 니시키에 대해서도 완전히 잊고 일에 몰두했다.

"먼저 가겠습니다."

아무리 바쁘다 해도 아직 잔무를 처리하고 있는 대리와 행원에게 인사 한마디로 일을 끝낼 수 있는 게 파트타임의 장점이다.

이날 오후 4시를 넘겨 지점 뒷문에서 상점가로 나온 하루코는 도큐선을 갈아타고 기쿠나역에서 내렸다. 하루코의 친정인

이곳에서 정년퇴직한 부모님이 두 가구 주택을 짓고 오빠 부부와 살고 있다.

평소 어린이집에 맡기는 마유를 여름방학 때는 부모님이 맡아주셔서, 하루코는 이렇게 매일 마유의 얼굴을 보러 들른다.

"그렇게 매일 보러 오지 않아도 된다. 가끔은 딸을 잊고 자유롭게 시간을 보내렴."

어머니는 그렇게 말했지만 하루코는 아직 그럴 맘이 생기지 않았다. 마유의 얼굴을 보지 않으면 도대체 내가 누군지, 왜 사는지를 알 수 없었다.

다행히 새언니의 성격이 좋아서 마유보다 두 살 위인 아들, 한 살 아래인 딸과 마유를 똑같이 대해줬다. 마유는 매일 또래와 노는 게 좋은지, 처음에는 부모님과 함께 3층에서 자다가 지금은 아예 애들과 2층에서 잔다고 한다. "엄마랑 집에 갈까?" 하면 "싫어!" 하며 오빠 부부가 사는 2층으로 도망가버린다.

이날도 그런 딸의 모습을 웃으며 씁쓸하게 지켜보고 있는데, "슬슬 생각하는 게 좋지 않겠니?" 하며 어머니의 잔소리가 시작되었다.

하루코의 재혼 얘기였다.

"또 그 얘기야?"

하루코는 지긋지긋해하며 대답했다.

"너나 마유나 앞으로가 문제다. 교육 문제도 있으니 학원 같은 데도 보내야 하지 않겠니? 그러려면 역시 아버지가 있는 게 낫지."

"생각해볼게."

어머니는 하루코의 대답을 제대로 듣지도 않고 일어나 안쪽 방에서 두꺼운 종이 상자에 든 것을 가져왔다. 맞선 사진이었다.

"그게 뭐야? 엄마는 참."

"어떠니. 일단 보기만 해. 다 괜찮은 사람이야."

하루코는 이제까지 맞선이라는 걸 한 번도 본 적이 없었다. 남편과는 직장에서 만나 연애결혼했다.

하지만 30대에 남편을 잃고 혼자가 되고 보니, 애 딸린 하루코 같은 조건을 요구하는 남자도 있다는 걸 처음 알게 됐다. 이런 시장도 있구나, 언젠가 어머니가 했던 말이 떠올랐다. 요컨대 하루코는 지금 한창 잘나가는 후보였다.

"더 나이를 먹고 마유도 커지면 힘들어진다. 그럼 더 큰일이지."

머리로는 지당한 얘기라고 생각한다.

조그만 남자아이와 둘이 찍은 남자의 사진이 하루코의 눈에 들어왔다. 나이는 동갑이고, 저쪽도 애가 있다. 부인이 먼저 세상을 떠났고……. 어머니의 설명을 흘려듣던 하루코의 가슴에 그 말이 되살아났다.

다녀오게. 나중에 봐.

만약 하루코가 재혼하면 저세상에서 남편을 다시 만났을 때 어떤 얼굴을 해야 할까.

나중에 봐.

그건 기다리겠다는 의미? 아니면 죽어서 다시 만나자는 뜻?

그렇다면 내가 다른 사람과 결혼해 당신을 잊으면 당신은 무척 슬프겠지. 당신과 나의 마유에게 새아빠가 생기면 당신은 더 이상 아빠가 아니게 되잖아. 그런 건 싫지?

"……이 사람은 대학 때 농구를 한 스포츠맨이라네. 지금은 관청에서 일하고 있고. 유능한 남자래. 장래 차관 후보라고 하던데. 너 지금 내 얘기 듣고 있니?"

사진을 보고는 있었지만 거기에 찍힌 짙은 색 양복을 입은 남자에 초점을 맞추고 있진 않았다. 희미한 윤곽 너머에 있는 것은 현관 앞에서 손을 들고 있는 아키히코의 모습이었다.

"오늘 말이야, 은행 사택에 갔다 왔어."

딸이 갑자기 화제를 바꾸자 어머니는 조금 당황스러운 표정을 지었다. 지점에서 일어난 사건은 신문에도 보도됐기 때문에 어머니가 모를 리 없었다. 하지만 어머니는 그에 대해 먼저 한 마디도 꺼내지 않았다. 딸의 마음을 헤아렸기 때문이겠지. 하루코는 진심으로 감사했다.

"부정 대출 때문에 대리가 살해됐어."

"그 얘기라면 알고 있다. 정말 끔찍한 일이야. 너도 조심하렴. 은행이 그럴 정도면. 여자랑 애랑 둘만 사니 더욱……."

"있지."

하루코는 어머니의 말을 가로막았다. "그 살해된 대리, 연대 보증을 섰던 모양이야. 그것도 지금은 망한 회사의."

어머니는 의외라는 표정으로 "뭐라고? 정말 사연이 많네"라는 감상을 흘렸다.

"그게 원인인지 아닌지는 모르겠지만 부인도 집을 나가서 위자료를 청구했대."

어머니는 아무 말 하지 않고 거북한 표정으로 차를 마셨다.

"나 그 말을 듣고 생각했어. 세상에는 어쩔 수 없는 일이라는 게 있는 것 같아. 은행원이니까 연대보증이 얼마나 위험한지 잘 알고 있었겠지. 그래도 그렇게 되네. 그런 일도 있어. 그렇지?"

어머니는 고개를 갸웃했다.

"나 생각해봤는데, 아키히코 그 사람, 어쩔 수 없었던 게 아닐까. 사실은 죽고 싶지 않았던 게 아닐까. 사실은⋯⋯ 사실은 그 사람⋯⋯."

하루코는 말문이 막혔다. 눈물이 솟구쳐 가슴이 먹먹했다.

당신, 사실은 우리랑 쭉 같이 살고 싶었던 거지?

나중에 봐. 그 말에 숨긴 것은 남편의 진짜 마음이 아니었을까. 너무 후회스러워. 미안해. 그걸 알아차리지 못해서.

"아무래도 너무 이른 것 같구나."

어머니는 눈물짓고 있는 딸에게서 시선을 피하고 재빨리 사진을 치우기 시작했다.

"왠지 난 좀⋯⋯."

"됐다. 네가 하고 싶은 대로 해. 부모가 결정한다고 될 일도 아니잖니? 이래 가지고야 어쩔 수 없지. 밥은 먹었니? 가끔은 아버지 술 상대도 좀 해드리렴. 곧 바둑 모임에서 오실 테니까."

어머니는 술을 전혀 못 마셨다. 하루코는 술꾼인 아버지의 유전자를 받아서인지 술을 꽤 했다.

그때 아이들의 목소리와 함께 2층에서 계단을 뛰어 올라오는 발소리가 들렸다.

"이런, 애들이 오나 보다. 얼른 눈물 닦아라. 애한테 눈물은 금물이야."

하루코는 어머니의 말에 고개를 끄덕이고는 수건으로 눈물을 닦으며 울다 웃는 표정을 지었다.

4

"저 사람, 니시키 대리님 부인이죠?"

다음 날, 평소대로 환전 창구에서 전표를 보고 있는데 나카시타가 조그맣게 속삭였다.

고개를 들자 마침 한 여자가 후루카와 부지점장을 따라 2층에서 내려오고 있었다. 마로 된 정장에 흰 핸드백을 팔에 걸고 오른손에는 손수건을 쥐고 있었다.

털털했던 니시키와는 달리 깐깐한 인상의 키가 큰 여자였다. 부부는 닮는다던데 정반대였다. 기가 세 보이는 그 표정이 고액의 위자료를 청구한 것 같다는 다카하시의 말과 겹쳐졌다.

다카시마도 후루카와의 뒤를 따라 내려와 지점 현관 앞에서 고개를 깊이 숙였다. 그대로 니시키의 아내가 보이지 않을 때까지 배웅한 후 다카시마는 복잡한 얼굴로 1층을 가로질렀다.

"니시키 부인이 짐 전해줘서 고맙다고 하더군."

그는 하루코에게 그렇게만 말하고 불쾌한 얼굴로 자기 자리로 돌아갔다.

"무슨 일이 있었나?"

그 모습을 흥미진진하게 바라보던 나카시타에게 하루코는 "글쎄"하고 고개를 갸웃했지만, 사람의 입에는 문을 달 수 없다고 했던가. 정오가 지나자 지점 사람들 모두가 니시키의 아내가 찾아온 이유를 알게 됐다.

니시키의 연대보증이 드디어 현실이 된 것이다.

식사 후의 휴게실. 어디서 들은 얘긴지, 파트타임 동료가 이에 대해 떠들어대자 모두 이야기를 중단하고 열중했다. 하루코도 무심코 귀를 기울였다.

"무엇보다 지난주에 그 회사가 도산해 니시키 대리에게 연대보증 책임을 묻게 됐고, 그 청구서가 오게 될 것 같다는 얘기야. 월급이 차압될지도 모르는데 방법이 없겠냐고 상의했다는 거야."

하루코는 그 말을 듣고 넋을 잃었다.

"연대보증이란 거, 얼마나 된대요?"

그 자리에 있던 기타가와 아이리가 심각한 표정으로 물었다.

"부인도 구체적인 금액은 모르지만, 형이 경영하던 회사의 부채가 10억 엔 이상은 될 거라는데."

모두가 순간 숨을 죽였다.

10억 엔!

그만한 돈이라면 아무리 고액 연봉의 은행원이라도 평생 갚을 수 없다. 아이리도 암담한 표정으로 가까운 자리에 주저앉았다. 휴게실을 가득 채운 무거운 분위기를 헤치고 사람들이 하나 둘 업무로 돌아갔다.

하루코도 점심 교대 시간이 가까워진 데다, 아이리에게 특별히 건넬 말도 없어서 몸을 일으켰다.

"가와노 씨, 부탁 하나 할게요. 늘 이런 부탁해서 미안한데 아카사카 지점에서 서류 좀 받아다 주지 않을래요?"

식사하고 돌아오니 다카시마가 기다리고 있었다는 듯 불렀다.

"아카사카 지점이요?"

"네."

다카시마는 시무룩한 표정으로 말을 계속했다. "본점에 다키노 사건에 대한 보고서를 올려야 하는데, 다키노와 이시모토라는 부동산 업자의 관계에 대해 아카사카 지점이 가지고 있는 대출 서류가 필요해서요. 저쪽에 부탁해놨으니 관련 서류를 복사해 가져다주세요. 원래 업무과 직원이 가야 하는데 지금 인력이 부족해서요."

또 나라고? 인력이 부족한 건 안다. 어쨌든 엔도는 입원 중인

데다 다키노까지 없어졌으니까. 그래도 니시키의 집에 짐을 주러 간 어제보다는 기분이 좀 낫군.

하루코는 다카시마로부터 아카사카 지점의 담당자 이름과 복사해야 하는 서류 제목을 적은 메모를 받고, 한낮의 이케가미선에 올랐다.

아카사카 지점 응접실에 기다리고 있는데 덜컹거리는 소리와 함께 짐수레가 다가왔다.

"대충 이건데 괜찮으시겠어요?"

하루코의 눈이 커졌다. 괜찮으시겠냐는 질문이 나올 만큼 많은 서류였다. 아카사카 지점의 담당자가 가져온 서류를 종이 상자로만 세 상자. 그 안에 서류가 잔뜩 쌓여 있었다.

"이렇게 많아요?"

"네. 좀 힘드시겠지만 그래도 정리가 꽤 잘 되어 있으니 서류를 찾는 건 쉬울 겁니다. 복사기는 영업실에 있으니 맘대로 사용하세요. 더 필요하신 게 있으면 부르시고요."

하루코는 인상이 좋아 보이는 담당자에게 인사를 하고 크게 한숨을 내쉬었다.

다카시마도 서류가 이렇게 많으리라고는 생각하지 못했을 것이다.

순서를 고려해, 우선 서류 선별부터 시작하기로 했다. 낑낑대며 짐수레에서 종이상자를 내리고 서류 다발을 테이블 위에 놓았다.

담당자가 말한 대로 서류는 잘 정리돼 있어 원하는 서류를 금방 찾을 수 있었다.

하지만 생각보다 시간이 많이 걸렸다. 설핏 읽기 시작했는데 멈출 수가 없었다. 서류들이 그런 흡입력을 가지고 있었기 때문이다.

아카사카 지점 시절 다키노가 이시모토에게 했던 다양한 대출, 지금에 와서는 유착 이외에는 아무것도 아닌, 그 모든 실태가 이 상자에 담겨 있었다. 하루코는 자신도 모르게 범죄소설을 읽는 것 같은 스릴을 느끼며 빠져들었다. 그렇게 그럭저럭 한 시간 가까이 심취해서 읽고 있었다. 그때였다.

아카사카부동산, 신규 거래 개시 건.

이런 제목이 붙은 서류가 눈에 들어왔다. 처음 거래를 시작했을 때 담당자가 작성한 '신규 거래 메모'였다.

날짜는 10년도 넘은 5월. 은행용 종이에 손으로 적은 메모는 주름이 잡히고 끝이 너덜너덜한 데다 누렇게 바래 있었는데, 의외로 최근 신용 파일에 꽂혀 있었다.

그러고 보니 전에 아키히코로부터 은행에서는 '어떻게 이 회사와 거래를 시작했나'가 제일 중요하다는 말을 들은 기억이 났다.

"그래서 신규 거래를 시작했을 때의 메모는 아주 소중하게 다루고 늘 보관해두지. 돈에 색이 있는 게 아니지만, 은행은 그

것에 색을 입히는 일을 하는 곳이니까."

잠시나마 의기양양했던 아키히코의 표정. 신혼 때 저녁식사로 퐁듀를 만들었던 밤이었다. 사소한 것들을 잘 기억하는 하루코의 기억력은 여기에서도 건재했다.

"어라! 이게 바로 그거구나!"

그때의 치즈 냄새가 코끝에서 맴도는 생생한 기억과 함께 하루코가 중얼거렸다.

그런데…….

메모의 서명을 본 하루코는 자기도 모르게 작은 비명을 질렀다.

소속 '융자과' 뒤에 적힌 이름은 찢어져서 알아보기 힘들었지만 못 읽을 정도는 아니었다.

니시키 마사히로.

너무나 갑작스러운 일이라 믿을 수 없었다. 하루코는 필적을 살폈다. 기억의 바닥에서 떠오른 것은 니시키의 집을 방문했을 때 봤던 그 문패였다. 그 필적…….

틀림없어.

"죄송한데요, 옛날 행원 명부를 보여주시겠어요? 10년 전쯤이면 좋겠는데요."

하루코는 조금 전 담당자를 찾아 부탁했다. 하루코의 심상치 않은 행동에 놀란 담당자는 잠깐 기다리라며 총무과가 있는 1층으로 내려갔다.

"이걸로 될까요? 그 당시 것은 이게 제일 가까운데요."

그가 가져온 것은 메모가 작성된 다음 해에 갱신된 행원 명부였다. 도쿄제일은행 전체 지점의 소속이 기재된 명부.

응접실로 돌아온 하루코는 페이지를 넘기는 것조차 답답해하며 재빨리 아카사카 지점이 있는 페이지를 찾았다.

니시키 마사히로의 이름은 직원 명단 중간 정도에 적혀 있었다. 하루코는 그 이름에서 한참 동안이나 시선을 떼지 못했다.

"니시키 씨는 이시모토에 대해 알고 있었던 거네."

아니, 알고 있는 것에 그치지 않았다. 아카사카부동산이라는 회사를 신규 고객으로 유치한 게 바로 니시키였던 것이다. 도대체 이건 무엇을 의미하는 걸까. 그때 하루코는 이 사건에 숨겨진 새로운 일면을 깨달았다.

5

필요한 서류를 전부 복사하는 데 상당한 시간이 걸렸기 때문에, 뜻하지 않은 야근을 하게 됐다. 어머니에게 전화해 집에 들르는 게 늦어질 거라고 알렸다.

가져온 서류를 다카시마에게 전하고 3층으로 올라가자 아이리 혼자 소파에 앉아 피곤한 표정으로 캔 커피를 마시며 하루코를 기다리고 있었다.

"아, 가와노 씨, 늦게까지 고생하셨네요."

아이리는 하루코를 보자마자 그녀답게 위로의 말을 건넸다.

"기다리게 해서 미안해."

"니시키 대리님에 대해 뭔가 알아낸 게 있어요?"

아이리에게는 니시키에 대해 말할 게 있다고 미리 얘기해뒀다.

"실은 자기한테 물어보고 싶은 게 있어. 누구와 얘기해야 하나 고민했는데, 내가 경찰에 얘기하는 것도 이상하고 후루카와 부지점장이나 다카시마 과장과 의논하는 것도 아무래도 아닌 것 같아서."

"무슨 얘긴데요?"

아이리는 마시던 캔 커피를 테이블 위에 놓고 자세를 자로잡았다. 하루코는 청아한 눈동자를 들여다보면서 잠시 시간을 뒀다가 가슴속에 품고 있던 의문을 과감히 꺼냈다.

"니시키 씨, 정말로 살해된 걸까?"

아이리는 멍한 표정을 지었다. 마치 온갖 단어들이 머릿속을 스치고 지나가는 것처럼 보였다. 그 표정을 그대로 놔두고 하루코가 계속 말했다.

"어딘가에 살아 있는 건 아닐까?"

아이리에게라기보다 자신에게 속삭이는 말처럼 들렸다. 하루코 자신도 어느 쪽인지 분간이 되지 않았다.

니시키는 이시모토와 관계가 있었다. 이시모토는 다키노를 이용했고, 그 가짜 대출을 니시키가 알아냈다. 그런 기묘한 우연이 있을 수 있을까.

니시키가 안게 된 거액의 부채. 다키노를 실컷 이용하고 유유히 사라진 이시모토라는 남자의 대범함, 그리고 용도가 불분명한 채 유출된 자금.

하루코는 얼굴에 온갖 의문부호를 붙이고 있는 아이리에게 아카사카 지점에서 알게 된 사실을 말했다. 귀를 기울이던 아이리의 표정이 험악해지면서 심각한 눈으로 하루코를 응시했다. 아이리의 입에서 아무 말도 나오지 않는 걸로 보아 그녀 역시 혼란스러워하고 있는 듯했다.

"정말 힘 빠지는 얘기라는 건 알고 있어. 화나게 했다면 미안해."

기타가와 아이리는 똑똑한 여자였다. 분명히 이 문제를 냉정하게 생각하고 자기 나름대로 결론을 낼 것이다.

"그런 일이 가능할까……."

아이리가 중얼거렸다. 그것은 하루코의 의문이기도 했다.

하루코는 다른 사람의 신분이 되기 위해 호적을 매매한다는 얘기를 TV에서 들은 적이 있다. 빚에 쫓기는 사람뿐만 아니라 신용에 문제가 없는 사람도 돈 때문에 호적을 파는 경우가 적지 않다고 했다. 살해된 것으로 믿게 만든 뒤 다른 사람이 된다? 아주 불가능한 일은 아니다.

하루코가 그런 말을 하자, 아이리는 "아뇨, 그런 의미가 아니에요" 하며 의외로 고개를 가로저었다.

"그런 게 아니라, 소중한 가족이 있는데 그런 일을 할 수 있을까 해서……. 그런 일을 하면 다시는 사랑하는 아이들을 보지 못할 텐데요."

하루코는 자신을 쳐다보고 있는 진지한 눈동자와 마주했다.

하루코로서는 알 수 없었다.

아키히코였다면 어떻게 했을까.

우리를 두고 다른 사람이 되어 완전히 다른 인생을 보내려고
했을까.

마유와 나를 남기고.

하지만…… 남편은 죽음을 택했다.

만약 다른 인생을 걸었더라면 언젠가 다시 우리와 재회할 기
회가 있었을 텐데.

니시키는 그 가녀린 희망에 모든 걸 건 게 아닐까. 시효는 언
제까지일까, 그때 니시키는 몇 살이고 그 사진 속에서 재롱을
떨고 있던 아이들은 몇 살일까. 하루코는 알 수 없었다.

하지만 파산해 가족이 뿔뿔이 흩어지고, 더욱이 빚에 쫓겨
사는 것보다는 그쪽을 택하는 게 낫지 않을까.

나중에 봐…….

다시 남편의 말이 가슴에 차올랐다.

그렇게 얘기할 거면 적어도 이 정도는 생각했어야지. 만약 당
신을 괴롭힌 게 스트레스가 아니라 빚이었다면, 그랬다면?

"만날 수 없는 것과 만나지 못하는 것은 다르겠지."

하루코의 말에 이번에는 아이리가 고개를 들었다.

"하지만 그건 남겨진 사람에게는 같은 거겠지. 나는 할 수만

있다면 지금도 남편과 만나고 싶어. 만나서 오래오래 얘기하고 싶어."

아이리는 입술을 깨물고 아무 말도 하지 않았다.

다음 날, 하루코는 하네다 앞바다에서 부패한 시체가 떠올랐다는 신문기사를 읽었다.

그 소식은 지점에도 전해졌다.

시체는 남성. 게다가 40대라고 한다.

부검 결과가 정식으로 발표될 때까지 하루코는 좀처럼 일이 손에 잡히질 않았다. 영업과 사람 모두가 마치 지하 묘지에라도 있는 것처럼 말이 없었다. 지점 전체가 무거운 공기에 짓눌려 있는 것 같았다.

부검 결과는 사체가 떠오른 다음 날, 즉 기사가 나간 날 퇴근 시간 무렵 다카시마에게 전달되었다.

행원들이 무겁게 수화기를 내려놓은 다카시마를 에워쌌다. 이미 울음을 터뜨리고 있는 여자 행원도 있었다. 다카시마가 침통하게 말을 꺼냈다.

"니시키가 아닌 것 같다고 하는군."

최고조로 높아진 긴장이 한순간에 풀리면서 하루코도 그 자리에 주저앉고 말았다.

"아, 진짜 놀랐네. 심장이 터지는 줄 알았어."

그런 말을 하는 파트타임 동료들과 은행 밖으로 나왔다. 저녁 무렵의 따가운 햇살이 내리쬐고 있었다. 하루코는 손을 들

어 햇빛을 가리고 걷기 시작했다. 발밑으로 긴 그림자가 드리
웠다. 이제 곧 아키히코의 3주기가 돌아온다.

여름의 무더위는 극심하지만, 저는 이렇게 살고 있네요.

옮긴이의 글

　《샤일록의 아이들》은 한 대형 은행의 작은 지점을 무대로 다양한 직군과 연령대의 은행원들 이야기를 그린 연작 단편집이다. 도쿄 외곽에 자리한 도쿄제일은행 나가하라 지점에는 고졸 출신으로 은행에 들어와 대졸 출신에게 차별당했으면서도 차별을 차별로 갚는 부지점장 후루카와를 비롯해, 온갖 노력을 기울이지만 보상을 얻지 못하는 융자과 차석, 프로야구 선수를 꿈꿨으나 좌절하고 은행에 흘러들어 온 사람, 돌아가신 아버지 대신 집안의 가장이 된 여직원 등 다양한 처지의 은행원들이 차례로 등장해 자신의 사연을 풀어낸다.

　이들의 이야기를 통해, 돈을 다루며 실적이 최우선시되는 은행이라는 조직이 숨 막힐 정도로 생생하게 떠오른다. 그것은 평소 우리가 은행에서 마주하는 창구 너머의 단정한 얼굴과는 완전히 다른 모습이다. 셔터가 내려진 후의 팽팽한 분위기를 들여다보는 것만으로도 흥미진진함을 느낄 수 있다.

　작품 속에 등장하는 인물은 무려 20여 명에 달하는데, 한 명 한 명이 너무나 생생하게 살아 움직이기 때문에 읽다 보면 마치 이 지점의 일원이 된 듯한 착각이 든다. 부조리한 질책에도 목을 움츠리고, 괜히 불똥이 튀지나 않을까 싶어 곤란을 겪는 동료에게서 슬며시 고개를 돌리기도 하고, 때로는 낙담한 친구의 어깨를 두드려주며, 미심쩍은 부분을 발견해 파고드는 내가 소설 속에 있다. 조직 생활을 해본 사람이라면 20여 명의 인물 가운데 어딘가에서 자신을 발견하고 고개를 끄덕이게 될 것이고, 아직 사회생활을 경험하지 않은 독자라면 앞으로 펼쳐질 일들을 미리 가상 체험해보는 기회가 될 것이다.

　이 작품이 갑질과 폭력을 일삼는 후루카와 부지점장에서 시작해 은행원이었던 남편의 자살 이후 은행 비정규직 직원으로 일하는 하루코의 이야기로 끝나는 것은 의미심장하다. 가장 철저하게 은행의 룰을 따르고 실적과 출세를 위해서라면 수단과 방법을 가리지 않는 부지점장의 출근길에서부터 여러 인물들로 시점을 옮겨가며 은행의 비정한 논리를 충실하게 그려나간 작가는, 마침내 그 논리가 완벽한 파국에 이른 순간을 바라보는 하루코의 시선으로 마무리함으로써 인간성을 잃어버린 조직에 서늘한 비판의 칼날을 들이댄다.

　이야기가 여기에서 끝났다면 웰메이드 휴먼 드라마에 그쳤을 테지만, '금융 미스터리 장르의 개척자'라는 이름에 걸맞게 작가는 이야기의 중반쯤 슬쩍 사건을 던져 놓는다. 마감 중인 지점에서 현금 100만 엔이 감쪽같이 사라진 것이다. 여직원 기타가와 아이리가 범인으로 의심받지만, 다음 날 없어진 현금 다발이 돌아오며 사건은 흐지부지된다. 억울한 처지에 놓인 후배 직원을 돕겠다고 나서는 니시키 대리. 그가 잡지 부록으로 받은 지문 채취 키트를 이용해 범인 찾기에 나설 때까지만 해도 작은 해프닝으로 끝날 것처럼 보이던 사건은 니시키 대리의 실종으로 새로운 국면에 접어들며 긴장감이 고조된다.

이야기의 주인공이 바뀔 때마다 사건의 진상이 조금씩 드러나고, 각 주인공의 사정에 따라 사건은 은폐 위기에 놓이기도 하고 범인의 실체에 근접하기도 한다. 그리고 마침내 은행의 시스템을 악용한 거대한 범죄가 모습을 드러내는데, 이 모든 과정에서 독자들은 본격 추리소설의 박진감을 고스란히 느낄 수 있다.

일본의 대형 은행인 미쓰비시은행을 거쳐 1998년 《끝없는 바닥》으로 에도가와 란포상을 수상하며 데뷔한 작가 이케이도 준은 당시 심사평에서 '은행 미스터리의 탄생'이라는 찬사를 들은 바 있다. 《샤일록의 아이들》은 꾸준히 은행과 경제계를 소재로 한 작품을 발표하며 '한자와 나오키' 시리즈로 일본의 국민작가로 우뚝 선 작가가 "내가 소설을 쓰는 방식을 결정지은 기념비적인 책"이라고 말한 핵심 작품이다. 이 작품을 경계로, 이후 발표한 《하늘을 나는 타이어》가 주요 상 후보에 오르더니 《철의 뼈》로 요시카와 에이지상 문학 신인상을, 이듬해 《변두리 로켓》으로 나오키상을 수상했다. 그 이후 '한자와 나오키' 시리즈와 여타 작품이 잇따라 드라마·영화화되면서 대중적인 인기를 누리게 되었다.

작가의 작품 세계의 토대가 된 작품인 만큼 《샤일록의 아이들》에는 이후 독자들의 큰 사랑을 받은 작품 속 주인공 캐릭터들이 살짝살짝 엿보인다. 실적이라면 아무것도 보이지 않는 관리직, 서릿발 같은 권위를 내세우는 본점 감사부 직원, 누가 뭐라 해도 공명정대하게 일을 처리하려는 젊은 은행원, 고객의 이익을 위해 일하는 것이 은행의 역할이라고 믿는 사람. 특히 자기만의 기술력으로 승부하는 중소기업 사장이 대출을 놓고 실랑이를 벌이는 에피소드에서는 《변두리 로켓》의 쓰쿠다 사장이 잠시 카메오로 등장한 게 아닌가 하는 착각이 들기도 한다. 이미 소설과 드라마로 이케이도 준을 만난 독자라면 익숙한 인물들의 조각을 이 작품에서 찾아보는 것도 하나의 재미가 될 것이다.

필자는 2007년 이 책으로 이케이도 준 작가를 처음 만났다. 당시 일본에서 점차 인기를 얻고 있는 작가라는 소개를 받았다. 은행이라는 한정된 공간을 무대로 미스터리를 쓸 수 있다니! 놀랍고 새로웠다. 이어 《하늘을 나는 타이어》도 우리말로 번역하며 새로운 장르를 우리나라에 소개하는 것이 뿌듯하고 자랑스러웠다. 그러나 여러 가지 사정으로 이후 이케이도 준의 작품은 우리나라에 출간되지 못했고 드라마와 영화로만 팬들을 만나야 했다. 영상이 담아낼 수 없는 소설만의 장대한 이야기를 전하지 못한다는 것이 안타까웠는데, 2019년 드디어 이케이도 준의 작품이 한국 독자를 만나게 되었고, 당연하게도 시작은 '한자와 나오키' 시리즈였다.

오랜 시간을 돌고 돌아 이렇게 도쿄제일은행 나가하라 지점의 면면들이 활짝 은행 문을 열고 손님을 맞이하는 모습을 보니, 마치 먼 길을 떠났던 자식이 이제야 돌아온 것만 같다.

자, 독자 여러분들도 어서 은행에 입장하시길! 여기에서부터 새로운 세계가 시작됩니다.

2022년 4월
민경욱

옮긴이 **민경욱**

고려대학교 역사교육과를 졸업하고, 1999년부터 일본문화포털 '일본으로 가는 길'을 운영한 것을 인연으로 전문번역가의 길을 걷고 있다. 옮긴 책으로 이케이도 준의 《하늘을 나는 타이어》, 히가시노 게이고의 《11문자 살인사건》 《몽환화》 《방황하는 칼날》, 요시다 슈이치의 《거짓말의 거짓말》 《여자는 두 번 떠난다》, 이사카 고타로의 《SOS 원숭이》, 야쿠마루 가쿠의 《데스 미션》, 고바야시 야스미의 《분리된 기억의 세계》, 신카이 마코토의 《날씨의 아이》, 호소다 마모루의 《용과 주근깨 공주》 등이 있다.

샤일록의 아이들

초판 1쇄 2022년 5월 25일

지은이 │ 이케이도 준
옮긴이 │ 민경욱

발행인 │ 문태진
본부장 │ 서금선
책임편집 │ 허문선

기획편집팀 │ 한성수 임은선 이보람 송현경 박지영 정희경 백지윤
마케팅팀 │ 김동준 이재성 문무현 김혜민 김은지 이선호 조용환
저작권팀 │ 정선주   디자인팀 │ 김현철
경영지원팀 │ 노강희 윤현성 정헌준 조샘 최지은 조희연 김기현 이하늘
강연팀 │ 장진항 조은빛 강유정 신유리 김수연

펴낸곳 │ ㈜인플루엔셜
출판신고 │ 2012년 5월 18일 제300-2012-1043호
주소 │ (06619) 서울특별시 서초구 서초대로 398 BnK디지털타워 11층
전화 │ 02)720-1034(기획편집) 02)720-1027(마케팅) 02)720-1042(강연섭외)
팩스 │ 02)720-1043   전자우편 │ books@influential.co.kr
홈페이지 │ www.influential.co.kr

한국어판 출판권 ⓒ ㈜인플루엔셜, 2022

ISBN 979-11-6834-027-5 (03830)